Ticket ins Glück

- und zurück -

von

Sabine Schubert

Ticket ins Glück

- und zurück -

Sabine Schubert

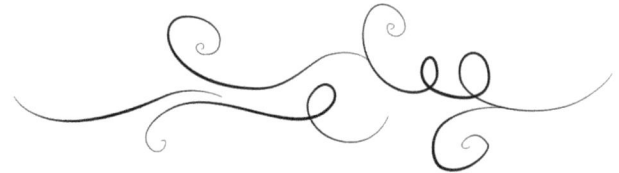

Bibliografische Information der Deutschen Nationalbibliothek:
Die Deutsche Nationalbibliothek verzeichnet diese Publikation
in der Deutschen Nationalbibliografie; detaillierte bibliografische
Daten sind im Internet über http://dnb.dnb.de abrufbar.

© 2016 Sabine Schubert
Herstellung und Verlag:
BoD – Books on Demand, Norderstedt

ISBN: 9783739241814

Drei Wochen Urlaub lagen vor Tess Dearing. Zugegeben, sie musste nebenbei auch arbeiten, aber es würde eine schöne Arbeit sein und sie würde in der Sonne sitzen. Oder liegen, je nach dem...

Seetauglich war sie nicht, aber da musste sie durch, wenn sie auf die Insel ihrer Träume gelangen wollte. Bisher hatte sie das mit Medikamenten auch immer geschafft, so auch in diesem Jahr. Dennoch war sie froh, als sie von dieser schaukelnden Nussschale herunterkam und wieder festen Boden unter den Füßen hatte.

Es war ein Holzsteg. Man konnte durch die einzelnen Latten zum Wasser hindurchsehen. Es glitzerte in paradiesischem Türkis. Der weiße Sandstrand lud sie schon ein und die Sonne gab dem Bild das Tüpfelchen, das es perfekt machte. Tess hätte ewig auch nur dort stehenbleiben können und wäre glücklich bis in die Tiefen ihres Herzens gewesen, aber dann wäre sie wohl irgendwann umgefallen.

Ein junger Inselbewohner nahm ihr die zwei Taschen ab. Viele Kleider würde sie hier nicht brauchen, daher waren die auch in der kleineren Tasche verstaut. Bei der größeren zuckte der Mann kurz zusammen, tat aber, als wäre es gar nicht so schlimm. Tess wusste, dass es das doch war, sie hatte sie schließlich von ihrer Wohnung ins Taxi und dann über den Flughafen tragen müssen.

Das Gepäck von Tess und den anderen Touristen wurde auf Kutschen geladen, vor die jeweils vier Pferde gespannt waren. Straßen suchte man hier vergeblich. Genauso wie ein Handynetz, aber genau deshalb liebte Tess es so. Hier hatte alles auch Zeit. Es musste nicht immer schnell und sofort gehen.

Hinter dem Sandstrand lag ein paradiesischer Wald mit bunten Vögeln, tropischen Pflanzen und Geräuschen wie im Regenwald. Es war traumhaft. Für fast alle. Neben Tess in der Kutsche saß ein Mann im Anzug. Das wäre Tess schon mal viel zu warm gewesen. Sie trug nur ein dünnes Sommerkleid und FlipFlops. Der Mann tippte die ganze Zeit auf seinem Handy herum oder hielt es in die Höhe und schimpfte am laufenden Band.

„Hier gibt es keinen Empfang." sagte Tess lächelnd. „Auf der ganzen Insel nicht."

Er verdrehte die Augen. „Na großartig! Wo bin ich denn hier gelandet?"

Tess antwortete nicht. Der hätte sie nur noch weiter mit sich nach unten gezogen und das wollte sie nicht. Sie war froh, dass er sein Handy einpackte. Dann sah er ständig auf die Uhr und trieb den Kutscher an, der ihn geflissentlich ignorierte. Tess erlebte es zum ersten Mal, dass sie leicht genervt an dem hohen Hotel ankam.

Es lag auf einem Hügel und wirkte wie eine typische Inselhütte. Das Dach war mit Stroh und Palmenwedeln bedeckt, obwohl es ein richtig großes Haus war. Man musste auch nicht auf Luxus verzichten. Es gab fließend warmes Wasser, einen Pool, Sauna, Massagebereich, Telefon und Internet, einen Fernseher auf jedem Zimmer und so weiter. Man konnte also Urlaub im ursprünglichen Paradies machen, ohne auf den zur Normalität gewordenen Luxus verzichten zu müssen. Das sollte den Mann doch auch freuen, dachte Tess, aber das war falsch gedacht.

Der Mann stand an der Rezeption vor ihr. Eigentlich hatte er sich einfach vor sie gestellt und da sie keine Lust hatte, sich aufzuregen, sie war schließlich im Urlaub, ließ sie ihm den Vortritt.

Er klärte alles und bekam seinen Zimmerschlüssel. „Wo kann ich ein Auto mieten?" fragte er dann und Tess musste leise lachen.

„Hier?" fragte der junge Mann der Rezeption. „Gar nicht. Hier fahren keine Autos. Aber es stehen jede Menge Fahrräder für die Gäste bereit und die Pferde."

Dem Mann war das Gesicht eingeschlafen. „Das war ein Scherz, oder?"

„Nein. Es gibt nicht mal Wirtschaftsfahrzeuge, weil die ganze Insel ein Naturschutzgebiet ist."

Schnaufend strich er sich mit der ganzen Hand übers Gesicht. „Das ist ein Albtraum. Gibt es wenigstens Telefon?"

„Auf jedem Zimmer." bestätigte der Rezeptionist lächelnd, obwohl Tess ihm ansah, dass es ihm nicht leichtfiel. Na gut, sie kannte ihn auch schon.

„Hallo?" fragte die andere Mitarbeiterin der Rezeption und schreckte Tess aus ihren Gedanken.

„Tut mir leid." schmunzelte sie und ging gleich zu ihr. Die war neu hier.

„Kein Problem." lächelte sie. „Er scheint interessant für sie zu sein."

„Nicht im geringsten." lachte Tess leise. Der musste das ja nicht unbedingt mitkriegen, deshalb beugte sie sich auch ein Stück nach vorn. „Ich bin nur mit ihm angekommen und der ist nur am meckern. Ich glaube, für ihn ist das hier die Hölle."

„Und für sie?" lächelte die Fremde noch immer. Sie hatte sich ein bisschen über den Tresen gebeugt, genau wie Tess.

„Für mich ist es das Paradies auf Erden. Tess Dearing."

„Lisa. Es freut mich."

Noch einen Augenblick hielt sie Tess mit ihrem Blick fest, dann richtete sie sich auf und tippte auf den Computer. „So, Tess Dearing. Zimmer Dreihundertundsieben."

Tess zuckte kurz. „Äh … Normalerweise gehe ich immer in das Strandhaus im Süden."

„Sie kommen also öfter?"

„Jedes Jahr." nickte Tess und hätte geschworen, die flirtete mit ihr.

„Dann scheine ich bisher immer zur falschen Zeit

hier gewesen zu sein."

Jetzt war es amtlich, dachte Tess. Die flirtete tatsächlich. Nicht dass sie nicht anziehend gewesen wäre, Tess spürte Hitze in ihrem Schoß aufsteigen, als sie sie ansah, aber dafür war sie nicht hier.

„Sie haben ein Zimmer gebucht." sagte Lisa ungezwungen. „Wollen sie umbuchen?"

„Äh..." Darauf war Tess nicht vorbereitet. Und ihre Finanzen gaben die Erhöhung auch nicht her.

„Tess!" rief auf einmal eine alte Dame. Man hörte ihr das Alter an, aber auch die Freude.

Tess drehte sich um und strahlte schon, doch dann sanken ihre Mundwinkel. Die Frau saß in einem Rollstuhl. „Evi, was ist denn mit dir passiert?" fragte sie besorgt, ließ sich die Umarmung aber nicht nehmen.

„Beinbruch, halb so schlimm." wehrte Evi ab. „Warum hast du nicht Bescheid gesagt, wann du kommst? Ich hätte dich doch abgeholt."

„Damit?" schmunzelte Tess und deutete auf den chicen Rollstuhl.

„Klar. Hättest dich ja auf meinen Schoß setzen können."

Tess lachte auf. „So siehst du aus."

Evi rollte um die Rezeption herum zu Lisa, die das Ganze äußerst skeptisch beobachtete. „Das Strandhaus im Süden für meine Tess."

„Äh … Okay."

„Zum normalen Zimmerpreis abzüglich zwanzig Prozent." fügte Evi hinzu und Tess war zufrieden.

Sie hätte auch mit einem normalen Zimmer Vorlieb genommen, aber damit hatte sie nicht gerechnet gehabt. Und Lisa auch nicht. Was war hier los?

Sie machte alles fertig und übergab Tess den Schlüssel.

„Danke." lächelte sie. „Und ich hätte gern eines der Fahrräder für meinen Aufenthalt hier."

„Steht schon auf deiner Terrasse." lächelte Evi. „Wie immer."

„Du bist ein Schatz."

„Isst du mit mir?"

„Heute Abend, okay? Ich bin echt alle. Ich komme gerade aus New York."

„Oh." Evi runzelte die Stirn. „Dann hast du aber einen weiten Weg hinter dir."

„Eben. Ich leg mich erst mal hin, okay?"

„Geht klar. Ich warte heute Abend auf dich."

„Gegen Sieben." schmunzelte Tess. Das war immer so. Punkt Sieben musste es Abendessen geben.

Sie nahm Lisa den Schlüssel ab und verließ das Hotel wieder, um ihre vorübergehende Bleibe zu beziehen. Lisa sah ihr nach. Das kurze Kleid wippte mit jedem Schritt und die ellenlangen Beine schienen seidenweich.

Evi stieß sie unsanft mit dem Ellenbogen an. „Wag es dir ja nicht." drohte sie ernst.

„Woher kennt ihr euch?"

„Ihre Mutter war eine der besten Freunde deines

Onkels. Sie kommt jedes Jahr hierher, seit sie noch im Leib ihrer Mutter heranwuchs. Also halt dich ja zurück, sonst kriegst du Ärger."

Lisa feixte ihre Tante an. „Was spricht denn dagegen?"

„Dass du sie nicht zu schätzen weißt und sie genau deshalb auch nicht verdient hast."

Autsch, dachte Lisa, das war deutlich gewesen. Evi fuhr auch einfach unbeeindruckt davon. Okay, eigentlich hatte sie Recht, wusste Lisa. Sie war nicht der Typ für was Festes, aber was sprach gegen ein bisschen Zärtlichkeit?

Tess kam zu ihrem Sommerhaus, wie sie es früher immer genannt hatte. Sie war mit der Kutsche gebracht worden und netterweise brachte man ihr auch die Taschen ins Haus. Die kleinere von beiden packte sie gleich aus, weil sie das sonst nie getan hätte. Die große war auch viel interessanter. Bücher. Jede Menge Bücher, Blöcke, Stifte und ihr Laptop. Der musste sein. Leider.

Sie richtete sich häuslich ein und trat auf die Terrasse. Sie hatte einen herrlichen Blick übers Meer unter ihr. Rechts neben dem Haus führte eine steile Steintreppe nach unten zu einer Bucht, die man nur von hier aus erreichen konnte. Oder mit dem Boot, aber das war hier verboten wegen der Korallen. Schnorcheln würde sie auch gehen, aber nicht gleich.

Sie nahm sich ein Glas Saft aus dem Kühlschrank und legte sich auf einen Liegestuhl auf der Terrasse.

Erst mal musste sie einfach gar nichts tun. Sie schloss die Augen und döste vor sich hin. So sah Urlaub aus, dachte sie. Hinter ihr lag der dichte Wald. Der Weg führte nur zu diesem Haus. Selten verirrte sich jemand hierher. Und vor ihr lag die Weite des Meeres. Was wollte sie mehr als diese Ruhe? Das würde der Anzugmann in diesem Urlaub garantiert nicht mehr verstehen. Der würde wohl schon wieder am Telefon hängen...

Zum Abendessen fuhr sie mit dem Fahrrad zu Evi. Sie lehnte es an die Hauswand, klopfte und wurde überrascht. Lisa machte ihr auf.

„Schönen guten Abend." lächelte sie süffisant und hob eine Braue. Ihr Blick huschte kurz an Tess hinab zu den nackten Beinen und dann wieder zu ihren blauen Augen. „Komm rein."

„Lisa." stöhnte Evi, als sie angerollt kam. „Kannst du deinen Kopf nicht mal auf den Schultern tragen, statt zwischen deinen Beinen."

Lisa kniff die Augen zusammen und duckte sich leicht. Die war ja wieder direkt heute.

Tess kicherte. „Hallo Evi. Ich weiß mich schon zu wehren, keine Sorge."

Toll, dachte Lisa, damit waren ihre Chancen auf etwas Abwechslung wohl gerade geplatzt wie eine Seifenblase.

„Sie ist furchtbar, wenn es um das weibliche Geschlecht geht." lachte Evi.

„Danke." zickte Lisa lachend. „Du bist

unglaublich nett heute zu mir."

„Ich war ja auch noch nicht fertig, aber abstreiten kannst du es nicht. Und dennoch kannst du sehr lieb sein, solange es um alte Leute und deine Arbeit geht."

Tess konnte nicht anders als lachen. „Tut mir leid." gluckste sie zu Lisa.

„So siehst du aus." lächelte sie schief. „Aber sie hat Recht, ich lebe für meine Arbeit. Deswegen sehe ich aber noch lange nicht ein, wie eine Nonne zu leben."

„Sagt ja auch gar keiner."

Hatte Lisa vielleicht doch noch eine Chance?

Tess sah die Hoffnung in ihren Augen steigen und setzte gleich fort. „Schlag dir das ganz schnell aus dem Kopf."

„Schade eigentlich." schmunzelte Lisa und ging endlich durch das Haus in den Garten zum Essen.

Tess sah amüsiert zu Evi hinab, die nur die Augen verdrehte. Sie würde wohl zu Lisas Schatten werden müssen, um Tess einen angenehmen Aufenthalt zu bescheren. Dabei war die grundsätzlich ja gar nicht abgeneigt, aber so dreist ließ sie sich nicht abschleppen. Und schon gar nicht im Urlaub.

Im Garten war schon alles fertig und wartete nur noch auf Tess. Hier gab es nur leichte Kost, weil man bei allem anderen in der tropischen Hitze vermutlich geplatzt wäre. Obst und Gemüse war der Hauptbestandteil jeder Mahlzeit, egal zu welcher Uhrzeit.

„Wie ist das passiert?" wollte Tess wissen und deutete auf Evis geschientes Bein.

„Ich bin einfach zu blöd eine Leiter zu benutzen."

„Nicht zu blöd, nur zu alt." griente Lisa. „Joshi hätte das sicher gern für dich getan, aber da hat garantiert der Stolz gesiegt."

„Der das einzige ist, was ich mit dir gemeinsam habe." lachte Evi.

„Das stimmt nicht. Die Liebe zu dieser Insel verbindet uns ebenso."

„Stimmt." seufzte Evi selig und sah in den Wald hinter ihrem Privathaus. Sie war schon als Kind mit ihren Eltern hierher gekommen. Sie hatten die ganze Anlage aus dem Nichts geschaffen und Evi hatte sie weitergeführt, als ihre Eltern gestorben waren. Nur eigene Kinder hatte sie nicht und wusste noch nicht, wer das irgendwann mal übernehmen würde. Joshi war der Sohn ihres Bruders und Lisa die Tochter ihrer Schwester. Beide zog es immer wieder hierher. Früher noch in den Ferien, um sich das Taschengeld aufzubessern, und später dann im Urlaub, um von ihrem eigenen Job abzuschalten. Oder jetzt, um ihrer Tante zu helfen, bis das Bein wieder heil wäre. Lisa hatte auch noch einen Bruder, aber der kam nur noch selten. Zu viel Arbeit und zu wenig Sinn für die Romantik der Ruhe.

Evi kam zurück in die Realität und lächelte Tess an. „Erzähl. Wie geht's dir?"

„Geht so." schnaufte Tess. „Ich stehe vor den Prüfungen und will hier richtig runterkommen."

„Dann halte dich fern von Lisa."

„Hey!" rief sie empört. „Als wüsste ich nicht, was Entspannung ist."

„Du kennst vielleicht die Definition laut Lexikon, aber mehr auch nicht."

Tess musste schon wieder leise vor sich hin kichern. Die beiden schienen sich gut zu kennen und zu lieben, aber auch immer direkt und ehrlich zueinander zu sein. Zumindest Evi war es eigentlich immer. Auch zu ihren Gästen.

„Das stimmt nicht." beteuerte Lisa zu Tess. „Ich bin durchaus in der Lage, mich zu entspannen, ich finde nur viel zu selten die Zeit dafür."

„Wegen Stress, den du dir selbst machst?" vermutete Tess lächelnd und wurde in dem Moment bestätigt, in dem Lisa leicht die Lippen verzog.

„Vielleicht. Ich liebe meinen Job eben und wüsste nicht, wieso ich mich dafür schämen sollte."

„Das sagt ja auch gar keiner. Ich liebe mein Studium auch und setze mich auch dem Stress aus, aber ich nehme mir auch regelmäßig die Zeit, mich von dem Stress zu erholen, sonst würde mir der Spaß daran verloren gehen."

„Irgendwie klappt das bei mir nie."

„Lass mich raten: Weil du dir jede Minute deiner freien Zeit mit Damen pflasterst?"

Evi fing schallend an zu lachen. Sie hatte eigentlich vorgehabt, Tess ernsthaft zu warnen, aber das schien überflüssig. Sie hatte sehr wohl bereits verstanden.

„Stimmt." schmunzelte Lisa.

„Darf ich fragen, was du machst?" fragte Tess und trank ganz gemütlich von dem Wein. Selbstgemacht aus den Trauben von der Rückseite des Berges.

„Ich bin Anwältin." antwortete Lisa und Tess hörte zum ersten Mal in ihrer Stimme echten Stolz. Sie liebte ihren Job wirklich.

„Also wenn ich mal Probleme kriege, weiß ich, wo ich anrufe."

„Ich würde mich freuen." lächelte Lisa.

Das war nur ein weiterer offensichtlicher Versuch des Vorstoßes. Sie beugte sich weit über den Tisch zu Lisa. „Ich sagte, schlag dir das aus dem Kopf. Ich will kein Strich in deiner Liste werden."

Auch Lisa beugte sich noch ein Stück nach vorn. „Wer hat was von einer Liste gesagt?"

Tess ließ sich gelassen wieder an die Lehne sinken. „Glaub mir, ich hab genügend Frauen von deinem Kaliber kennengelernt. Evi, ist heute wieder Tanzabend?"

„Sicher." schmunzelte sie. So eine Abfuhr hatte ihre geliebte Nichte wohl noch nie bekommen. „Wie jeden Abend. Willst du hin?"

„Sicher. Wann hab ich den denn am ersten Abend schon mal verpasst?"

„Mareike steht hinter der Bar."

„Oh." Tess fing an zu grinsen. „Ich kann es gar nicht erwarten. Ist sie noch böse auf mich?"

„Nein, aber ich glaube, sie träumt immer noch von dir."

„Mareike?!" platzte Lisa erschrocken hervor. Die war so was von hetero! Sie hatte vor ein paar Monaten geheiratet!

„Punkt für mich." stichelte Tess mit einem Grinsen, das verboten gehörte. Sie hatte Mareike nämlich im vergangenen Jahr verführt gehabt. Am Strand...

Lisa hatte ihr verführerisches Lächeln schon wiedergefunden. „Nimmst du mich mit?"

„Nein!" legte Evi fest.

Tess konnte nicht anders. Sie war Lesbe durch und durch. „Das ist eine freie Insel. Ich werde dich nicht an die nächste Palme fesseln, um dich aufzuhalten."

Das war eine Einladung, erkannte Lisa. „Dann werde ich den Wunsch meiner geliebten Tante Evi nicht erfüllen und dich begleiten."

Evi seufzte leise. Hatte sie doch geglaubt, Tess hatte verstanden, schien es wohl doch nicht so. Oder sie spielte Lisas Spiel einfach mit? Das war natürlich auch eine Variante und würde zu Tess passen. Sie ließ sich nicht alles gefallen, aber sie war sehr gefühlvoll. Da sie sich aber nicht gegen die Begleitung wehrte, musste Evi zusehen, wie Lisa ihr folgte.

Tess war mit dem Rad gekommen, also fuhr sie mit dem auch wieder. Lisa musste ihres noch aus dem Schuppen holen und als sie rauskam, war Tess weg. Die war eine echt harte Nuss, musste Lisa zugeben, doch genau deshalb würde sie auch nicht so schnell aufgeben. Sie fuhr ihr einfach nach und holte sie recht schnell ein. Tess fuhr langsam, aber nicht um auf Lisa zu warten, sondern weil sie Urlaub hatte und die Umgebung genoss.

„Du bestätigst mich." sagte sie, als Lisa neben ihr auftauchte, würdigte sie aber keines Blickes.

„In welcher Hinsicht?"

„Du setzt dich selbst Stress aus, um bei Frauen zu landen."

Das musste sie sich wohl gefallen lassen. „Möglich. Warum ist das so schlimm? Ich lebe einfach nur."

„Ist ja auch in Ordnung, wenn es dich glücklich macht, aber dein Ego braucht dringend einen Denkzettel, also glaube nicht, dass ich mich von dir einlullen lasse."

„Das heißt aber nicht, dass ich es nicht probieren werde. Ich bin machtlos bei so schönen Frauen."

„Ich würde mich geschmeichelt fühlen, wenn du es ernst meinen würdest."

„Tue ich doch. Du siehst bezaubernd aus."

Tess wurde nicht mal rot und fühlte sich kein bisschen davon angesprochen. „Aber weil du das vermutlich zu jeder sagst, verliert es seinen Charme und ist simple Normalität aus deinem Mund wie die Floskel: Schönes Wetter."

Sie stellten die Räder in den Ständer vor dem großen Clubhaus. Musik kam ihnen schon entgegen. Tess achtete nicht weiter auf Lisa, obwohl sie ihren heißen Blick im Rücken spürte und durchaus erregt wurde. Vermutlich hätte sie sich von ihr einlullen lassen, wenn sie ihre Draufgängerei nicht so offen herumgetragen hätte.

Sie sah zur Bar und erblickte Mareike. Sie war eine Schönheit durch und durch. Wellendes, dunkles Haar, das im Schein der Fackeln glänzte, weiche Beine, die nie enden wollten, die Haut von zartem Satin in sanftem Braun, volle Brüste, eine süße Stupsnase und ein hinreißendes Lächeln.

Tess ging direkt zu ihr und setzte sich. „Hey." griente sie Mareike entgegen.

Sie sah auf und stutzte einen Moment. Dann fing sie verlegen an zu schmunzeln. Ein einziger Augenblick genügte, die heißen Erinnerungen des letzten Jahres aufflammen zu lassen. Es war Nacht gewesen und heiß. Im seichten Wasser der Bucht unterm südlichen Strandhaus hatten sie Abkühlung und Erhitzung gefunden. „Hey. Was machst du denn hier?"

„Urlaub wie jedes Jahr. Evi sagte, du bist hier, also musste ich doch herkommen."

Lisa setzte sich neben Tess, die sie weiterhin ignorierte. „Hey Mareike."

„Hey." Sie sah gleich wieder zu Tess und lächelte verführerisch. „Was willst du trinken?"

„Sex on the beach vielleicht?"

Das hatte kommen müssen. Mareike konnte ja auch nicht abstreiten, dass Tess fantastisch aussah. Natürliches Blond und leuchtend blaue Augen, sehr zarte Gesichtszüge wie eine Elfe, hohe Wangenknochen, seidenweiche Haut und meistens ein Lächeln auf den Lippen, dem nicht mal eine verheiratete Frau einfach widerstehen konnte. Und die Erinnerung an den vergangenen Sommer ließ alte Hitze in ihr aufsteigen. Sex on the beach …

„Sollst du haben."

„Jetzt?"

„Im Glas." lachte Mareike und machte sich gleich an die Arbeit.

„Ich nehme auch einen." sagte Lisa und drehte sich zu Tess. „Du kannst ja auch ganz anders."

„Sicher. Wer hat behauptet, dass ich das nicht könnte?"

„Ich hätte dich eher als Nonne eingestuft."

„Falsch gedacht, weil du Frauen nicht als Menschen, sondern nur als Objekt der Befriedigung ansiehst."

Äußerlich völlig unbeeindruckt drehte sie sich, um den Blick über den Raum schweifen zu lassen. Es war heiß und Lisa weckte in ihr nicht weniger Verlangen als Mareike, nur würde sie Lisa nicht ranlassen. Das hieß aber nicht, dass sie etwas gegen nächtlichen Besuch gehabt hätte. Leider hielt sich ihre Begeisterung über das Angebot in Grenzen.

„Lass es dir schmecken." lächelte Mareike, als sie Tess das Glas auf den Tresen stellte.

„Werde ich." schmunzelte sie. „War ich wirklich so schlecht?"

Mareike stutzte. „Hä?" Tess deutete auf ihren Finger, an dem eindeutig ein Ehering prangte, und Marcike verstand. „Oh. Äh..." Sie räusperte sich. „Ich war bereits verlobt."

„Oh. Muss mir das leidtun?"

„Tut es das?"

„Nein, eigentlich nicht, aber im Gegensatz zu gewissen anderen Personen verfüge ich über Moral."

„Autsch!" lachte Lisa, der natürlich klar war, wer hier gemeint war.

„Getroffene Hunde bellen." lachte Tess und sah Mareike wieder an. „Ich bin im Strandhaus im Süden, wenn du mich suchst."

Sie lachte. „Tut mir leid, ich bin eine brave Hausfrau und werdende Mutter."

„Ach echt?" strahlte Tess ehrlich begeistert. „Herzlichen Glückwunsch."

„Vielen Dank. Und mein Mann weiß von dir, also keine Panik."

„Das beruhigt mich ein bisschen. Oder ist er hier? Sollte ich Angst kriegen?"

„Nein, keine Sorge. Du musst dir nur jemand anders für diesen Sommer suchen."

Tess seufzte theatralisch. „Das wird schwer."

Lisa konnte kaum glauben, was sie mit ihren eigenen Augen sah. Tess schien doch ein ganz schönes Luder zu sein, wieso biss Lisa dann so auf Granit bei ihr?

„Ich lass den in deiner Obhut." lächelte Tess zu Mareike und deutete auf ihren Cocktail. Sie wollte tanzen und nicht nebenbei ein Glas in der Hand halten oder immerfort im Auge behalten müssen. Mareike stellte es auch gleich hinter den Tresen. Die meisten machten sich vor allem im Urlaub über so was keine Gedanken. Tess war vielleicht ein kleines Luder, aber eines mit Anstand und Würde.

Heiße Rythmen erfüllten das ganze offene Lokal. Es gab kaum Wände, so kroch das Feeling der urwäldlichen Nacht in den Raum hinein und vertrieb trotzdem die Party nicht.

Tess stürzte sich ins Getümmel und tanzte. Sie wusste schon bevor sie aufstand, dass Lisa ihr folgen würde, und behielt Recht. Sie schien ihr ernsthaftes Interesse geweckt zu haben mit ihrer Abfuhr. Lisa kam ihr nicht zu nah, aber ihre Blicke bedeuteten eine gewisse Achtung, die sie wohl vor nicht vielen Frauen hatte. Vor Evi vielleicht. Ihr Blick sagte aber auch, sie würde gern mehr über sie erfahren. Dafür müsste sie sich anstrengen, legte Tess für sich selbst fest. Obwohl es ihr nicht leichtfiel, in dieser Atmosphäre einer schönen Frau zu widerstehen. Der kurze Rock schwang bei den anmutigen Bewegungen um ihre Beine, als würde er mittanzen wollen.

Dennoch blieb sie standhaft und fuhr allein zurück in ihr Strandhaus. Mareike war verheiratet und definitiv Tabu. Hätte sie im letzten Jahr schon von der Verlobung gewusst, hätte sie sie auch nicht angerührt, aber da Mareike es verschwiegen hatte, entzog sich Tess der Verantwortung. Nur die Wiederholung war ausgeschlossen, auch wenn sie mit ihr geflirtet hatte.

„Gute Nacht." sagte Lisa, als sich ihre Wege trennten.

„Träum süß." zwinkerte Tess mit einem

22

einladenden Lächeln. Ihre Lippen allein waren für Lisa die reinste Verführung, doch sie wusste, sie wäre nicht weitergekommen, wenn sie ihr jetzt gefolgt wäre, daher fuhr sie zum Haus ihrer Tante, um sich ein bisschen Schlaf zu gönnen.

Am nächsten Morgen wurde Tess von der Sonne wachgekitzelt. Sie hatte die breiten Türen ihres Schlafzimmers offen gelassen und roch gleich als erstes die Frische des Meeres und hörte das leise Rauschen. So musste ein Morgen für sie aussehen, wenn er perfekt sein sollte. Na gut, ganz perfekt wäre er gewesen, wenn jemand neben ihr gelegen hätte. Nicht irgendjemand, sondern diese eine, die an ihre Seite gehören würde. Leider gab es die in ihrem Leben nicht.

Sie musste an Lisa denken. Auch sie hatte am Abend nicht die Uniform des Hotels getragen, sondern ein leichtes Sommerkleid mit tiefen Einblicken. Tess wurde schon heiß, wenn sie nur an den Anblick dachte. Es war nicht leicht gewesen, sie zu Evi gehenzulassen. Vor allem mit gestiegenem Alkoholpegel hatte sie schwer zu kämpfen gehabt, der leibhaftigen Versuchung zu widerstehen und ihrem Vorsatz treu zu bleiben.

Sie stand auf und kochte sich Kaffee, um sich dann in die Sonne zu legen. Klamotten brauchte sie dafür nicht. Sie war schließlich allein hier und Touristen auf Inselerkundung würden ja wohl nicht bis auf ihre Terrasse kommen.

So hatte sie sich das gedacht. Sie saß noch nicht

lange, hatte gerade mal drei Seiten ihres Buchs gelesen, da rief schon jemand nach ihr. Lisa.

„Guten Morgen!"

„Terrasse!" rief Tess zurück, sah aber nicht von ihrem Buch auf.

Lisa kam außen um das Haus herum. Sie hatte ihr Rad vorn abgestellt und lief mit frischen Brötchen im Beutel zur Terrasse. Doch sie blieb stocksteif einen Moment stehen, als sie Tess sah. Splitterfasernackt lag dieser einladende Körper in der Sonne und strahlte regelrecht. Lisa war so unvorbereitet getroffen worden, dass sie zu nichts imstande war, außer den sanften Zügen ihres Körpers zu folgen. Sie hielt ein Buch in der Hand und ihr Arm verdeckte den Großteil ihrer Brust im Profil. Nur der Ansatz war zu sehen. Danach folgte ein flacher Bauch und ein aufgestelltes Bein, das Lisa verfluchte. Könnte es nicht lang liegen und mehr preisgeben?

Und wieso drehte sich Tess nicht zu ihr um? Es war ja gut, sonst hätte Lisa wohl ausgesehen wie ein Volltrottel, wie sie sie anstarrte, aber die schien sich kein bisschen für ihren Besucher zu interessieren.

Tess sah amüsiert auf. „Was ist? Hast du noch nie eine Frau nackt gesehen?"

Sofort legte sich das flirtende Lächeln wieder auf Lisas Lippen, als sie näher kam. „Selten eine so schöne."

Tess verdrehte die Augen und sah wieder in ihr Buch. „Was kann ich denn für dich tun?"

„Ich hab dir Frühstück gebracht."

24

„Seit wann gibt es hier Zimmerservice?"

„Seit heute."

Noch immer sah sie Lisa nicht an. „Und du benutzt es nur als weiteren Versuch, deine Gelüste zu befriedigen."

„Nein, eigentlich wollte ich dir nur Frühstück bringen."

„Wenn dem wirklich so wäre, hättest du mit Evi gesprochen, die dir gesagt hätte, ich frühstücke nicht. Nur Kaffee und den hab ich bereits."

Eiskalt, dachte Lisa. Das war nicht zu fassen. Sie las in ihrem Buch und sah sie nicht an. Sie würdigte sie keines einzigen Blickes.

Lisa stellte den Beutel auf den Tisch. „Ich wollte dir wirklich nur Brötchen bringen."

Sie wandte sich ab zu gehen und Tess hob doch den Blick. „Lisa?"

„Mh?" Unwillig drehte sie sich um. Selten blitzte sie so kaltherzig ab. Eigentlich noch nie!

„Wenn du mich nicht nur als Objekt betrachten würdest, würde ich dich auf der Stelle vernaschen."

Lisas Herz machte einen Satz und ihre Mundwinkel hoben sich, doch das sah Tess schon gar nicht mehr. Sie las unbeeindruckt weiter und sah auch das Aufflammen des Ehrgeizes nicht in Lisas Augen. Sie war vom Grunde her ja offensichtlich nicht abgeneigt, also würde Lisa es schon noch schaffen. Erst einmal musste sie aber das Feld räumen und ging wieder.

Tess schmunzelte. Das hatte gesessen und sie

wusste das. Sie hatte sie angestachelt und machte sich einen Spaß daraus, Lisa an ihrem empfindlichen Ego zu treffen. Die Wochen hier würden wohl aufregender werden, als sie geglaubt hatte.

Der negative Nebeneffekt: Sie war abgelenkt. Was hatte sie da eben gelesen? Seit Lisa angekommen war, hatte sie keines der gelesenen Wörter aufgenommen. Das war nicht zu glauben!

Am Nachmittag trieb sie dann aber ein ernsthaftes Problem zum großen Hotel. Joshi stand allein an der Rezeption wie meistens. Lisa gesellte sich nur zu ihm, wenn die neuen Touristen mit der Fähre kamen, um sie nicht so lange warten zu lassen.

„Hey." lächelte Tess.

„Hey kleine Tess." grinste er frech. „Alles in Ordnung?"

„Geht so. Ich stand gerade unter der Dusche und hab den Schock meines Lebens bekommen. Ich hab kein warmes Wasser."

„Oh. Tut mir leid."

„Kein Thema, aber kriegst du das wieder hin?"

„Sicher, warte kurz." Er ging in das Hinterzimmer der Rezeption und scheuchte seine Cousine heraus.

„Was soll denn das?" schimpfte Lisa und klatschte ihm auf die Finger, die sie nach draußen - weg von ihrem Kaffee - trieben.

„Du musst kurz die Stellung halten." feixte Joshi. „Tess hat kein warmes Wasser, das können wir doch nicht so stehenlassen."

Lisas Augenbraue hob sich, als sie Tess angrinste. „Ich kann es dir auch warm machen."

„Das bezweifle ich nicht, aber eine Dusche sorgt nicht nur für körperliche Wärme." antwortete sie kalt, drehte um und ging. Sie hörte Joshi und Evi noch lauthals lachen, nur von Lisa kam nichts mehr. Die schwor sich, sie würde diesen Eisklotz noch zum Schmelzen bringen.

Joshi fand den Fehler zwar schnell, aber ihm fehlte die Ausbildung als Klempner und der würde erst am nächsten Tag wieder da sein.

„Komm einfach ins Hotel oder zu Evi." sagte Joshi. „Tut mir echt leid."

„Kein Problem." lächelte Tess verständnisvoll. Probleme traten immer und überall mal auf, selbst im Paradies. Und dass der Klempner der Insel ausgerechnet heute bei der Zeugnisvergabe seines Sohnes war, war eben einfach Pech.

Oder Schicksal.

Am Abend, bevor sie sich ins Bett legen wollte, fuhr Tess mit dem Rad zu Evi, das war nicht so weit wie zu dem großen Haupthaus. Und sie wusste, sie würde dort genauso eine heiße Dusche finden.

„Klar." sagte Evi auch sofort und ließ Tess herein. Ein Handtuch und frische Kleider hatte sie sich natürlich mitgebracht, so war es wirklich nur die Dusche, die sie nutzte. Und den Spiegel.

Mit nassen, zerzausten Haaren kam sie aus dem Badezimmer und lief Lisa in die Arme. Im wahrsten

Sinne des Wortes, denn die wollte auch gerade unter die Dusche und die beiden Frauen rannten sich halb über den Haufen.

„Gott." keuchte Tess erschrocken.

„Alles klar?" kicherte Lisa, die nicht weniger erschrocken war.

„Ich glaube, ich brauch noch eine Dusche." Ihr Herz mochte sich gar nicht mehr beruhigen.

Lisa hob ihre Waschtasche auf, die sie hatte fallenlassen, und reichte sie ihr. „Ich würde dir ja anbieten, dir behilflich zu sein, aber das legst du nur wieder falsch aus, also werde ich es nicht aussprechen."

Tess nahm die Tasche mit einem Lächeln und kurz zuckenden Brauen. „Vielleicht bist du ja doch noch lernfähig. Ich würde mich freuen, wenn du es schaffst, bevor mein Urlaub vorbei ist."

Sie schob sich an Lisa vorbei, ließ es sich aber nicht nehmen, ihre Hand über Lisas Hintern streifen zu lassen. Über ihre Schulter zwinkerte sie Lisa noch mal mit einem verführerischen Lächeln und blitzenden Augen zu, und verschwand dann um die Ecke herum. Damit stand fest, Lisa brauchte kein warmes Wasser. Eiskalt war gerade immer noch zu heiß. Seit wann ließ sie sich denn so reizen? Seit wann ließ sie denn so mit sich spielen? Sonst tat sie das immer...

Tess wünschte sich auch gleich die nächste Dusche, doch die würde sie nicht bekommen. Auf dem Fahrrad zurück zu ihrem Haus rieb sie sich wie automatisch am Sattel, dachte an Lisa und war feucht, ehe sie angekommen war. Großartig, dachte sie, was war denn hier nur los?

Schon den nächsten Tag wollte Tess nun endlich richtig ihrer Arbeit widmen. Sie fuhr mit dem Rad zum Hotel, nahm sich eines der Pferde und ritt durch den dichten Wald zu Stellen, die sonst kaum einer erreichte. Kurz unterhalb der Spitze des Berges, auf dem sich immer genügend Touristen tummelten, gab es einen versteckten Aussichtspunkt, der nur zu erreichen war, wenn man den Weg verließ und sich auskannte. Ihr Pferd band sie an das Geländer und setzte sich auf den Felsvorsprung. Ihr Blick ging in weite Ferne und sie träumte eine Weile, bis sie aus ihrer Tasche ihren Block zottelte.

Vor ihr lag ein leerer Block, ein Bleistift kreiselte in ihrer Hand und wartete auf seinen Einsatz. Doch ihr fiel nichts ein. Nichts. Sie war wie blockiert. Das war ihr hier noch nie passiert. Nicht eine Zeile wollte sich in ihrem Kopf formulieren lassen. Nicht mal Ideen flammten auf, obwohl ein weißes Blatt Papier sonst immer genügte, um ihre Synapsen heißlaufen zu lassen. Nicht so an diesem Tag.

Genervt schob sie ihr Vorhaben beiseite und nahm sich nun doch ihr Hobby vor. Sie schrieb schon seit einigen Monaten an einem Roman und brauchte noch den richtigen Schwenker zum Ende hin. Eine Szene oder ein Kapitel - irgendwas, das sie dem geplanten Finale näher brachte. Der Block vor ihr rief förmlich nach der Miene des Bleistiftes, um Ideen zu sammeln, doch es kam nicht eine einzige.

„Das gibt's doch nicht." grummelte sie leise vor sich hin. Wäre gerade jemand in ihrer Nähe gewesen, hätte sie denjenigen vermutlich angepampt, ohne dass er etwas dafür könnte. Zum Glück war da niemand außer dem Pferd und das schien sich nicht angegriffen zu fühlen.

Sie lehnte sich auf ihrem Fels zurück und fing eben an zu zeichnen. Da ihr auf Anhieb nicht mal etwas einfiel, das sie hätte aus ihrer Phantasie auf ein Blatt Papier hätte bringen wollen, zeichnete sie, was sie sah. Eine herrliche Landschaft...

Das gelang ihr ganz gut und sie war zumindest ein bisschen befriedigt. Dennoch war sie ziemlich mies drauf, als sie das Pferd wieder in den Stall brachte. Der Tag hatte so ergebnisreich werden sollen, doch mehr als ein paar Kritzeleien hatte sie nicht zustandegebracht.

Schuld daran war nicht nur Lisa, obwohl auch die eine Rolle spielte. Vivien geisterte durch ihren Kopf. Sie waren getrennt, aber Vivi schien das noch nicht so richtig verstanden zu haben. Und im Gegensatz zu Lisa kannte sie Tess auf einer Ebene, die es ihr manchmal unmöglich machte, ihr zu widerstehen. Schon landeten sie wieder im Bett und Vivien machte sich neue Hoffnungen, die Tess nur ungern zerstörte, weil es Vivi das Herz brach.

Das durfte so nicht weitergehen, zumal sich Tess im Nachhinein jedes Mal irgendwie gekauft vorkam. Vivien wusste um ihre Schwächen und spielte die schamlos an, um sie ins Bett zu kriegen, dort einzuschlafen und am Morgen mit ihr aufzuwachen wie in alten Zeiten...

Tess entschied sich für das Clubhaus. Dort gab es Musik und genügend Leute, zwischen denen sie sich nicht so einsam fühlte und doch allein sein würde.

„Whiskey on the Rocks." gab sie an der Bar ihre Bestellung auf, ohne auch nur aufzusehen.

Mareike stellte ihr das Glas vor. „Was treibt dir denn die Falten auf die Stirn?"

„Keine Ahnung." seufzte Tess. „Ich komme nicht weiter."

„In welcher Hinsicht?"

„Mit meinem Job und meinem Leben."

„Oh je. Aber weißt du, die Menschen hinter einer Bar sind die besten Helfer, um Probleme zu lösen, also lass uns mit dem Job anfangen."

Tess schmunzelte. „Bist du wirklich verheiratet?"

„Ja." grinste Mareike stolz.

„Schade eigentlich, dich hätte ich entführt."

„Du meinst wohl eher *ver*führt."

„Auch, aber hauptsächlich *ent*führt."

„Tut mir leid, dich enttäuschen zu müssen." verkündetet sie singend, wurde aber gleich wieder ernst. „Also schieß los, was ist passiert?"

„Keine Ahnung. Ich bin wie blockiert. Mehr als Kritzeleien hab ich heute den ganzen Tag nicht hinbekommen."

„Was hätte es denn werden sollen?" fragte Lisa auf einmal und setzte sich zu ihr.

Tess hörte ausnahmsweise mal aufrichtiges

Interesse, deshalb antwortete sie auch. „Ich muss ein Naturgedicht schreiben, dabei liegt mir das nicht gerade."

„Gedicht?" staunte Lisa ehrlich überrascht.

Tess lächelte schief. „Ich studiere Literatur, Hauptfach Dichtkunst und Schriftstellerei."

„Wow. Da gibt es viele Facetten, oder? Ich meine, meine Paragraphen sind da eindeutiger."

„Stimmt." lachte sie. „Aber ich liebe die Literatur und das Studium."

„Und woran scheiterst du hier?" fragte Mareike.

„Keine Ahnung. Ich krieg den Kopf nicht frei. Ich hatte gehofft, das hier hinzukriegen, und schieb das schon seit Monaten vor mir her."

„Dann solltest du mit dem Kopf anfangen." meinte Mareike und stellte ihr eine Schale Erdnüsse vor die Nase. „Sonst kommst du weder mit deinem Leben, noch mit deinem Job weiter."

„Das ist wohl wahr, aber solange ich mein Leben nicht wieder im Griff habe, werde ich meinen Kopf wohl nicht frei kriegen. Du erkennst das Dilemma?"

„Es schreit mich an." bestätigte Mareike nachdenklich. Welcher Schritt war denn nun am sinnvollsten als erster zu tun?

„Du solltest eine Entscheidung treffen." meinte Lisa ernsthaft und riss die beiden anderen Damen aus ihren Gedanken.

Tess sah verwundert auf. „Wieso eine Entscheidung?"

„Ich hab zwar keine Ahnung, um was genau es

geht, aber ich habe einen Fühler für Menschen, die mit einer Entscheidung kämpfen, sonst wäre ich keine so erfolgreiche Anwältin. Und ich bin der Meinung, wenn du für dich keine Entscheidung getroffen hast, wirst du deinen Kopf nie zur Ruhe kriegen."

Tess kippte ihren Drink hinter. „Noch ein paar mehr davon, dann krieg ich das vielleicht hin."

Kichernd füllte Mareike das Glas wieder. „Das sollte aber nicht die Lösung sein. Andererseits kannst du sicherlich auch hier schlafen, wenn du nicht mehr zu deinem Haus kommst."

Tess lachte auf. „Wenn dann bei Evi. Die kuriert den Kater wieder weg."

Lisa nahm sich eine Handvoll Nüsse und warf sich die erste in den Mund. „Wo ist das Problem? Brauchst du Hilfe?" fragte sie ernsthaft.

„Jede Menge, aber keine, die du mir geben könntest."

Lisa verdrehte die Augen. „Ich meine als Anwältin, Frau und Freundin, also ganz locker."

„Ich sprach von der Anwältin." schmunzelte Tess. Lisa schien sich schon wieder angegriffen zu fühlen, dabei war das ausnahmsweise kein Denkzettel gewesen.

„Sprich es aus, Kleines." forderte Mareike liebevoll.

„Ihr dürft nur einmal raten." stöhnte Tess und kippte den nächsten hinter. Sie schüttelte sich leicht und bekam Gänsehaut. „Noch einen."

„Oh je." seufzte Mareike. „Eine Frau. Wenn ich für jede Antwort einen Drink ausschenken muss, bist du voll bis oben hin, ehe wir alles wissen."

„Ich werde sie einfach nicht los."

„Willst du sie denn loswerden?" fragte Lisa.

„Ja, genau das will ich." Tess lächelte sie nur halb an. „Aber sie kennt mich gut und spielt meine Schwachstellen immer wieder an."

„Danke. Du gibst mir ja kaum eine Chance, dich kennenzulernen."

„Weil du nur ans Vögeln denkst."

„Und sie nicht?"

„Vivi? Nein." Tess verlor den Blick für die Realität und träumte an Lisa vorbei. „Sie ist eine absolute Träumerin. Musikerin. Aber sehr emotional."

„Und eine Wucht im Bett." vermutete Mareike lachend.

„Auch." feixte Tess zufrieden. „Selten hab ich so was erlebt." Ihre Mundwinkel sanken wieder. „Und genau das nutzt sie immer wieder aus."

„Sie verführt dich also, um dich an sie zu binden." erkannte Lisa.

Wieder musste Tess ihr Glas leeren. „Genau das. Und ich kann ihr genauso wenig widerstehen, wie ich mich an sie binden will."

Mareike stützte sich auf den Tresen. „Na da hast du dir ja was eingebrockt."

„Danke." zickte Tess und schob ihr das Glas noch

mal vor.

„Ich bin dagegen." sagte Mareike und deutete auf die Flasche Whiskey in ihrer Hand.

„Zur Kenntnis genommen."

Mareike seufzte, füllte aber erneut das Glas und gab noch einen Eiswürfel dazu.

„Hast du für dich eine Entscheidung getroffen?" wollte Lisa wissen. Wieso sie sich für die Probleme einer eigentlich Fremden interessierte, könnte sie nicht mal sich selbst beantworten. Nicht dass ihr die Frage aufgekommen wäre … Ihr Kopf schien nur nach der Lösung für Tess zu suchen.

„Eigentlich schon, ja." Warum sie die nicht halten konnte, wusste Tess selbst nicht so genau.

„Wie bringt sie dich zum einknicken?" fragte Mareike.

Tess fühlte sich endlich wie zu Hause. Sie hatte das Gefühl, hier mit Freunden zu sitzen und fand offene Ohren. Das war so was von angenehm. Sie fühlte sich nicht mehr so erschlagen.

„Keine Ahnung. Stell dir unschuldige Augen vor, die dich bitten, sie in deinen Arm zu nehmen und zu trösten, wenn sie einen schlechten Tag hatten. Ich kenne sie und weiß, dass sie eine Kleinigkeit schon aufwühlen kann. Ich kann nicht anders, als ihr den Halt zu geben, den sie in dem Moment braucht. Und schon ist es passiert..." fügte Tess gereizt hinzu und leerte wieder ihr Glas.

„Sie spielt mit dir." stellte Lisa trocken fest.

„Ich weiß." zischte Tess angepisst. Das war ihr

schließlich klar, deswegen ersäufte sie ihren Frust ja in Whiskey.

„Hey, nun geh mich nicht an. Ich verstehe nur nicht, wieso du so mit dir spielen lässt, wenn du es doch weißt."

„Das nennt sich Gefühl. Solltest du mal in dein Herz lassen. Ich kann einfach nicht widerstehen, wenn sie mich darum bittet, einfach für sie da zu sein. Und komm ja nicht auf dumme Gedanken, ich glaube, bei dir würde ich es lernen."

„Autsch." kicherte Mareike leise.

„Dann sollte ich vielleicht deine Therapeutin werden." meinte Lisa grinsend.

Tess versenkte den nächsten Whiskey in ihrem Körper. „Ich würde meine Probleme gern lösen und nicht noch mehr dazu kriegen. Solange ich Vivi nicht aus meinem Kopf kriege, werde ich hier nicht eine einzige Zeile schreiben können."

„Was ist denn mit deinem Hobby?" fragte Mareike. „Machst du das noch?"

„Ich hab es veröffentlicht." grinste Tess stolz.

„Nein!" staunte Mareike. „Ehrlich? Wieso weiß ich das noch nicht?"

„Weil es nicht ganz dein Genre ist, tut mir leid. Ich schreib gerade an einem Roman, aber mit dem komme ich genauso wenig vorwärts. Und wer ist Schuld? Weiber."

Tess verdrehte die Augen, schüttelte den Kopf und trank den nächsten. Das würde sie spätestens am nächsten Morgen bereuen, aber das musste jetzt sein.

Das hatte sie sich aber auch nur gedacht. Mareike nahm ihr das Glas weg.

„Schluss jetzt."

„Ach komm schon." jammerte Tess. Jetzt wollte die ihr auch noch ihren neuen Freund wegnehmen! Frechheit.

„Vergiss es. Damit wirst du deine Probleme auch nicht los. Willst du diese Vivi loswerden?"

„Ja." Nichts sehnlicher wünschte Tess sich, als sich endgültig richtig von ihr zu lösen und ihren Spielchen nicht mehr ausgeliefert zu sein.

Mareike knallte ihr einen Block und einen Stift vor die Nase. „Dann schreib ihr das."

Tess schmunzelte und hielt sich ein Auge zu. „Jetzt noch? Ich kann gar nicht mehr schreiben."

Lachend nahm sich Lisa den Block. „Dann bin ich heute mal deine Assistentin. Das hab ich noch nie gemacht. Du sagst an, ich schreibe."

„Nein, ich mach das morgen." wollte Tess abwimmeln, doch gegen gebündelte Frauenpower kam sie nicht an.

„Nichts da!" legte Mareike fest, während sie nebenbei noch Gläser polierte. „Jetzt bist du wütend genug und hast genügend Abstand, also los jetzt. Morgen Früh ziehst du doch nur den Schwanz ein."

„Und was soll ich ihr schreiben? Hey Vivi, du bist ein Miststück, also lass mich in Ruhe?"

„Würde mir gefallen." lachte Lisa. „Ich denke aber, du solltest es etwas ausführlicher schreiben."

So saßen die Drei noch geschlagene zwei Stunden

zusammen und bastelten einen Brief an Vivien. Gemeinsam. Mareike spülte und polierte nebenher die Gläser und schenkte neue Getränke aus. Lisa übernahm tatsächlich den Part des Schreibens und schrieb die Endausführung auch noch mal halbwegs ordentlich ab. Mareike besorgte schnell einen Briefumschlag, Tess diktierte die Adresse und schon schien es perfekt.

Sie hielt den fertigen Brief in der Hand und begann zu zweifeln. Vivien war emotional. Es würde ihr den Boden unter den Füßen wegreißen und Tess wäre nicht mal in der Nähe, um sie aufzufangen. Aber genau darum ging es doch, oder nicht? Sie hatten den Brief zwar wahrheitsgemäß geschrieben, aber an das emotionale Wesen des Empfängers angepasst. Es würde kein Faustschlag werden, aber ein langsam ausgeführter Stich ins Herz. Ob das so viel besser war?

Lisa sah die steigenden Zweifel und riss ihr den Brief aus der Hand. „Ich schicke ihn ab." Tess wollte ihn wieder zurückerobern, doch Lisa ließ sie nicht. „Bah! Hake sie ab. Du hast eine Entscheidung getroffen, also stehe zu dieser Entscheidung und zieh es durch."

„Genau!" bekräftigte Mareike sofort. „Die hat dich doch gar nicht verdient."

„Meint ihr wirklich?"

„Ja!" riefen sie beide so überzeugt, dass Tess es geschehen ließ. Der Brief würde abgeschickt werden. Um das zu vergessen, schnappte sie sich aber die Whiskeyflasche und füllte ein Glas, das sie zu greifen bekam.

„Schluss damit!" schimpfte Lisa und nahm es ihr gleich wieder ab, noch bevor sie es ausgetrunken hatte. „Das ist sie doch gar nicht wert."

„Aber du?"

„Nein, ganz bestimmt nicht. Aber wegen mir sitzt du auch nicht hier."

„Ich will jetzt aber auch nicht schlafen und sitze an einer Bar, also lass mich wenigstens was trinken."

„Milch?" schlug Mareike unschuldig vor, erntete aber nichts als einen giftigen Blick. „Ist ja gut." schmunzelte sie und machte ihr einen alkoholfreien Cocktail, denn von den Umdrehungen hatte sie inzwischen genug.

Und Lisa übernahm den Part der Ablenkung. Sie griff einfach nach Tess´ Hand. „Komm schon."

Und schon war sie unterwegs und zog Tess mit sich zur Tanzfläche. Heiße Latinbeats luden ein, sich rhythmisch zu bewegen und anzuheizen. Das ging auch den beiden Damen nicht anders. Sie bewegten ihre Körper im Takt der Musik, aber immer ein Stück aufeinander zu. Lisas Blicke waren nicht weniger eindeutig als die von Tess. Und mit dem Alkoholpegel könnte sie vielleicht...

Sie brach ihren Gedanken ab und wandte sich von Lisa ab. Das würde tatsächlich nur neue Probleme schaffen, die sie sich vom Leib halten konnte. Hier war ihr Paradies. Ende!

Doch Lisa gab nicht so schnell auf. Sie zog Tess an sich, musste ein Stück zu ihr hinab sehen. Ihr

Augen glänzten. „Wieso wehrst du dich so vehement."

„Weil du nichts als Sex im Kopf hast."

„Das stimmt nicht." sagte Lisa ernsthaft. Sie tanzten aber noch immer heiß weiter und pressten die verschwitzten Körper aneinander. „Du magst in einer Hinsicht Recht haben, ich habe keine Zeit für eine wirklich feste Beziehung und ja, ich habe Sex. Aber den hast du ganz offensichtlich auch."

„Aber ich weiß von jeder einzelnen auch noch den Namen, die Interessen, was sie zu unserem ersten Treffen trugen und sogar, auf welche Berührung welche Stelle ihres Körpers wie reagiert. Du weißt vermutlich nicht mal mehr die Namen."

Sie wandte sich aus Lisas Umklammerung, landete aber nach einer gekonnten Drehung wieder in ihren Armen. „Ich bin nicht so gefühllos, wie du mich glaubst."

„Und doch denkst du bei jedem weiblichen Wesen nur an Sex."

„Nein." Lisa vollzog mitten im Tanz eine Drehung, damit Tess zur Bar sehen konnte, hielt sie aber immer noch an sich gedrückt. „Siehst du die ganz rechts? Bei der denke ich an alles mögliche, aber Sex gehört nicht dazu."

Tess folgte der Aufforderung und fühlte sich zutiefst beleidigt. Da saß eine Frau in enger schwarzer Hose, die jede noch so kleine Delle der Zellulitis preisgab, dazu ein knappes Shirt in pink, das auch noch einen roten String in Monstergröße offenbarte.

40

Ihr glühender Blick traf wieder auf Lisa. „Also wenn das ein Kompliment gewesen sein soll, ist es schiefgegangen." meinte sie und löste sich endgültig. Sie ging zur Bar, setzte sich und unterhielt sich wieder gemütlich mit Mareike.

Lisa ging. Sie wusste, sie war dort jetzt nicht erwünscht, also suchte sie das Weite. Tess bekam das im Augenwinkel mit, trank aus und folgte ihr. Aber nur bis zu den Rädern, um den Heimweg anzutreten.

Es stellte sich heraus, dass sie tatsächlich nicht mehr fahrtüchtig war, auch wenn sie nichts dafür konnte. Aber mit weniger Alkohol und Gedanken in ihrem Kopf hätte sie die achtlos weggeworfene Coladose in der Dunkelheit vielleicht gesehen, bevor sich ihr Vorderrad verdrehte und sie mit einem Aufschrei über den Lenker flog.

Autsch!

Benommen setzte sie sich auf und fluchte leise. So eine Scheiße aber auch, dachte sie. Wer verteilt denn Müll in einem Paradies?! Sie konnte nicht anders, als den Anzugmann zu verdächtigen. Dem wäre das zuzutrauen gewesen. Hier standen auf allen Wegen in regelmäßigen Abständen Abfalleimer, also warum nutzte man die nicht?

„Tess!" rief Lisa aufgeregt. Sie hatte den Schrei gehört und kam hektisch angefahren. Direkt neben Tess am Boden ließ sie ihr Rad unbeachtet fallen und hockte sich zu ihr.

„Alles okay?"

„Äh … Geht so."

Lisa sah sich das Bein an. Es blutete. „Das sollte

gereinigt werden. Komm, ich bring dich. Und denk nichts Falsches, ich will mir das nur ansehen und reinigen."

Ausnahmsweise glaubte Tess ihr das sogar und ließ sich von ihr auf die Beine helfen. Ihr schwindelte ein bisschen, deshalb legte Lisa auch fest, dass sie laufen würden und nicht fahren. Die Coladose hob sie auf und warf sie im Vorbeigehen in einen der Kübel.

Im Strandhaus unter Licht fiel als erstes auf, dass Tess ziemlich blass war.

„Setz dich." sagte Lisa besorgt, bevor sie noch ohnmächtig werden konnte.

„Es geht schon."

„Nichts da, setz dich."

Lisa wusste, wo in jedem Haus der Erste-Hilfe-Kasten verstaut war, und brachte ihn zu ihr. Vorher reichte sie ihr aber noch ein Glas Wasser.

„Du kannst ja auch ganz anders." schmunzelte Tess, als sie ihr das Wasser abnahm.

„Ich bin nicht herzlos." murmelte Lisa, wischte vorsichtig mit einem Lappen die Blutspur vom Schienbein und sah sich die Schürfwunde an. Es blutete ziemlich stark und sie wusste jetzt schon, dass das für Tess unangenehm werden würde, aber das musste desinfiziert werden.

„Herzlos nicht, aber du weißt deine Gefühle offenbar nur mit Paragraphen zu nutzen." konterte Tess amüsiert. Eigentlich redete sie sich das ein, denn im Moment war Lisa sehr gefühlvoll. Sie sah sie nicht an, hatte die Stirn in Falten gezogen und gab sich ganz offensichtlich Mühe, ihr nicht wehzutun.

„Du hast Recht, ich bin meinen Paragraphen verfallen und liebe sie abgöttisch. Aber genauso liebe ich die Frauen und bin durchaus in der Lage, Gefühle auf sie zu projizieren."

„Auf sie, aber nicht in sie. Mit wem hattest du als letztes Sex?"

„Eine Touristin." feixte Lisa leise. Es war etwa eine Woche her.

„Und ihr Name?"

„Michaela."

„Was trug sie beim Einchecken?"

„Keine Ahnung, aber ich weiß noch genau, was du getragen hast."

Lisa kniete vor Tess, die ihr Bein auf das Sofa gelegt hatte. Tess sah zu ihr hinab und begegnete einem äußerst charmanten, einladenden Lächeln. Es fehlte nicht viel und sie würde die paar Zentimeter überbrücken.

Schnell trank sie von ihrem Wasser. „Was ist Michaela von Beruf?"

„Äh..." Lisa musste sich erst mal wieder fangen. In ihrem Schoß wurde es feucht. „Sekretärin."

„Und was hat sie für Hobbys?"

Lisa hob den Blick wieder von dem geschundenen Bein, nachdem sie vorsichtig ein Pflaster darauf geklebt hatte. „Ich habe keine Ahnung und es interessiert mich auch nicht. Deine interessieren mich."

„Aber auch nur, weil du hoffst, darüber dein Ziel zu erreichen."

„Nein. Ich würde mich einfach nur gern mit dir unterhalten."

Tess beugte sich zu ihr, bis ihre Lippen fast aufeinandertrafen. „Du willst nicht mit mir schlafen?"

„Das wäre eine Lüge."

„Dachte ich mir." seufzte Tess und lehnte sich wieder zurück.

Lisa musste wohl einen neuen Korb akzeptieren. Aber nicht einfach so. Sie stieg auf dieses Spielchen ein. Sie legte ihre zarten Hände neben die Wunde auf Tess´ Haut und gab ihr vorsichtig einen Kuss auf das Pflaster. Dann stand sie auf. „Gute Nacht."

Sie drehte um und ging. Tess blieb schmunzelnd, aber auch erregt zurück. Hätte sie warmes Wasser, würde sie sich jetzt eine Dusche gönnen, aber da das ausgeschlossen war, legte sie sich ins Bett und holte sich dort wenigstens etwas Befriedigung.

Ihre Gedanken wanderten aber immer wieder von Lisa zu Vivi. Was würde es mit ihr machen, wenn sie den Brief in den Händen halten würde?

Den nächsten Tag verbrachte Tess nahezu komplett an ihrem eigenen Strandabschnitt. Sie hatte alles dabei, was sie brauchte, aber Kreativität suchte sie in ihren grauen Zellen vergeblich. Am Tag nach ihrer Rückkehr wäre die Abgabe des Gedichts fällig und sie hatte noch nicht ein einziges Wort geschrieben. Sie wusste noch nicht mal, um was es gehen sollte. Natur … Da gab es viel. Man konnte seitenweise über eine einzige Blume schreiben, aber auch mit drei Sätzen ausdrücken, was einen ganzen Urwald umschließt. Also was sollte der Grundgedanke werden? Blumen? Landschaft? Tiere? Wetter? Das Leben selbst? Natur war weit gefächert und da sie ihre eigenen Gedanken nicht dazu bewegen konnte, sich etwas auszudenken, beschäftigte sie sich eben mit den Naturgedichten von anderen. Ihre große Tasche war nicht umsonst so prall gefüllt gewesen.

Lisa kam diesmal auch nicht zum Frühstück, genau wie am Vortag. Das war zumindest für Tess' Widerstand ganz gut. An einem Tag ohne ihren Anblick konnte sie ihre Schutzwand wieder aufbauen und würde der nächsten Begegnung wohl standhalten.

Tess schmunzelte. Sie las, hatte aber keine Ahnung, was sie da eigentlich vor sich hatte. Immer wieder glitten ihre Gedanken zu Lisa. Spätestens am Tag vor ihrer Abreise würde sie sie wohl doch noch vernaschen, aber diese erregenden Spielchen fachten sie nur an, also würde sie es ihr nicht zu leicht machen, daher verbrachte sie auch den nächsten Tag ganz allein an ihrem Strand.

Lisa ging ihrer Arbeit nach, war aber nicht ganz bei der Sache. Seit dem Abend, an dem sie den Brief an diese Vivien geschrieben hatten, hatte sie Tess nicht mehr gesehen. Sie hätte sich dazu hinreißen lassen, zu sagen, sie vermisste sie, doch dieses

Gefühl war ihr fremd. Sie überlegte hauptsächlich, wie sie es anstellen könnte, Tess für sich zu gewinnen. Diese Spielchen machten ihr nicht weniger Spaß, nur dass sie nicht mitspielen durfte, ärgerte sie. Wenn sich Tess hier komplett zurückzog, bekam sie ja nicht mal mehr eine Chance. Sie nahm sich vor, spätestens am nächsten Tag zu ihr zu fahren.

Lisa stand an der Rezeption mit Joshi und empfing die neuen Gäste. Vor etwa einer Stunde hatten sie die Abreisenden verabschiedet, die jetzt mit der Fähre wieder zurückfuhren, und schon strömten neue Touristen zu ihnen. Das Hotel war ganzjährig gut besucht und der ganze Stolz ihrer Tante.

Nachdem dann alle neuen Schlüssel verteilt waren, gönnte sich Lisa einen Kaffee. Sie als Anwältin war dieses lange Stehen an der Rezeption nicht gewöhnt und ihre Füße schmerzten, von ihrem Rücken mal ganz zu schweigen. Joshi wusste das zum Glück und übernahm das, solange es Evi nicht selbst konnte.

Die kam ein paar Minuten später in das Hinterzimmer gefahren. „Lisa.“

Sie zuckte zusammen. Sie war gerade in die Zeitung vertieft gewesen. „Hey. Ist was passiert?“

„Ja und nein. Ich möchte dich um einen Gefallen bitten.“

„Klar. Schieß los.“ Selten schlug sie ihrer Tante einen Gefallen ab, aber an diesem Tag würde sie es tun.

„Lass Tess heute bitte in Ruhe. Geh nicht zu ihr."

Lisa war vielleicht kein geborener Familienmensch, aber blöd war sie auch nicht. „Was ist los?" fragte sie skeptisch.

„Sie hat Besuch, also vermassle es ihr nicht. Du willst mit ihr ins Bett, mehr nicht, aber dafür ist sie nicht der Typ. Also lass sie bitte in Ruhe."

Da mochte ihre Tante Evi Recht haben, dennoch sprang sie auf. „Wie heißt sie?"

„Lisa, bitte." flehte Evi mit blitzenden Augen. „Lass sie in Frieden!"

„Vivien?"

„Ja. Bitte..."

Evi kam gar nicht weiter. Lisa fluchte lauthals und rannte davon. Evi rief ihr noch nach, doch das hörte sie schon nicht mehr. Irgendwas war hier im Gange, von dem Evi keine Ahnung hatte.

Tess stand in ihrer eigenen kleinen Küche und kochte sich eine Tütensuppe zum Mittag, als es zaghaft klopfte. Automatisch fing sie an zu lächeln. Lisa hatte also noch nicht aufgegeben.

„Es ist offen!" rief sie nur, widmete sich aber weiterhin ihrer Suppe. Sie wartete, was Lisa zu sagen hätte und spekulierte schon über ihre Antwort, die Lisa eindeutig anreizen sollte, sie aber dennoch auf Abstand halten. Bei ihrer Antwort würde sie sich allerdings umdrehen, denn den Ausdruck ihrer Augen, in denen die Lust stieg, von der sie wusste, sie würde unbefriedigt bleiben, machte Tess unglaublich an.

„Hey."

Erschrocken fuhr Tess herum. Das war nicht Lisa! Das war Vivi! Sie stand leibhaftig vor ihr. Ein ganzes Stück kleiner als Tess, mit dunklen, traurigen Rehaugen und wie ein Häufchen Elend. Sie hatte die Arme um die Brust geschlungen, um sich nicht so verlassen zu fühlen.

„Was machst du denn hier?" keuchte Tess atemlos. Allein das Glitzern der Tränen in ihren Augen brachte ihr Herz zum Schmelzen.

„Warum?" weinte Vivien. „Tess, warum tust du mir das an? Ich will dich nicht verlieren. Bitte nicht. Lass mich nicht allein."

Tess zögerte, doch sie konnte nicht raus aus ihrer Haut. Ihre kleine Vivi war am Ende, wie sie es befürchtet hatte. Sie wollte gar nicht so genau wissen, wie sie das Geld für die Reise zusammengekratzt hatte. Seufzend überwand sie die paar Meter und schloss sie tröstend in ihre Arme.

„Vivi..."

Jetzt brach es richtig aus ihr heraus. Sie fing bitterlich an zu weinen und krallte sich an ihr fest. „Tess, bitte. Ich liebe dich. Dir allein gehört mein Herz und du trittst es mit Füßen."

Genau das war es. Diese Vorwürfe. Tess kannte das zarte Herz der kleinen Musikerin vor ihr und fühlte sich schäbig, sie so zu behandeln. Sie wusste nicht, was sie sagen sollte.

Lisa kam abgehetzt am südlichen Strandhaus an. Sie hörte die beiden reden.

„Bitte." flehte Vivi. „Lass mich nicht allein. Lass mich dir für alles danken, was du mir gibst, aber lass mich bitte nicht allein. Tu mir das nicht an."

Diese kleine Schlange, dachte Lisa. Als sie dann auch noch ein eindeutig erregtes Stöhnen aus Tess´ Kehle hörte, war es genug. Sie klopfte stürmisch, man könnte sagen, sie hämmerte an die Tür.

Tess erschrak schon wieder. „Ja?"

Die Tür ging auf und sie fühlte sich ebenso erleichtert, wie hundeelend. Lisa stand in der Tür wie ihr zu Hilfe kommender Engel. Aber es war der Engel der Apokalypse. Zumindest für Vivi und das tat ihr jetzt schon leid.

„Tess." forderte Lisa mit ernstem Blick. Sie hielt dieses kleine Miststück im Arm. Lisa erkannte aber nichts dieser Liebe und Sehnsucht, die man eben noch in ihrer Stimme gehört hatte. Hass, mehr sah man in ihren Kulleraugen nicht. Und der richtete sich gegen Lisa, aber das war ihr egal.

Tess schluckte trocken und löste sich von Vivien. „Lisa, das ist Vivien. Vivien, Lisa." Gott, der Tag war ein Albtraum!

Vivien setzte ihre herzzerreißende Maske wieder auf, als sie zu Tess aufsah. „Sie? Ist sie der Grund, warum du mir das antust?"

Tess verschloss die Augen vor diesem Blick. „Nein. Vivi, ich hab dich echt gern, aber ich liebe dich nicht."

Wieder fing sie an zu weinen. „Bitte Tess. Schick mich nicht weg. Lass uns reden."

Wie sie reden wollte, wusste Lisa. Und sie sah es, als sie sich an Tess schmiegte, die auch noch gleich wieder ihre Arme um sie legte. In Lisa kochte echte Wut hoch, wie sie sie selten in sich spürte.

„Tess." zischte sie. „Lass dich doch davon nicht beeinflussen! Du hast eine Entscheidung getroffen."

„Bitte." flehte Vivien mit glänzenden Augen und hatte es geschafft.

Tess löste sich nur ein Stück von ihr. „Lass uns reden. Lisa, wir kommen klar."

Lisa konnte einfach nicht glauben, dass sie das eben wirklich gehört hatte. Das durfte doch nicht wahr sein! Diese Schnepfe hatte Tess vollkommen um den Finger gewickelt. Mit einem breiten Grinsen kam sie jetzt auf Lisa zu und schob sie nach draußen. Dann war die Tür zu und Lisa hörte wieder leises Gemurmel, gefolgt von einem erregten Keuchen. Es ging schon wieder los und Tess wehrte sich kein Stück dagegen. Lisa hörte zwar leise, dass Tess bat, Vivien solle aufhören, doch es gab eine weitere Liebesbeschwörung und ein weiteres Stöhnen...

Zornig fuhr Lisa zum Clubhaus. Sie musste ihrem Ärger Luft machen, wollte es aber nicht an den Gästen auslassen. Und ihre Tante Evi hätte das jetzt auch nicht verstanden. Es gab nur einen einzigen Menschen auf dieser Insel, mit dem sie reden konnte.

„Mareike!" rief sie von der Tür aus.

Mareike kam aus dem Hinterzimmer der Bar. „Lisa. Was ist los?"

„Krieg ich einen Scotch?" fauchte Lisa.

„Oh." griente Mareike. „Was ist passiert?"

„Vivien ist hier."

Mareike erstarrte in der Bewegung. Das Glas hatte sie schon vor Lisa auf den Tresen gestellt, doch die Flüssigkeit blieb in der Flasche in ihrer Hand. „Das ist ein Scherz."

„Nein!" brauste Lisa auf und kippte den Scotch hinter, den sie sich selbst eingegossen hatte. „Sie ist hier. Sie ist bei Tess und die lässt das schon wieder zu!"

„Du warst da?"

„Ja. Evi hat mir erzählt, Vivien ist hier, also bin ich hin und wollte sie aufhalten. Da schmeißt mich dieses Miststück doch nicht wirklich raus?!"

„Wer?"

„Na diese Vivien! Ich sag dir, die ist so ein falsches Luder! Heult Tess was vor und grinst mich blöd an!"

Oha, dachte Mareike. So hatte sie Lisa noch nie erlebt. Die war auf Hundertachtzig. Sie hatte eben von Grund auf etwas dagegen, wenn Menschen so miteinander umgingen. Genau das machte eine so begnadete Anwältin aus ihr.

„Und du bist einfach gegangen?" fragte sie vorwurfsvoll, denn das passte nicht zu Lisa.

„Was sollte ich denn machen?!" zischte sie wütend und füllte erneut ihr Glas. Toll, dachte sie, jetzt ertränkte sie schon zum Mittag ihren Frust.

Mareike nahm ihr das Glas ab. „Geh zu ihr. Das

kannst du der doch nicht durchgehen lassen. Tess braucht jetzt Unterstützung und du kannst endlich mal zeigen, dass du mehr als Sex im Kopf hast."

Lisa stutzte einen Moment. Es stimmte. Sie hatte die ganze Zeit an alles mögliche gedacht, aber Sex gehörte nicht dazu. Wieso nicht? Sie würde es mit dem Wissen von heute vielleicht schaffen, Tess zu verführen, aber niemals auf ehrliche Weise. Nicht so schnell.

„Okay!" sagte sie ehrgeizig, denn sie wusste, im Grunde wollte Tess von Vivien loskommen, schaffte es nur nicht aus eigener Kraft, also würde Lisa ihr die helfende Hand reichen, auch wenn sie sie nicht wollte.

Sie fuhr zurück zum Strandhaus. Die Geräusche waren eindeutig. Vivien war auf dem Vormarsch und es würde bald alles beim Alten sein. Aber diesmal nicht!

Lisa klopfte kurz und stürmte einfach hinein. Das war zwar eher der Elefant im Porzellanladen, aber egal. Es störte sie auch nicht, dass sie gerade das Schlafzimmer eines Gastes stürmte.

„Lisa!" rief Tess erschrocken. Was war denn hier nur los?! Vivien hatte sich wieder in ihre Arme gelegt, aber ihre Finger waren unter dem dünnen Laken noch aktiv wie von keiner anderen.

„Ich lasse das nicht zu." legte Lisa mit einem Kloß im Hals fest. „Tess, du hast eine Entscheidung getroffen. Wieso wirst du dir selbst schon wieder untreu?"

Tess betrachtete Lisa, wie sie mit den Fäusten in

die Taillen gestemmt vor ihr stand wie eine tadelnde Mutter. Und sie hatte Recht. Es war genau das passiert, was nicht hätte passieren dürfen, wenn sie es endlich schaffen wollte.

Sie schlug die Augen nieder. „Geh." flüsterte sie erstickt.

„Genau." bekräftigte Vivien auch gleich, doch das hatte sie falsch verstanden.

„Nicht sie. Du." legte Tess fest. Ihr Arm war schon von Vivi gerutscht und sie wartete, dass sie aufstehen würde, doch das tat sie nicht.

„Tess." hauchte sie heißer. „Nein."

„Doch!" legte Lisa fest, die einen Moment wirklich geglaubt hatte, Tess würde sie rausschmeißen. Umso erleichterter war sie, dass es nicht so gemeint war. Sie ging einen Schritt auf das Bett zu. „Geh oder ich schmeiße dich raus."

Vivien krallte sich an Tess fest und versuchte sie zu küssen. Leise, kaum hörbar kamen ihr Flehen, ihre Versprechungen und Liebesbekundungen in den Ohren von Tess an und fachten erneut das schlechte Gewissen an. Vivien tat ihr unglaublich leid. Sie wusste, dass das hier wahrlich ihre Apokalypse war.

„Schluss jetzt!" rief Lisa wütend und packte Vivien eiskalt am Arm, um sie aus dem Bett zu ziehen. Zwei nackte Frauen vor ihr und nicht ein Gedanke an Sex. Irgendwie wurde sie sich gerade selbst fremd.

Vivien musste einsehen, sie hatte hier, gegen diese Lisa, keine Chance. Sie klaubte ihre Sachen zusammen und ging. Aber nicht, ohne Tess noch einmal zu beteuern, dass ihr Herz nur ihr gehörte und sie sie furchtbar verletzt hatte. Das wiederum traf Tess und Lisa setzte sich auf die Bettkante neben sie.

„Alles klar?"

„Nein."

„Erzähl mir, was du denkst." bat Lisa.

Tess sah auf und sah in ehrliche Augen. „Du willst nicht reden, hab ich Recht?"

Lisa schob schmunzelnd das Laken über Tess zurecht. „Du hast Recht, es fällt mir schwer, an etwas anderes zu denken, wenn du so vor mir liegst. Aber auch erst seit Vivien weg ist. Aber nein, du hast nicht Recht, das ich nicht reden will. Ich würde gern wissen, was du gerade denkst."

Tess senkte den Blick wieder und spielte mit ihren Fingern. „Das wird sie nicht so leicht wegstecken. Sie tut mir leid."

Lisa setzte sich richtig neben Tess, legte die Beine hoch und lehnte sich an. Aber sie berührte Tess nicht und legte die Hände ganz brav in den Schoß. In ihren eigenen Schoß! „Aber genau darauf spekuliert sie doch. Du magst mir ein Herz aus Eis vorwerfen, aber deines ist eindeutig zu weich. Sie hat nicht mal ernst gemeint, was sie gesagt hat."

„Wie bitte?!" fuhr Tess sie erschrocken an.

„Ist so. Tut mir leid, ich habe jobbedingt ein Auge für Lügner und Vivien ist ein ganz besonderes Kaliber. Sie spielt nicht nur mit dir, sie spielt dir auch was vor. Und jetzt ruf dir deine eigene

Entscheidung ins Gedächtnis. Du wolltest sie nicht an dich binden, also stehe dazu."

„Aber sie ist so weich." schluchzte Tess. Es zerriss ihr das Herz, wenn sie daran dachte, wie allein sich Vivi gerade fühlen musste. So ausgestoßen und verletzt.

Lisa zog Tess sanft an sich. „Ist sie nicht." flüsterte sie. „Sie ist nicht so weich, wie sie dir vorgibt zu sein."

Unsanft entzog sich Tess der Umarmung, obwohl die gerade echt gutgetan hatte. „Woher willst du das wissen? Du kennst sie kein bisschen und siehst doch in Frauen eh nur Sex und kein Gefühl."

Lisa schluckte das einfach. „Ich wollte dir nur helfen, tut mir leid."

Sie stand auf und ging auch noch. Und Tess blieb allein zurück. Mit einem noch schlechteren Gewissen. Wieso hatte sie Lisa jetzt so angefaucht? Die konnte doch nun wirklich nichts dafür und hatte ihr helfen wollen. Ihr als Freundin. Es war eine liebenswerte Geste gewesen, die nicht mit Vorwürfen gedankt werden sollte.

„Lisa!" rief sie hektisch und sprang aus dem Bett. Sie hielt sich nur das Laken vor den Körper und folgte ihr mehr stolpernd als laufend.

Lisa blieb in der Tür stehen. „Was ist? Ich sagte doch, es tut mir leid."

„Mir auch." sagte Tess sofort. „Ich wollte dich nicht so angehen, bitte entschuldige."

Lächelnd drehte sich Lisa wieder zu ihr. „Kein

Problem. Ich wollte dir wirklich nur helfen, bei deiner Entscheidung zu bleiben."

„Danke." Tess versuchte ein Lächeln, doch es wurde nicht mal ein Halbes. Der Tag war nicht nur für Vivien eine Katastrophe.

„Gern geschehen." sagte Lisa und ging nun doch noch mit einem Lächeln.

Und auch Tess schloss die Tür mit einem leichten Lächeln. Vivi würde nicht so schnell aufgeben, das wusste sie, aber jetzt hatte sie es einmal geschafft und hoffte, daraus die Kraft zu schöpfen, es wieder und wieder zu schaffen. Das Wissen, eine Freundin der Rettung in der Nähe zu haben, bestärkte sie noch weiter.

Allein mochte sie aber auch nicht hier herumsitzen. Sie hatte Angst, dass Vivien zurückkommen würde, also zog sie sich nur ihr Kleid über und fuhr mit dem Fahrrad an einen allgemein zugänglichen Abschnitt des Strandes. Da waren genügend Leute, um nicht einzuknicken, denn dort konnte Vivi sie nicht so einfach verführen. Nicht dass sie es nicht versuchen würde, aber das würde Tess ihrer Evi nicht antun, wenn sie die Gäste vergraulen würde.

Gedankenverloren spazierte sie eine ganze Weile durch den Sand, bis sie gestört wurde.

„Tess!"

Sie drehte sich zu dem Ruf. Mareike kam zu ihr. „Hey."

„Wie geht's dir?" wollte Mareike einfühlsam wissen.

„Geht so."

„Hat Lisa sie rausgeschmissen?"

„Hat sie." nickte Tess nachdenklich.

„Sie war bei mir und ich hab ihr gesagt, sie soll das durchziehen."

„Danke." schmunzelte sie. Da war sie nun so weit weg von zu Hause und hatte doch zwei Freundinnen, die sich mehr um sie kümmerten als alle anderen.

„Ich hab Lisa noch nie so wütend gesehen."

Tess duckte sich. „Ich hab sie rausgeschmissen." erklärte sie. Da war es klar, dass sie wütend war, und das tat ihr unglaublich leid. Sie hätte gleich auf sie hören sollen, dann hätte sie sich selbst auch das Gefühl erspart, von Vivi gekauft worden zu sein.

Mareike sah das aber noch etwas anders. „Nein, Vivien hat sie rausgeschmissen und du hast es zugelassen. Ich hab sie noch nicht mal gesehen, was ist denn das für eine?"

„Ein Tier mit scharfen Krallen." knurrte Tess.

„Dann schärfe deine Krallen, um mithalten zu können. Ich wollte nachher zum Tennis, hast du Lust?"

„Klar, warum nicht? Wann?"

„Ich bin bis Fünf noch im Clubhaus. Also kurz danach auf dem Platz."

„Geht klar, ich werde da sein."

„Und mich alle machen, richtig?"

„Ich hab geübt." schmunzelte Tess schon wieder mit wesentlich besserer Laune.

„Na großartig. Es wäre mir eine Freude, von der Meisterin zu lernen." lächelte Mareike und verbeugte sich leicht, bevor sie wieder an die Arbeit ging.

Tess ging weiter am Strand spazieren, aber sie sah nicht nur den Sand zu ihren Füßen an und verlor sich in hirnlosen Grübeleien. Sie legte ein Lächeln auf, sah sich ihr ganzes Umfeld an und schob Vivi in irgendwelche abgelegenen Winkel ihres Bewusstseins. Sie mochte vielleicht noch auf der Insel sein, aber in ihrem Kopf hatte sie nichts mehr zu suchen. Ende. Entscheidung getroffen. Stehe dazu!

Fürs Tennis zog Tess sich eine kurze Hose und ein enges Shirt an. Perfekt. Die Tennishalle war klimatisiert und in den ersten Augenblicken echt kalt, sodass Tess gleich Gänsehaut bekam, aber mit dem Spiel würde sich das schnell ändern, das wusste sie.

Mareike war schon da. Und sie hatte neben Joshi auch noch Lisa mitgebracht. So wie es aussah, erklärten sie ihr gerade die Regeln.

„Hey." lächelte Tess ihnen entgegen.

Lisa grinste sie an. „Ich lerne gerade verlieren."

„Tut deinem Ego auf jeden Fall gut. Wer spielt gegen mich?"

„Du musst mit ihr spielen." lachte Mareike und zeigte direkt auf Lisa. „Dann sind die Verhältnisse gewahrt und ich hab vielleicht eine Chance zu gewinnen."

„Du hast das also geplant." erkannte Tess

58

erschüttert.

„Natürlich. Ich will nicht immer gegen dich verlieren."

„Ich fühle mich benutzt." stellte Lisa trocken fest. Offenbar war sie hier zum Spielball geworden. „Bist du so gut?" fragte sie Tess.

„Ich spiele im Verein." grinste sie triumphal.

„Na großartig. Ich werde mich hier also zum Volldeppen machen."

„Wirst du." nickte Tess auch noch völlig emotionslos, bevor sie anfing zu lachen und ihr einen Arm auf die Schulter legte. „Versuch den Ball einfach übers Netz zu kriegen."

„Krieg ich einen Vorlauf? Ich hab noch nie einen Tennisschläger in der Hand gehabt."

„Na los. Mareike, mach sie alle."

Lisa ließ die Schultern hängen. Das hatte sie nun von ihrem Ego. Mareike hatte sie nur damit überzeugen können, dass Tess kommen würde, und jetzt wurde sie hier ausgelacht. Das gab es selten.

Mareike ging lachend auf die andere Seite des Feldes. Ihr erster Aufschlag kam aber ganz langsam, um Lisa wenigstens die Chance zu geben, den Ball zu erreichen. Dabei stellte sich dann heraus, dass Lisa weit weniger Kraft brauchte, als sie geglaubt hatte.

„Ups." piepste sie. Der Ball wäre vermutlich am Ende der Insel ins Meer gestürzt, wenn sie nicht in einer Halle gewesen wären und er an der Wand abgeprallt und mit Wucht zurückgeschleudert worden wäre. Tess konnte gerade noch in Deckung gehen, denn ihren Schläger hatte sie an die Wand gelehnt.

Tess lachte auf und ging zu Lisa. Sie stellte sich dicht an ihren Rücken, legte ihre Hand um die von Lisa am Griff des Schlägers und flüsterte ihr zu, was sie zu tun hatte. Dann gab sie Mareike mit einem Blick zu verstehen, einen gezielten Schlag zu tun, der auch prompt kam, und Tess führte Lisa, um ihn zur anderen Seite zurückzuschlagen. Ihre linke Hand lag dabei auf Lisas Bauch, um sie an sich zu drücken. In jeder einzelnen Sekunde spürte Lisa den warmen Körper an ihre Rückseite drängen. Der Stoff, der sie trennte, fühlte sich lästig an. Die Rundungen der Brüste konnte sie spüren, aber nicht die Haut.

„Versuch es mit Gefühl." flüsterte Tess zum Schluss mit den Lippen an Lisas Ohr und löste sich grinsend von ihr. Mareike und Joshi sahen das und feixten sich eins. Ihnen war natürlich auch klar, dass Lisa hier definitiv noch zum Zug kommen würde. Tess war scharf auf sie, aber sie würde es auskosten, am längeren Hebel zu sitzen.

Lisa stand noch einen Moment reglos da. Sie spürte den heißen Atem noch einmal an ihren Hals und ihr Ohr branden. Gänsehaut erschütterte sie. Wofür hielt sie gleich noch mal den Schläger in der Hand?

Sie drehte sich mit einem gierigen Lächeln zu Tess um. „Wenn du nicht bald damit aufhörst, wirst du die Konsequenzen tragen müssen."

„Erst mal wirst du die Konsequenzen tragen. Bleib da vorn und nimm jeden, den du kriegen kannst. Krieg ein Gefühl dafür."

„Denkst du wirklich, ich hab überhaupt kein Gefühl?"

„Stell dir den Ball als Paragraphen vor."

Mareike und Joshi brachen in schallendes Gelächter aus. Nur Lisa wusste nichts mehr zu sagen, schmunzelte Tess nur an. Die legte es wirklich drauf an, an Ort und Stelle überfallen zu werden.

Lisa tat es nicht. Sie stellte sich an den ihr zugewiesenen Platz und die Partie wurde eröffnet. Tess war wirklich gut und schnappte sich fast jeden Ball, den Lisa nicht bekam. Nicht alle, aber sie fanden in das Spiel hinein und erhöhten die Schwierigkeit langsam, bis sie dann ein richtiges Match spielten. Und trotz Hemmschuh gewann Tess. Es war knapp, aber der Sieg über Mareike war ihrer.

„Das gibt's doch nicht." schimpfte Mareike.

„Beim nächsten Mal vielleicht." grinste Tess zufrieden.

„Gönnst du mir auch eine Runde?" fragte Vivi auf einmal schüchtern. Sie hatte eine Weile zugesehen und sich heimlich angeschlichen.

Tess fuhr erneut erschrocken zu ihr herum und wurde von diesen traurigen, dunklen Kulleraugen getroffen, die sie anflehten, sie jetzt nicht bloßzustellen und wegzuschicken.

Tess kam gar nicht zu Wort. „Nein." legte Lisa

fest und schob Tess sanft Richtung Umkleiden. Tess tapste mehr vor Lisa her, als dass sie wirklich gelaufen wäre.

„Tess bitte." schluchzte Vivi ihr noch nach und der Drang, sich umzudrehen, wurde stärker.

„Nein." flüsterte Mareike neben ihr. „Sie muss es einsehen und deine Entscheidung akzeptieren, sonst hast du nie deine Ruhe."

Die Theorie klang äußerst logisch, fand Tess, nur die Umsetzung fiel ihr verflucht schwer. Sie wusste, wie bedröppelt Vivi jetzt hinter ihr stand. Ihr verzweifeltes Schluchzen war nicht zu überhören.

„Nur kurz." sagte Tess und wollte zu ihr gehen, doch sie durfte nicht. Lisa und Mareike hakten sich bei ihr unter und zerrten sie in die Duschräume. Joshi musste das wohl den Damen überlassen, zumal er noch nicht mal so genau wusste, was hier passiert war.

„Nimm eine kalte Dusche." forderte Mareike.

„Ich helfe dir auch beim Einseifen." griente Lisa und holte Tess nun endgültig aus den Gedanken.

Sie blitzte sie an. „Wenn es beim Einseifen bleibt."

Sie ging zu ihrem Spind, ohne Lisa noch einen Blick zu widmen. Doch die hatte den Spind neben ihr, genau wie Mareike auf der anderen Seite, die sich schon wieder prächtig amüsierte.

Und Tess ließ es geschehen. Lisa kam zu ihr in die große Duschkabine und schloss die Tür. Tess löste den Gummi aus ihren Haaren und stellte sich unter das heiße Wasser. Lisa drückte etwas Shampoo aus der Flasche auf ihre Hand und stellte sich hinter Tess. Nur einseifen, ermahnte sie sich, was in Anbetracht dieser Versuchung nicht leicht war. Tess würde es ganz sicher darauf anlegen, Lisa zu unüberlegten Handlungen zu treiben.

Sanft strichen ihre Hände über den weichen, aber muskulösen Rücken. Schnell bildete sich genügend Schaum. Tess seufzte und ließ den Kopf nach vorn hängen. Das fühlte sich so was von gut an. Ja, ihr Körper sehnte sich nach liebevollen und zärtlichen Berührungen und Lisa war in dem Moment besonders zärtlich.

Und wie Lisa es bereits geahnt hatte, legte sie es drauf an. Sie stellte sich mit dem Rücken zur Wand, hielt die Hände über dem Kopf an der Duschstange fest, funkelte Lisa erwartungsvoll an und reckte ihr ihren Körper entgegen. Lisa musste sie nur ansehen und wurde auch ohne Wasser feucht. Gott, auf was hatte sie sich denn hier eingelassen? Tess war die erste Frau, bei der Lisa glaubte, diesen Spielchen nicht gewachsen zu sein.

Sie trat den kleinen Schritt näher und nahm sich noch mal neu Shampoo auf die Hand. Verschwendung in der Theorie - Genuss in der Praxis. Sie durfte sie tatsächlich berühren. Ihren Bauch, ihre Schultern, ihre Brüste. Sie durfte sie anfassen, sie spüren und zart über ihre Haut streichen. Tess' Brustwarzen hatten sich lange aufgestellt, genau wie ihre eigenen.

Tess war wie im Rausch, doch sie behielt ihren

kühlen Kopf. Sie behielt die Kontrolle in diesem Spiel. Das hieß aber nicht, dass sie ihre Finger bei sich behielt. Sie drehte Lisa zur Wand und rieb ihren eingeseiften Körper an ihr, um ihr etwas davon abzugeben. Immer und immer wieder glitt sie hin und her, hoch und runter. Ihre Lippen waren nur Millimeter von Lisa entfernt, berührten sie aber nicht. Auch ihrer beiden Schöße blieben unberührt.

Mareike hörte trotz laufendem Wasser die beiden aufstöhnen und musste kichern. Ganz leise natürlich, aber witzig war das schon. Die schwänzelten umeinander her und kamen doch nicht zusammen. In Bezug auf Lisa behielt Tess tatsächlich die Kontrolle, nur bei Vivien nicht. Aber nun, da Mareike sie gesehen hatte, wusste sie auch, warum das so war. Hätte sie vorher nicht von Tess erfahren, was die so drauf hatte, wäre sie selbst zum Trösten zu ihr gegangen. Vivien vermittelte einem das Gefühl, einem Welpen die Mama wegzunehmen.

Es kostete Tess viel Mühe, doch sie brach das ab. Sie schob sich von Lisa weg und nahm sich neues Shampoo für die Haare. „Vielen Dank." sagte sie nur, aber Lisa sah ihre Mundwinkel zucken. Ihr ganzer Körper kribbelte. Überall prickelte die gespannte Erwartung auf die Erfüllung dessen, was Tess mit ihrem Handeln angekündigt hatte. Sie wollte diese Frau. Und zwar jetzt sofort! Aber sie würde sie nicht kriegen. Nicht so, deshalb atmete sie besonders tief durch und duschte auch noch richtig.

Als die beiden zum Anziehen kamen, grinste Mareike ihnen schon entgegen. „Na? Hart geblieben?"

„Ja." knurrte Lisa bockig.

„Du könntest mir ja fast leidtun." foppte Tess und ließ provokativ ihr Handtuch fallen.

Sehnsüchtig ließ Lisa ihren Blick über sie schweifen. Sie hatte sie berührt, sie wusste es noch, aber es kam ihr vor wie ein lange vergangener Traum. Sie wollte die Hand ausstrecken, ließ es bleiben und zog sich an.

„Kommst du nachher vorbei?" fragte Mareike, als sie das Sportzentrum verließen.

„Klar." nickte Tess sofort. „Vielleicht bin ich bis dahin ja noch ein bisschen kreativ."

„Ich drück dir die Daumen."

„Bis später." zwinkerte Tess zu Lisa, stieg auf ihr Rad und fuhr los. Lisa sah ihr sehnsüchtig nach. Allein der Gedanke an die Dusche brachte sie schon in Ekstase. Aufgeheizt und abgeblitzt - wie unfair!

„Gibst du schon auf?" neckte Mareike nun auch noch. Das durfte doch alles nicht wahr sein, dachte Lisa. Gab es hier eigentlich irgendjemanden, der sich nicht über sie lustig machte?

„Ganz bestimmt nicht."

„Aber bei ihr wirst du eine andere Schiene fahren müssen."

„Und welche?" nöhlte Lisa. Jetzt ließ sie sich auch noch Rat von einer Hetero-Frau geben. Wie tief konnte sie eigentlich noch sinken?

Mareike wurde aber ernst. „Versuch doch ausnahmsweise mal nicht den Körper, sondern den Geist zu verführen. Bis später."

Auch sie stieg einfach auf ihr Rad und fuhr zu ihrem Haus, um sich für die Schicht an der Bar fertig zu machen. Lisa blieb noch einen Moment stehen und dachte darüber nach, doch als Vivien auf sie zukam, fuhr sie lieber auch schnell zu Tante Evi. Vermutlich hätte sie diese Vivien aufgemischt, aber das sollte sie wohl besser bleiben lassen.

Den Geist verführen, hatte Mareike gesagt. Wie verführte man denn etwas, das man nicht mal berühren konnte?

Konnte sie nicht? Doch, konnte sie. An diesem Tag hatte sie es schon geschafft. Auch wenn Tess sie ziemlich barsch von sich gewiesen hatte, galt dieser Zorn in dem Moment nicht Lisa, sondern eigentlich Vivien und sich selbst. Aber als sie sie im Arm gehalten hatte - in ihrem Bett - da hatte sie den Geist von Tess berührt. Um das noch einmal zu schaffen, müsste sie nur noch mehr von ihr wissen. Und wie stellte man das an? Indem man sich mit demjenigen beschäftigte und unterhielt. Aber nicht gleich. Sie wollte gerade allein sein, wie Lisas Fühler ihr mitgeteilt hatten.

Und das war auch richtig, denn Tess war mehr als erhitzt. Sie konnte dieser Frau kaum widerstehen, hatte sich aber selbst auferlegt, es zu tun. Sie würde ihr nicht so schnell nachgeben und genoss die steigende Lust in Lisas Augen, wenn sie sich nur ansahen. Diese Gier reizte Tess und sie würde Lisa weiter reizen, bis es aus ihr herausbrechen würde. Sie hatte jetzt schon fast Panik vor diesem Augenblick, denn dieser Sex würde garantiert nichts für schwache Nerven werden, wenn Lisa so gut war, wie sie von sich selbst glaubte.

Tess setzte sich auf die Terrasse ihres Strandhauses und nahm sich wieder ihren Block. Es musste jetzt etwas passieren, das war klar. Ihr lief die Zeit davon. Ihr Verleger wartete auch noch auf den Rest des Romans. Sie hatte sich so viel vorgenommen für diesen Urlaub und dann kamen auch noch Lisa und Vivien. Von Entspannung war sie gerade meilenweit entfernt.

Bis zum späten Abend hatte sie immerhin schon mal ein paar Ideen gesammelt. Leider nicht für das Gedicht, aber für die Überleitung in ihrem Roman. Dann fuhr sie zum Hotel für das Büfett und anschließend ins Clubhaus. Sie wusste, Lisa würde sich das nicht entgehen lassen, und war mehr oder weniger vorbereitet, sie zu sehen und abblitzen zu lassen.

„Abgekühlt?" grinste Mareike ihr schon entgegen.

„Ein bisschen." flüsterte Tess. Lisa sollte das nicht unbedingt hören, wenn sie schon in der Nähe sein sollte.

„Keine Sorge, Evi wollte noch was von ihr."

„Na Gott sei Dank." kicherte Tess.

„Wieso bist du so hart zu ihr?"

„Weil sie genau das braucht. Und ich kann nicht leugnen, dass ich meinen Spaß dabei habe."

„Aber du lässt sie noch ran, hab ich Recht?"

„Mit Sicherheit. Aber verrate ihr nichts."

„Ich doch nicht." schmunzelte Mareike. Sie hatte

es ja geahnt. Und auch wenn Tess die einzige Frau war, mit der sie bisher irgendwelche Intimitäten ausgetauscht hatte, war sie ziemlich überzeugt davon, dass es Lisa ausnahmsweise mal aus den Latschen hauen würde, wie sie es sonst immer mit anderen tat.

Tess stürzte sich voller Freude ins Getümmel. Sie liebte dieses Clubhaus, das Tanzen, die Lichter, Mareikes Cocktails und das ganze Flair eines Paradieses. Es dauerte noch etwa eine halbe Stunde, bis sie angetanzt wurde. Und noch bevor sie sich umdrehen konnte, wusste sie, dass es nicht Lisa war, denn die hätte sie nicht einfach so angefasst. Vivien. Und wieder trafen ihre emotionalen, weichen Augen Tess unvorbereitet.

„Bitte lass uns reden." bat sie leise, aber wieder mit diesem bittenden Unterton, dass sich Tess fühlte, als würde ein Welpe betteln, ihn nicht von seiner Mama wegzureißen. Wie sollte ein Mensch mit Herz denn da Nein sagen? Sie nickte kurz und steuerte den Seitenausgang an.

Mareike war gerade im Hinterzimmer gewesen, um die Eiswürfelbox aufzufüllen. Als sie zurückkam, suchte sie nach Tess, doch sie war weg.

„Wo ist Tess?" fragte sie ihren Kollegen an der Bar.

Er fing an zu grinsen. „Ist gerade mit so einer scharfen Kleinen raus."

„Shit!" schimpfte Mareike. Wie konnte man nur so blind sein?! Tess war doch nicht dumm, warum ließ sie das mit sich machen?! „Halt kurz die

Stellung." forderte sie von ihrem Kollegen und rannte nach draußen. Beeindruckt und überrascht durfte sie feststellen, sie war überflüssig. Lisa war schon zur Stelle.

„Kapier es endlich!" fuhr sie Vivien an.

Die schrie aber lieber Tess an. „Ist sie es?!"

Tess hatte die Arme um ihre Brust geschlungen und sah hundeelend aus. „Nein."

„Was kann sie, was ich nicht könnte?" schrie Vivien weiter tief verletzt. „Was kann sie dir geben, was ich dir nicht geben kann?!" Tränen rannen über ihre Wange, als sie Tess näher kam. „Was hat sie, was ich nicht bieten kann?" flüsterte sie heißer.

Tess antwortete nicht und befreite sich auch nicht von ihr, aber das übernahm Lisa. „Geh." forderte sie. „Sie möchte nicht, also geh."

„Sie möchte nicht?!" fauchte Vivien. „Du hast doch keine Ahnung, was sie wirklich möchte!"

„Das stimmt leider, dafür kennen wir uns nicht gut genug, aber ich weiß, dass sie von dir nichts möchte. Sie möchte sich von dir lösen, also kapiere es endlich und fang dein eigenes Leben an."

„Wie kannst du nur?!" weinte Vivien zu Tess und stolzierte davon.

„Vivi!" rief sie mitleidig und wollte ihr folgen, aber Lisa hielt sie auf.

„Wenn du ihr jetzt folgst, dann entscheidest du dich für sie und wirst sie nicht los. Niemals. Dann wird sie immer wieder anfangen mit dir zu spielen."

„Aber sie tut mir so leid."

„Unnötig." lächelte Lisa leicht. „Sie hat dein Mitleid nicht verdient, wenn sie deine Wünsche nicht akzeptieren kann."

Tess seufzte noch mal in die Richtung, in die Vivi eben verschwunden war. „Du hast Recht."

„Kommt vor." schmunzelte Lisa. „Los komm, Mareike macht uns einen Drink."

Das war Mareikes Stichwort. Sie zog sich zurück und stand an der Bar, wo sie hingehörte, bevor die beiden hineinkamen. Sie konnte kaum glauben, was sie von Lisa eben gehört hatte. Bisher kannte sie diese Seite an ihr nur, wenn sie mit Mandanten redete, aber eine Frau außerhalb der Paragraphenwelt … Das war mal was Neues.

Tess ließ sich auf den Barhocker fallen und nuckelte gedankenverloren an ihrem Strohhalm. Vivi tat ihr wirklich leid. Dicke Krokodilstränen hatte sie vergossen. Tess wusste, Vivi liebte sie wirklich, aber das änderte nichts daran, dass Tess sie nicht liebte. So gern sie es geändert hätte, nur um Vivi dieses Kapitel in ihrem Leben zu ersparen, so sicher war sie auch, dass sich das niemals ändern würde. Es hätte eine sehr enge und tiefe Freundschaft zwischen ihnen bleiben können, doch die nutzte Vivi ja immer wieder aus.

„Erde an Tess!" stichelte Lisa.

Sie blinzelte kurz. „Was?"

„Kommst du wieder im Clubhaus an?" lachte Mareike.

Sie musste ja über sich selbst lachen. „Tut mir leid. Hätte ich geahnt, dass sie meinen ganzen

Urlaub auf den Kopf stellt, hätte ich ihr nicht geschrieben."

„Und wärst sie niemals losgeworden." führte Mareike fort. „Hier sind wir da und passen auf, dass du keine Dummheiten machst, aber wer macht das zu Hause? Bis zum Ende deines Urlaubs hast du gelernt, das allein zu schaffen."

„Mh." Tess zuckte nur mit den Schultern. Sie glaubte da noch lange nicht dran.

„Komm schon." forderte Lisa. „Schenk mir einen Tanz, nachdem ich mich gerade wieder beruhigt hab."

„Wer musste es ausbaden?" grinste Tess.

Lisa ließ sich auf den Blick ein und hielt Tess fest. Ihre Augen glitzerten, als sie ihre Hand hob und mit den Fingern wackelte. Mareike musste sich schnell irgendeine Aufgabe suchen, damit sie nicht lachen konnte. Den beiden zuzusehen war besser als Theater.

Tess nahm Lisas Hand mit einem verführerischen Lächeln. „Die Arme." hauchte sie und küsste jeden Finger einzeln. Die warme und weiche Haut roch betörend, wenn auch nicht nach dem, was sie getan hatte.

„Du bist ein ganz schönes Biest." flüsterte Lisa.

Tess wackelte grinsend ebenso mit ihren Fingern. „Und keinen Deut besser als du."

Wieder einmal ließ sie Lisa stehen und ging tanzen. Ah! Dieses Weib machte Lisa noch fertig. Wieso sträubte sie sich so sehr, wenn sie es doch auch wollte?

Es war schon zwei Uhr morgens, ehe Tess endlich in ihrem Bett lag. Lisa zu widerstehen wurde langsam zum Hochleistungssport, deshalb hatte sie auch jegliche Berührungen nach dem Handkuss unterbunden. Das war gerade beim Tanzen nicht leicht. Aber auch der Abschied war nicht einfach gewesen. Lisas weiche Lippen hatten sich verabschiedet und sie dennoch eingeladen.

Am nächsten Tag war es schon später Vormittag, ehe sie überhaupt mal die Augen aufbekam. Nach dem Besuch im Bad legte sie sich aber wieder ins Bett. Theoretisch hatte sie noch so viel vor, aber das würde auch bis zum Nachmittag warten.

Es klopfte.

Tess wollte denjenigen schon erschießen, bevor sie überhaupt wusste, wer es war. Im zweiten Atemzug fürchtete sie, dass es Vivi sein könnte, und der hätte sie nicht widerstehen können. Daher stand sie besonders leise auf und schloss die Türen zur Terrasse, falls Vivi einfach hinten herum kommen wollte.

„Tess?!" rief jemand beim nächsten Klopfen. Es war nicht Vivi. Lisa. Das war auch nicht besser.

Tess ging zur Tür und öffnete. Ihre Augen mochten kaum offenbleiben, sie trug noch nicht mal Klamotten und hatte ihre Haare nicht gekämmt. Und vor ihr stand eine grinsende Lisa, die topfit schien.

„Was für ein Anblick."

„Was willst du?" knurrte Tess amüsiert, tapste aber wieder ins Haus und ließ sich ins Bett fallen.

Die Tür hatte sie offen gelassen, daher folgte Lisa ihr auch und fand sie quer in einem völlig verwühlten Bett. Sie lag auf dem Bauch und die zarte Haut ihres Hinterns schrie Lisa geradezu an, sie jetzt und hier zu berühren.

„Hast du einen Kater, oder warum liegst du hier?" fragte Lisa, um sich abzulenken.

„Nein, ich mag nur nicht aufstehen."

„Und wer sagt, dass du es musst?"

„Ich." brummte Tess. Das gefiel ihr nämlich nicht.

Lisa streifte sich die Schuhe von den Füßen. „Dann bin ich dein Weckprogramm."

Sie kniete sich über Tess und fing an, sie zu massieren. Erst nur leicht an den Schultern, doch sofort legte sich Tess bequemer, entspannte sich und seufzte wohlig.

„Seit wann gibt es hier solchen Luxus?" murmelte sie ins Kissen.

„Seit ich hier was zu sagen habe." kicherte Lisa zufrieden.

Tess durfte feststellen, dass sie göttliche Finger hatte. Nahezu verführend strichen sie über ihre Haut und massierten ihre Schultern, den Nacken, den ganzen Rücken. Damit war sich Tess dann auch sicher, was diese Finger noch so können würden.

Einmal beugte sich Lisa so weit über sie, dass Tess die Spitzen ihrer Haare auf ihrem Rücken spürte. Und ihren heißen Atem, der auf ihrer Haut brannte. Doch ihre Lippen spürte sie nicht, obwohl sie wusste, Lisa zog es zu ihr. Ihre Lippen waren Tess so nahe und in Gedanken bedeckte Lisa sie mit Küssen, ließ ihre Zungenspitze über die Wirbelsäule hinab zum Steiß gleiten und strich hauchzart über die beiden Wölbungen darunter. Wie sehnte sie sich danach … Tess bekam Gänsehaut und erschauerte, als Lisas Atem sie traf. Das wiederum stachelte Lisa an, denn sie war es, die diese Reaktion ausgelöst hatte. Sie wollte mehr davon! Sie wollte mehr von diesem Körper! Sie wollte alles! Sie wollte Tess verschlingen!

Sie tat es nicht und hielt sich zurück. Sie straften sich beide mit Zurückhaltung, obwohl sie doch beide so scharf aufeinander waren.

Aufstehen wollte Tess jetzt allerdings noch weniger als zuvor. Aber sie musste und richtete sich halb auf.

„Vielen Dank." lächelte sie über ihre Schulter.

„Jederzeit wieder gern."

Tess hatte den lüsternen Blick gesehen, doch der verschwand gleich wieder. Eigentlich wurde er nur krampfhaft unterdrückt, als Lisa aufstand.

Sie klatschte ihr auf den Hintern. „Los, raus aus den Federn. Was hattest du heute vor?"

„Schreiben." seufzte Tess und stand nun endgültig auf, um sich erst mal anzuziehen. Zeit wurde es...

„Was spricht dagegen?" fragte Lisa gutgelaunt.

„Mein Kopf. Ich wollte auf den Berg, um mich abzulenken."

„Nimmst du mich mit?"

Langsam drehte Tess den Kopf zu Lisa und musterte sie kritisch. Was passierte hier? „Warum?"

„Ich würde dich gern richtig kennenlernen, nicht nur, wenn du mich heiß machst oder Vivien dabei ist."

Wow, dachte Tess, schmunzelte aber nur und zog sich weiter an. Sie schien in Lisa doch noch so einige Anstöße zum Nachdenken gesät zu haben.

„Was sagt denn Evi dazu?"

„Ich hab Joshi verdonnert." antwortete Lisa gelassen.

„Der Arme." lachte Tess, hatte aber nicht das geringste gegen diese Begleitung einzuwenden. Nur um ihre Beherrschung würde es schlecht stehen, wenn sie weiter so machen würden wie bisher. Sie beide...

Tess packte ihre Tasche mit allem, was sie gebrauchen könnte, und verließ ihr Haus mit Lisa. Sie hatte Pferde mitgebracht, was natürlich viel angenehmer war, als den Berg mit dem Rad zu erklimmen.

Ohne zu zögern steuerte Tess ihren geheimen Aussichtspunkt an. Lisa kannte ihn, nur wusste sie auch, dass den kaum ein anderer kannte. Es war wunderschön dort und sie setzten sich gegenüber auf den Felsvorsprung, lehnten sich an die felsigen Wände neben ihnen und sahen auf das weite Meer hinaus. Paradiesisch, fiel Tess mal wieder ein. Unter ihnen lag der Sandstrand, doch den konnte man von hier aus nicht sehen, weil die Bäume im Weg waren. Man hätte sich so weit nach vorn beugen müssen, dass man den Anblick wohl nur ein einziges Mal hätte betrachten können.

Tess nahm sich ihren Block und den Bleistift. Zu schreiben wusste sie immer noch nichts, aber zu zeichnen. Vor ihr saß ein sehr anziehendes Motiv mit träumendem Blick.

„Woran denkst du gerade?" fragte Tess leise, nachdem sie eine Weile gezeichnet hatte.

Lisa drehte den Kopf zu ihr. Ihr Blick war ernst und nachdenklich. „Darf ich dich was fragen?"

„Fragen darfst du erst mal, ob ich antworte, entscheide ich nach der Frage."

Das war fair, dachte Lisa und traute sich. „Wie war dein Outing?"

Tess schmunzelte leicht. „Eigentlich gab es keins. Als die anderen anfingen, Boybands in ihre Zimmer zu hängen, hab ich meine Wände mit Models und Girlbands gepflastert. Als die anderen anfingen, sich über die Hinterteile der Jungs auszulassen, hab ich gekontert, wie anziehend ihre eigenen Hinterteile waren. Ich wusste es schon so zeitig, dass es eigentlich kein Outing geben musste."

Lisa lachte leicht. „Und deine Familie?"

„Da auch nicht." Tess zuckte kurz mit den Schultern. „Ich hab irgendwann meine erste Freundin mit nach Hause gebracht und alles war gut. Sie wussten es eh schon. Ich musste es nicht

76

aussprechen. Hab ich bis heute nicht im Sinne eines Outings."

„Ich beneide dich dafür." sagte Lisa auf einmal mit aufrichtiger Ehrfurcht in der Stimme.

„Wie war das bei dir?" fragte Tess aufmunternd. Offenbar war es bei ihr nicht so leicht gewesen.

Lisa wandte den Blick wieder in weite Ferne. „Offiziell bin ich noch immer nicht geoutet."

Tess hätte wohl gelacht, denn dafür war sie hier zu offen, aber Lisa schien das zu schaffen zu machen. „Wieso nicht?"

„Weil ich meinen Job liebe und als lesbische Anwältin nicht weiterkommen würde. Mich würde niemand mehr ernst nehmen."

„Ist es wirklich so schlimm?"

„Schlimmer." seufzte Lisa genervt. „Wenn ich im Gerichtssaal vor einem dieser alten Säcke stehe, würden sie in mir nur die Lesbe sehen und ich hätte verloren, bevor ich den Mund aufgemacht hätte. Das kann ich nicht. Ich hab mich auf die Rechte von Frauen spezialisiert. Sei es wegen der Belästigung am Arbeitsplatz, Benachteiligungen in Beförderungen oder auch die Ausgrenzung von homosexuellen Paaren. Ich könnte niemandem mehr helfen, wenn ich mich oute, dabei weiß ich nicht mal, wofür ich mich verstecke."

„Und wie stellst du deine Bettgeschichten an?"

Lisa musste einfach grinsen. „Ich fahre ein paar Städte weiter. In den Clubs bin ich bekannt."

„Ah ja." Tess räusperte sich. „Ich könnte das

nicht. Mein ganzes Umfeld weiß Bescheid. Ich möchte mit meiner Freundin Hand in Hand durch die Fußgängerzone gehen, möchte liebevolle Küsse austauschen dürfen und nicht immer aufpassen, dass uns auch ja keiner sieht."

„Kannst du mich kein bisschen verstehen?" fragte Lisa gekränkt. Tess beschrieb da ihre Träume, tat es aber so ab, als wäre es ihre Schuld, dass es Träume blieben.

„Kann ich." sagte Tess sofort. „Vielleicht würde ich es an deiner Stelle auch so machen, vielleicht würde ich aber auch einen anderen Weg wählen."

„Und der wäre? Meinen Job wechseln?"

„Das sag ich nicht, aber es muss doch auch für dich Möglichkeiten geben. Du bietest deinen Klienten die helfende Hand, aber dir selbst kannst du nicht helfen?"

„Und wie?"

„Keine Ahnung." schmunzelte Tess verlegen. „Tut mir leid, mit Paragraphen kann ich nicht dienen. Aber sollte ein Richter nicht neutral sein? Sollte er sich nicht nur von den Beweisen beeinflussen lassen und nicht von den sexuellen Vorlieben der Anwälte?"

„Das, meine kleine süße Tess, ist Wunschdenken. Die Realität sieht leider so aus, dass der Richter das Sagen hat und wer es sich mit ihm verscherzt, hat verloren, egal was die Beweise sagen. Vor allem, wenn es Prozesse wie in meinem Spezialgebiet sind, bin ich auf die Gnade des Richters angewiesen."

„Aber entscheidet der nicht eh schon gegen dich,

wenn du dich für eine Lesbe einsetzt?"

„Teilweise ist das so, ja. Leider. Dann geht es in die Berufung und so weiter. Irgendwie muss ich ja Geld verdienen, aber dann stehen wir vor jeweils anderen Richtern und die Karten werden neu gemischt."

„Das ist nicht gerade ein Paradebeispiel für einen Rechtsstaat."

„Davon kann ich dir noch mehr nennen, aber ich glaube, dann würdest du den Glauben ans System verlieren."

Tess schob die Unterlippe vor. „Mach nicht meine Seifenblase kaputt. Hier ist es so schön."

Lisa lachte auf. „Das würde ich mir nie wagen. Ich beneide dich jedenfalls für dein offenes Leben. Ich muss dafür aus meiner Heimat flüchten. Ich kenne nicht eine einzige Lesbe in meiner Heimatstadt."

„Das ist grausam." stellte Tess nachdenklich fest, zeichnete aber nebenbei weiter. Sie hatte sich nie versteckt. Es hatte für sie einfach keinen Grund gegeben. Von Anfang an, als die Hormone in ihr aufgestiegen waren, hatte sie gewusst, sie stand auf Frauen und Ende. Sie hatte von Anfang an kein Geheimnis daraus gemacht. Wie musste es sein, sich zu verstecken? Anderen Frauen nur heimlich hinterherzusehen und mit niemandem darüber zu reden?

„Darf ich sehen?" fragte Lisa auf einmal wieder völlig locker. Sie deutete auf den Block in Tess´ Hand. Schmunzelnd reichte sie ihn ihr und Lisa schlief das Gesicht ein. „Wow." staunte sie. Vor ihr saß ein Naturtalent. „Wieso studierst du Literatur und nicht Malerei?"

„Nebenfach Grafikdesign."

„Und da lernt man so was?"

„Nein. Ich hab schon immer gern gezeichnet, aber davon kann ich nicht leben. Es entspannt mich nur."

„Das ist echt gut. Malst du auf Auftrag?"

„Kommt drauf an. Was willst du denn?"

Träumend ließ Lisa wieder den Blick in die Ferne schweifen. „Diesen Anblick in meinem Büro."

„Sollst du haben. Dann steht fest, dass ich morgen aufs Festland fahre."

Blitzartig riss Lisa den Kopf herum. „Wieso das denn?"

„Na ich hab vielleicht meine Skizzenblöcke mit, aber weder Pinsel noch Farben oder eine Leinwand. Und wenn schon, denn schon." lächelte sie.

„Würdest du das wirklich tun? Ich bezahl dich auch. Das wäre ein Traum. Ich wollte es schon immer fotografieren und vergrößern lassen, aber ich krieg es nie so hin, wie es hier aussieht."

„Ich gebe, was ich kann." versprach Tess. Sie malte ja wirklich gern und hätte sie geahnt, hier so einen Wunsch zu hören zu kriegen, dann wäre sie vorbereitet gewesen, aber damit rechnet man ja nicht, wenn man in den Urlaub fährt.

„Darf ich dich auch etwas fragen?" bat Tess und fing eine neue Zeichnung an.

„Klar."

„Warst du nie richtig verliebt?"

„Oh doch." lachte Lisa. „Es war ein einziges Desaster. Im Nachhinein wusste ich dann auch, dass ich nicht wirklich verliebt war. Ich glaube, das kann ich gar nicht. Wegen ihr hab ich meinen Abschluss erst ein Jahr später gemacht, weil sie mich immerfort mit allem möglichen abgelenkt hat. Für sie war das Leben ein Spiel und ist es immer noch. Nichts nimmt sie wirklich ernst. Als ich dann durch die Prüfung gerauscht bin, hab ich einen Schlussstrich gezogen. Ich hab sie rausgeschmissen. Aus meiner Wohnung und meinem Leben."

„Und?"

„Ich hab als Jahrgangsbeste abgeschlossen." griente Lisa stolz.

„Wow. Herzlichen Glückwunsch."

„Danke. Darauf war ich wirklich stolz und hab meinen Doktor gleich noch im selben Atemzug gemacht."

Tess seufzte. Das hatte sie noch vor sich. Und so, wie es jetzt aussah, würde sie wohl dieses blöde Gedicht nie mehr zustandekriegen.

„Was ist los?" fragte Lisa.

„Ich muss bald zu den Prüfungen und hab tierische Angst davor."

„Wie sieht denn die Prüfung bei dir aus? Tut mir leid, ich hab nicht die geringste Vorstellung von dem, was du da machst."

Tess feixte sich eins. Sie hatte es tatsächlich

geschafft, dass sich die unnahbare Lisa mit einem anderen Menschen beschäftigte, ohne an Sex zu denken.

„Hauptsächlich geht es um Literaturgeschichte. Grafikdesign mach ich nur nebenbei, um damit Geld zu verdienen. Eigentlich will ich irgendwann Schriftstellerin werden und von der Veröffentlichung meiner Phantasie leben können."

„Du hast schon was veröffentlicht, wie ich mitgekriegt hab?"

„Ja. Interpretationen von Renaissance-Gedichten im Wandel der Zeiten."

Lisa verzog das Gesicht. „Hä?" kicherte sie.

Tess lachte mit ihr. „Nicht ganz dein Ding, was?"

„Keine Ahnung. Kenne ich ein Renaissance-Gedicht?"

„Keine Ahnung. Kennst du Shakespeare?"

„Nicht persönlich, aber ja."

„Typisch Renaissance."

„Ah ja. Vielen Dank, dann hab ich wenigstens eine Eingrenzung." lächelte Lisa verlegen. Sie hatte wirklich keine Ahnung von Literatur. Zumindest nicht so. Sie las hin und wieder auch gern, aber dafür fehlte ihr die Zeit, und diese Eingruppierungen hatte sie bei weitem nicht drauf. Musste sie auch nicht, wenn man nach Tess ging. Jeder hat doch irgendwas, das ihm besonders liegt. Bei Lisa waren es Paragraphen, bei Tess die Literatur.

„Na ja," fuhr Tess seufzend fort. „und dann muss ich noch ein Gedicht schreiben."

„Naturgedicht, ich erinnere mich. Kommst du vorwärts?"

„Nicht wirklich."

„Soll ich dich allein lassen?"

„Nein." griente Tess. „Du wirst schön hier bleiben, wie du es versprochen hast. Ich fröne heute eben meiner zweiten Ader."

„Und die wäre?"

Tess stand auf und ging ein Stück von dem Felsvorsprung weg. „Mach es dir bequem."

Na das war leicht, dachte Lisa und legte sich auf die Seite auf den Fels. Sie stützte ihren Ellenbogen auf und legte ihren Kopf auf ihre Hand. Ganz gemütlich lag sie dort und konnte Tess anschauen. Nur was sie tat, konnte sie nicht so richtig erahnen. Sie sah viel zu ernst aus für Lisas Geschmack. Dann ging sie zu einem Busch, pflückte noch ein paar rote Blüten und kam zu Lisa. Eine der Blüten steckte sie ihr hinters Ohr, eine andere legte sie einfach vor sie. Und das alles, ohne ein Wort zu sagen. Sie schien hochkonzentriert, obwohl Lisa von den sanften Berührungen erschüttert wurde.

Tess stellte sich wieder etwas abseits und begann zu zeichnen. Diesmal weit ordentlicher als die Kritzelei eben. Sie schenkte auch den Details mehr Aufmerksamkeit. Lisa beobachtete sie dabei. Sie schien in einer völlig anderen Welt gefangen zu sein.

„Woran denkst du?" flüsterte Lisa. Sie wollte diese Traumwelt nicht stören, aber sie hätte gern einen Einblick in den Geist dieser Frau in genau diesem Moment gehabt.

Tess hob die Mundwinkel leicht, ließ sich aber nicht von der Zeichnung abbringen. „Ich denke nicht, wenn ich zeichne. Dann ist mein Kopf vollkommen leer. Deshalb liebe ich es so."

Und Lisa ließ ihr diese gedankliche Leere. Sie begnügte sich voll und ganz damit, ihr zuzusehen. Hin und wieder zuckten mal ihre Brauen oder ihre Nasenspitze. Ob sie sich dessen bewusst war? Vermutlich nicht. Ansonsten hatte sie ganz offensichtlich ihre ganze Umwelt ausgeblendet. Nichts sah sie mehr wirklich außer ihrem Motiv. Und das hatte in diesem Fall einen Namen. Lisa. Tess sah sie und nahm sie mit all ihrer Anziehung auf. Nur sah sie ausnahmsweise mal absolut keine Gier in ihren Augen, sondern entspannte Zufriedenheit.

Nach einer Weile kam Tess zurück in die Realität und die beiden Frauen machten sich auf den Weg. Ganz gemütlich ritten sie mit den Pferden noch ganz auf den Gipfel des Berges hinauf. Sie unterhielten sich prächtig und Lisa erfuhr noch so einiges mehr von Tess, das sie anfangs gar nicht für möglich gehalten hatte. Doch sah sie es nicht mehr als Mittel zum Zweck sie zu verführen, sie interessierte sich aufrichtig für Tess als Mensch.

Auf dem Gipfel des Berges kauften sie sich jeder noch ein Eis und ritten weiter in die Wildnis hinein. Eine Künstlerin und eine Anwältin auf Tuchfühlung. Sehr viele Gemeinsamkeiten hatten sie nicht, aber das zog sie ebenso an. Sie lernten übereinander, bis Lisa sich am Strandhaus verabschieden musste. Bis dahin stand der Mond schon hoch am Himmel.

„Gute Nacht." lächelte Lisa und steuerte mit den beiden Pferden die Ställe an.

Sie kam nicht weit. Sie war noch nicht mal richtig unterwegs, als sie einen Aufschrei hörte, der wohl einen monströsen Schreck als Ursache hatte, und schnell zurückritt. Schon von außerhalb des Hauses hörte sie Vivien schreien und weinen. Von Tess hörte man nichts.

Lisa atmete tief durch. Diese Vivien brachte sie wirklich auf die Palme und sie brauchte all ihre Beherrschung, um sie nicht hochkant von der Insel ins Meer zu werfen.

Lisa klopfte kurz und ging dann direkt hinein.

„Also doch!" schluchzte Vivien todunglücklich zu Tess. „Ich hab es gewusst, du betrügst mich!"

„Ich kann dich gar nicht betrügen, weil wir nicht zusammen sind." seufzte Tess. „Du hast kein Recht auf Eifersucht."

„Oh Tess bitte." schniefte Vivien und drückte sich an sie. Sie suchte ihre Nähe und ihre schützenden Arme, die sie auch fand wie immer.

Nur Lisa machte da nicht mit. Sie zog Vivien von Tess weg. „Raus hier. Und morgen früh verschwindest du mit der ersten Fähre von dieser Insel. Ich erteile dir offiziell Hausverbot."

Mit einem dramatischen Heulanfall lief Vivien aus dem Haus. Lisa verdrehte ungesehen die Augen. So was zickiges! Die erfüllte das Klischee einer dauerzickigen Frau mit überdimensionierten Tränendrüsen!

„Alles okay?" fragte sie Tess einfühlsam.

„Ja, geht schon. Danke."

„Lass die Türen heute zu. Ich sorge dafür, dass sie morgen von der Insel verschwindet."

„Geht das?"

„Sicher." lächelte Lisa aufmunternd. „Gute Nacht."

„Gute Nacht." schnaufte Tess. Da hatte sie nun einen so schönen Tag gehabt und Vivien hatte all die Entspannung binnen Sekunden zunichtegemacht. Also wenn sie etwas konnte, dann das...

Tess gönnte sich eine heiße Dusche. Die musste nach dem Tag einfach sein. Am liebsten wäre sie ja im Mondschein noch ins Meer gesprungen, aber in Anbetracht der Tatsache, dass Vivien hier herumgeisterte, ließ sie das lieber bleiben. Auf die Terrasse mochte sie auch nicht gehen, schloss sogar die Vorhänge vor allen Fenstern und Türen, und fühlte sich eingesperrt. Großartig, dachte sie. Sie wollte sich doch befreien, jetzt sperrte sie sich selbst noch ein. Ab dem nächsten Tag sollte ja hoffentlich Ruhe sein.

Das hoffte Lisa auch, doch vorher gab es noch einen Riesenaufstand. Sie hatte Vivien persönlich aus ihrem Zimmer geholt und zur Rezeption begleitet. Dort machte dieses kleine Luder ihr eine Szene, die sich gewaschen hatte. Inklusive Krokodilstränen. Lisa blieb davon unbeeindruckt und machte ihre Rechnung fertig, aber es waren genügend Gäste anwesend. Und Joshi. Evi und Mareike wurden durch das Geschrei auch noch angelockt.

„Du hast Hausverbot!" fuhr Lisa die Kleine irgendwann an. „Nimm es hin und spiel hier nicht das bockige Kind!"

Evi wollte dazwischengehen wie ein Tornado. Das war doch die Kleine, die zu Tess gekommen war. Warum schmiss Lisa die jetzt raus? In Evi kochte Wut hoch, doch Mareike hielt sie auf, als sie etwas sagen wollte. Evi blickte verwundert zu ihr auf und sah sie ernsthaft den Kopf schütteln. Auch Lisa war in dem Moment eigentlich eher die beherrschte Anwältin als die Draufgängerin.

„Joshi, kannst du sie begleiten?" bat Lisa genervt. „Ich glaube, ich würde sie unterwegs erwürgen."

„Geht klar." schmunzelte Joshi und schleifte Vivien aus dem Haus, zu der Kutsche und dann auf die Fähre. Er wies das Bordpersonal auch noch an, darauf zu achten, dass sie wirklich am Festland aussteigen würde und nicht wieder mit zurückkäme. Man versprach es ihm.

„Was ist hier los?" wollte Evi von Lisa wissen.

„Lass sie nicht wieder rein." forderte Lisa nur gereizt und ging. Sie musste sich jetzt abregen, bevor sie sich mit irgendwem unterhalten konnte. Evi anzuschreien, hätte vielleicht gutgetan, wäre aber nicht fair gewesen.

„Lass sie nicht wieder rein." wiederholte Mareike ernsthaft. „Tess versucht schon die ganze Zeit sie loszuwerden. Das ist ein Vollzeitjob für Lisa und mich gewesen, glaub mir. Die kleine Schlampe ist echt das letzte."

Evi stutzte. Solche Worte hatte sie aus Mareikes Mund noch nie gehört und auch nie für möglich gehalten. Aber ganz offensichtlich war hier wirklich irgendwas im Gange von dem sie nichts wusste. Sie hatte es ja geahnt. Aber da es ja zum Besten für Tess sein sollte, stimmte sie zu und Vivien würde diese Insel nicht wieder betreten dürfen. Täte sie es doch, kannte Evi eine gute Anwältin...

Tess hatte von alledem nichts mitbekommen. Sie sah von ihrem Fenster aus auf das Meer und wartete, bis sie die erste Fähre des Tages sehen konnte. Darauf saß Vivi und entfernte sich von ihr. Keinen Moment zweifelte Tess daran, dass Lisa sie wirklich rausgeschmissen hatte. Tess fühlte sich wie befreit und trat hinaus in die Morgensonne.

Viel Schlaf hatte sie nicht mehr bekommen, aber dafür war sie von der Muse geküsst worden. Sie hatte Gedanken für ihren Roman und auch das Gedicht gesammelt. Und jetzt, da sie Vivi in unerreichbarer Ferne sah, brach noch mehr über ihr herein.

Sie ließ ihr Kleid zu ihren Füßen gleiten, nahm ihren Laptop, setzte sich in die Sonne und haute in die Tasten. Es dauerte keine Minute, bis sie wieder voll im Geschehen des Romans war und mit ihren Figuren mitlebte. Der Kaffee in der Tasse neben ihr kühlte aus und es fehlte noch nicht ein Schluck.

„Tess?!" rief auf einmal jemand. Es kam nur von weit entfernt in ihrem Bewusstsein an.

„Hier!" Ihre Finger hielten nicht an, ihre Phantasien aufzuschreiben. Es flutschte geradezu aus ihr heraus. Als hätten ihre Finger ein Eigenleben entwickelt und verfassten das, was ihr Gehirn fabrizierte, ohne zuvor bewusst wahrgenommen zu werden.

Lisa kam um die Ecke und bekam ein schlechtes Gewissen. „Oh. Bin schon wieder weg."

Tess´ rechte Hand schrieb unbeschreiblich schnell weiter, aber die linke winkte Lisa zu sich. Sie setzte sich auf den Liegestuhl neben ihr und wartete. Tess war schon wieder vollkommen vertieft, aber diesmal hatte sie die Stirn in Falten gezogen und sah ernst aus. Nicht der kleinste Anflug eines Lächelns spielte um ihre Lippen. Sie bewegten sich rasend schnell, als würde sie mitsprechen, was sie schrieb. Einen Ton gab sie nicht von sich.

Dann setzte sie den letzten Punkt und grinste. „Fertig."

„Echt?" kicherte Lisa. „Was ist passiert?"

„Ich wurde von der Muse geküsst und hab endlich den Übergang zum Finale."

„Ich bin eifersüchtig." schmollte Lisa. „Wer ist diese Muse?"

Tess lachte auf. „Um ehrlich zu sein, bist du es."

„Ich hab dich geküsst?" staunte Lisa und hatte wieder diese Gier in den Augen stehen, die ihrem Blick einen so verführerischen Glanz verlieh, dass Tess heiß wurde.

„Im übertragenen Sinne hast du das, ja. Und dabei wird es bleiben, also schlag dir das aus dem Kopf."

Lisa seufzte. „Dabei bin ich doch nur hier, um dir zu berichten, was heute schon alles passiert ist."

„Na jetzt bin ich neugierig." sagte Tess ernst und klappte ihren Laptop zu. „Hat sie Ärger gemacht?"

„Ziemlich." stöhnte Lisa genervt. „Die hat das halbe Haus zusammengeschrien. Ich hab Joshi gebeten, sie zur Fähre zu bringen. Vermutlich hätte ich sie unterwegs wirklich erwürgt. Aber das meine ich gar nicht. Frei bist du trotzdem und kannst deinen Urlaub genießen."

„Tue ich." sagte Tess verführerisch und hielt Lisa mit ihrem Blick fest.

„Du spielst mit dem Feuer." drohte Lisa leise.

„Verbrenne ich mich schon?" grinste Tess.

„Ziemlich heftig, wenn du nicht gleich aufhörst."

„Na dann." sagte Tess völlig unbeeindruckt, lehnte sich zurück und schloss die Augen. Sehen tat sie dann noch immer Lisa. „Was wolltest du denn noch erzählen?"

„Ähm … Erstens soll ich dich von Mareike um eine Revanche im Tennis bitten."

„Angenommen. Wann?"

„Heute gleiche Uhrzeit."

„Geht klar. Bist du auch dabei?"

„Wenn du mich mitmachen lässt."

„Beim Tennis oder bei der anschließenden Dusche?"

„Beides." antwortete Lisa mit einer Selbstverständlichkeit in der Stimme, die Tess einfach zum lachen brachte,. Inzwischen sah es in Lisas Innerem schon ganz anders aus, wusste Tess mit absoluter Sicherheit.

„Okay und zweitens?"

„Zweitens muss ich morgen aufs Festland zu Gericht."

Tess setzte sich auf. „Wieso das? Ist was passiert?"

„Könnte man so sagen, aber das fällt unter meine Schweigepflicht, also keine Panik. Und Evi will heute noch mit dir reden und hat mich gebeten, dich zum Abendessen einzuladen. Nach dem Tennis natürlich."

Tess war vielleicht naiv, aber nicht blöd. „Was ist los?"

„Keine Ahnung, sie will mit dir reden."

„Du weißt etwas." stellte Tess mit hundertprozentiger Sicherheit fest.

„Ja, aber ich werde ihr nicht vorgreifen."

„Sag mir einfach, ob ich mir Sorgen um sie oder irgendwen machen muss."

„Musst du nicht." lächelte Lisa und diesem Blick glaubte Tess einfach alles. Es war keine Spur Verführung zu sehen, nur die liebevolle Bestätigung, es sei alles in Ordnung.

„Na schön, dann werde ich zum Abendessen da sein. Noch mehr, Frau Assistentin?"

„Boah!" lachte Lisa. „Denk nicht, dass das Gewohnheit wird."

„Schade eigentlich." griente Tess schelmisch.

Lisa beugte sich näher zu ihr hinüber, sah ihr aber in die Augen, obwohl sie eine nackte Frau vor sich hatte. „Was müsste ich denn als deine Assistentin alles tun?"

„Das wird nur in ferner Zukunft vielleicht mal irgendwer..."

Tess wurde unsanft von ihrem Zimmertelefon unterbrochen. Sie verdrehte die Augen und stand auf. Wer nervte sie denn nun schon wieder? Es konnte ja eigentlich nur Vivi sein. Tess hoffte, dass sie mit Lisas Anwesenheit und dem räumlichen Abstand zu Vivi genügend Selbstbewusstsein hätte, sie weiterhin abblitzen zu lassen.

„Hallo?"

„Ich bin´s."

Das war auch nicht besser, dachte Tess deprimiert. „Eric."

„Wie sieht es aus? Der Druck wartet quasi nur auf den Korrekturleser, der nur noch auf dich wartet."

„Ich weiß." seufzte Tess leise. „Ich bin dran, okay?"

„Wie lange?"

Er setzte sie so unter Druck, dass sie die Blockade schon wieder anrücken sah.

„Ich schicke dir morgen den nächsten Teil."

„Okay, ich warte. Lass die Finger von den Strandschönheiten und schreib." lachte er leicht und legte auf.

Eric war ja wirklich in Ordnung und Tess konnte mit ihm viel lachen, aber im Moment setzte er ihr ziemlich zu, weil sie nicht vorwärts kam. Sie ließ langsam den Hörer auf die Gabel sinken und starrte vor sich hin. Sie musste es bis zum nächsten Tag schaffen, irgendwie diese Überleitung richtig in den Ablauf einzubasteln und selbst noch ein paar Mal durchzulesen. Das würde wohl eine kurze Nacht werden.

Lisa trat hinter sie. „Alles in Ordnung?"

„Ja, wird schon." wehrte Tess ab. „Tut mir leid, ich muss an die Arbeit."

„Kein Stress, bin schon wieder weg. Ich wollte dich nur auf dem Laufenden halten und dich fragen, ob du morgen mit zum Festland willst."

„Das wäre spitze. Nimmst du mich mit?"

„Aber sicher doch, meine kleine süße Tess." lächelte Lisa mit glühendem Blick und ging. Diesmal war es an Tess, stocksteif stehenzubleiben. Sie musste tief durchatmen, um Lisa gehenzulassen. Nein, sie würde ihr nicht folgen, nicht ihre Hand packen und sie an sich ziehen. Nein, sie würde sie nicht stürmisch bis zum Bett küssen, sie in die Kissen drücken und ihre Hände von Kopf bis Fuß auf Erkundungstour schicken. Nein, sie würde sich beherrschen, Lisa gehenlassen und sich ihrer Arbeit widmen!

Bis zum späten Nachmittag hatte sie dann ihre Überleitung soweit überarbeitet, dass sie sich dem Tennis hingab. Allerdings nur mit halber Aufmerksamkeit. Sie wollte sich voll hineinstürzen, doch so einfach wurde es nicht. Sie hatte schon in der Nacht Stunden an ihrem Laptop verbracht und die Geschichte geisterte ihr durch den Hinterkopf.

„Würdest du mir mal erklären, was los ist?" fragte Mareike irgendwann und machte nicht den nächsten Aufschlag, sie kam zum Netz und direkt auf Tess zu.

„Ich bin nicht ganz da, tut mir leid."

„Das merke ich. Und wenn du mir jetzt sagst, du bist bei Vivien, dreh ich dir den Hals um."

„Bin ich nicht." schmunzelte Tess. „Es tut mir leid, mein Verleger macht nur ziemlich Druck."

„Und das bei deiner Blockade." erkannte Mareike mit einem tiefen Seufzer.

„Was ist denn mit deiner Muse passiert?" fragte Lisa überrascht.

„Sie hat mich seit dem Anruf verlassen. Aber ich kann ihm immerhin die Überleitung schicken."

„Und woran denkst du da jetzt noch?" fragte Joshi. Er hatte zwar nur die Hälfte von dem verstanden, worüber die hier redeten, aber Tess war eine alte Freundin und offenbar nicht so ganz auf der Höhe.

„Keine Ahnung. Das ist mein erster Roman und der haut mir heute an den Kopf, der Druck wartet nur noch auf mich."

„Stress." seufzte Lisa. „Ich muss wohl morgen Früh zur Massage kommen."

„Dann musst du aber sehr früh kommen, wenn wir die erste Fähre noch kriegen wollen."

Lisa grinste schon wieder. „Kein Problem, ich begleite dich auch heute Abend schon."

„Das ist sehr aufopferungsvoll von dir, für deine Gäste deine Nacht zu streichen, aber das könnte ich mir nicht verzeihen."

„Ach, für dich würde ich eine Ausnahme machen."

„Das glaub ich dir aufs Wort, aber das sollst du dir aus dem Kopf schlagen."

„Ach menno." maulte sie lachend.

Tess rückte noch ein Stück näher und blieb mit ihren Lippen nur Millimeter vor Lisas stehen. „Hattest du nicht gesagt, ich spiele mit dem Feuer?"

Ein erregtes Knurren kroch Lisa aus der Kehle. Es war eine Warnung. „Tust du auch."

Mareike schob die beiden lachend auseinander. „Könnten wir zum Spiel zurückkehren? Offensichtlich hast du deine Gedanken ja wiedergefunden."

Tess schmunzelte. Mareike hatte Recht. Sobald Lisa im Spiel war, verlor alles an Bedeutung. Vivi, Eric - alles egal.

„Na schön, dann lass mich dich fertigmachen."

„Da musst du dich aber anstrengen. Ich führe." triumphierte Mareike.

Joshi und Lisa sahen sich kurz an und mussten lachen. Offenbar waren die beiden nur Nebenrollen, dabei spielte Joshi nicht wirklich schlecht. Nur Tess hatte nahezu das ganze Feld abzudecken. Aber Lisa wurde besser. Und sie hatte wirklich Spaß daran.

Vielleicht würde sie das ja auch weitermachen, wenn sie wieder die brave Anwältin wäre. Die Frage war nur, wann sie die Zeit dafür finden sollte...

Die Dusche ließ sich Tess nicht entgehen. Sie tauschte gewisse Zärtlichkeiten mit Lisa, die sie gegenseitig erhitzten, aber mehr auch nicht. Tess brach das ab, bevor es zu weit gehen konnte, dabei prickelte es zwischen ihren Schenkeln. Lisa entschloss sich tatsächlich für die eiskalte Dusche, sonst würde sie das Abendessen nicht mehr überstehen. Tess flüchtete lieber, denn solche Temperaturen waren nichts für sie.

Die beiden fuhren gemeinsam zu Evi und Tess wurde nervös. Was würde sie wohl wollen? Sie sah auch viel zu ernst aus für die Evi, die sie kannte. Das hielt aber nur die ersten Minuten. Sobald die drei Damen im Garten beim Essen saßen, lockerte sich die Stimmung. Und heizte sich auf.

„Denk an das Feuer." murmelte Lisa irgendwann nach einer weiteren Stichelei.

„Schon so heiß?" griente Tess.

„Heißer." flüsterte Lisa mehr als erregt.

„Dann solltest du wohl besser gehen." lachte Evi. „Ihr Zwei seid ja nicht zum Aushalten."

„Ihre Schuld." sagte Tess und zeigte schnell auf Lisa. „Ich bin ganz unschuldig zum Urlaub hergekommen."

„Ich weiß." seufzte Evi. „Sie ist einfach ein Tier. Ich frag mich, von wem sie das hat."

„Von dir nicht, du hast es noch." schoss Lisa

sofort zurück und stand auf. „Ich geh noch ins Clubhaus." fügte sie für Tess hinzu und verschwand.

Tess konnte aber nicht folgen, denn Evi wollte ja noch etwas von ihr und die Nervosität schlug wieder zu.

„Tess..." fing Evi verträumt an. „Ich wollte dich etwas fragen."

„Dann raus damit." antwortete sie betont locker, nippte aber lieber schnell noch mal von dem Wein, um ihre eigene innere Unruhe zu überspielen.

Evi beugte sich ein Stück vor und ihre sorgenvollen Augen machten Tess Angst. „Tess, ich bin eine alte Frau."

„Ach Evi." lächelte Tess liebevoll. „So alt bist du nun auch nicht."

„Wenn ich mir ansehe, wie erwachsen ihr alle seid, bin ich es sehr wohl. Und der Unfall hat mir gezeigt, dass es ganz schnell gehen kann. Hör zu, ich mache es kurz. Es geht um die Insel. Ich habe keine Kinder, denen ich sie vermachen könnte."

„Was ist denn mit Joshi und Lisa?"

„Lisa." lachte Evi leicht. „Lisa wäre hier nicht auf ewig glücklich. Niemals würde es sie für immer hier halten ohne Party und Frauen. Und Joshi würde die Insel verkaufen, genau wie Lisa und ihr Bruder auf lange Sicht, aber das will ich nicht." Evi wandte den Blick aus der Ferne wieder zu Tess. „Tess, du bist wie meine eigene Tochter, genau wie die beiden Bengel. Ich wollte fragen, ob du dir vorstellen könntest, mein Lebenswerk hier weiterzuführen, wenn ich nicht mehr bin."

Das war ein Hammerschlag. Tess rutschte beinahe unter den Tisch. Immer wieder japste sie nach Luft. „Evi..." Wieder suchte sie den dringend benötigten Sauerstoff, um ihr Gehirn in Gang zu kriegen, diese Aussage zu verarbeiten, doch es gelang ihr nicht.

Evi legte ihre Hand auf Tess'. „Tess, denk bitte darüber nach. Die Rücklagen reichen, um für Joshi, Max und Lisa auszusorgen, aber Max hat schon immer gesagt, für ihn wäre das nichts, und die anderen beiden haben auch verzichtet, wenn du es annimmst, weil sie wissen, was mir diese Insel bedeutet. Ich möchte sie nicht teilen und auch nicht verkaufen. Ich möchte, dass sie so weitergeführt wird, wie ich sie mit meinen Eltern aufgebaut hab."

„Sie haben verzichtet?" hauchte Tess am Ende ihrer Nervenstärke.

„Haben sie, vorausgesetzt, du nimmst an. Lisa soll die ganzen Änderungen meines Testaments machen und kann dir das genauer erklären. Ich dachte, vielleicht könnten wir eine Gewinnbeteiligung für die beiden Gören einbauen, aber ich wünsche mir so sehr, dass mein Paradies so weiterlebt, wie es jetzt ist. Ich möchte keinen überteuerten Ferienpark mit Achterbahn hier sehen müssen. Ich will auch keinen Handyempfang hier haben. Es soll ein Paradies bleiben, wie du es schon früher gesagt hast."

Tess lächelte. Schon als Kind hatte sie immer gesagt, sie fahren zu Tante Eva ins Paradies. „Tante Eva." lächelte sie träumend.

„So war es." nickte Evi. „Und Lisa und Joshi wissen das. Du bist die einzige von euch Dreien, der ich wirklich zutraue, das Paradies zu erhalten."

„Ich weiß nicht. Evi, lass mich darüber nachdenken, okay? Das ist eine riesige Verantwortung."

„Das ist es." nickte Evi sofort. „Deswegen bitte ich dich ja auch, darüber nachzudenken. Geh ins Clubhaus zu Lisa und lass dir von ihr noch ein paar Einzelheiten erklären, aber ich würde mich freuen, wenn du mir den Gefallen tun würdest."

Gefallen … Tess schlug doch niemandem einen Gefallen ab. Und schon gar nicht ihrer Tante Eva aus dem Paradies. Wie könnte sie? Sie war wirklich inzwischen eine alte Frau. Im Geiste hellwach, doch leider in einem nicht mehr hundertprozentig funktionstüchtigem Körper. Das wurmte Evi selbst mehr als alle anderen, denn es hieß, das Ende rückte näher. Das hieß aber gleichzeitig auch, ihr Mann rückte näher. Er war schon viele Jahre tot. Tess kannte ihn gar nicht. Es war etwa ein Jahr vor ihrer Geburt mit dem Auto auf dem Festland verunglückt. Es hatte Evi den Boden unter den Füßen weggezogen, hatte Tess' Mutter ihr erzählt. Aber dann war sie wieder aufgestanden und schmiss den ganzen Laden so gut wie allein. Ob Tess das wirklich könnte?

Sie schob ihr Rad bis zum Clubhaus. Ihre Gedanken vollführten waghalsige Kunststückchen und landeten doch immer wieder am Anfang. War sie bereit, so ein riesiges Geschäft zu übernehmen?

Für Evi war es ein Geschäft, für Tess bisher ein Paradies. Würde sie wirklich hierher ziehen können? Allem den Rücken kehren? Schriftstellerin würde sie hier ohne weiteres sein können, aber sonst? Keine Partys, keine anderen Frauen … Es war ein einsames Paradies...

„Hey." lächelte Lisa, als sie sie kommen sah. Sie saß vorm Clubhaus auf einer Bank und wartete schon. Sie wusste, Tess hätte Redebedarf.

„Wieso hast du mir nichts gesagt?" fragte Tess, als sie sich zu Lisa setzte.

„Evi wollte es nicht. Und ich glaube, ich hätte ihre Wünsche nicht so schön in Worte fassen können."

„Sie meinte, du und Joshi habt verzichtet."

„Haben wir." bestätigte er auch gleich und kam aus dem Clubhaus. Genau wie Lisa hatte er nur auf Tess gewartet. „Du bist die beste Besetzung für die neue Eva."

Lisa knurrte sie an. „Mit Feigenblatt bekleidet?"

„So empfange ich dann alle Gäste."

„Dann reise ich jeden Tag neu an."

„Hör auf jetzt." lachte Tess. „Mal ehrlich. Ich weiß nicht, ob ich das kann."

„Woran zweifelst du gerade wirklich?" fragte Joshi.

„Na ja..." griente Tess zu Lisa. „Ich bin mit einem Herz ausgestattet worden."

„Boah!" lachte Lisa. „Du bist so ein Biest, dabei müsstest du inzwischen wissen, dass ich auch ein

Herz habe."

„Weiß ich. Aber ich weiß nicht, ob ich das Herz einer Geschäftsfrau hab. Evi ist hart und selbstbewusst, genau wie ihr. Mich würde vermutlich jeder über den Tisch ziehen." Tess wusste schließlich um ihre Schwäche. Es war sinnlos, die zu verschweigen, und sie sah es auch nicht ein, weil die zu ihr gehörte. Jede Schwäche machte sie ebenso aus wie ihre Stärken.

„Und wenn du damit gar nicht allein dastehst?" fragte Lisa lächelnd. „Es verlangt niemand von dir, dass du dich hierher setzt und alles kannst. Ich könnte dich in die Buchhaltung einführen, denn das System hab ich entworfen. Joshi kennt alle Lieferanten und steht dir sicher auch zur Verfügung."

„Hundertprozentig." nickte er auch gleich aufmunternd.

„Und bei allem anderen steht Mareike und jeder andere hier dir genauso zur Verfügung." beendete Lisa. „Du musst nicht allwissend sein, um diese Insel am Laufen zu halten. Aber du hast eben jenes weiche Herz, das so an dieser Insel hängt wie das von Tante Evi."

„Mh … Ich weiß nicht." Tess kaute auf ihrer Unterlippe herum und machte beinahe Knoten in ihre Finger, um das Chaos ihrer Gedanken nach außen zu kehren. Diese Insel war schon immer ihr Paradies gewesen. Ihr Herz hing daran, da hatte Lisa Recht.

„Sonst verkaufen wir sie doch noch." grinste

Lisa. „Dann kriegst du nur noch ein normales Zimmer."

Tess kam aus ihrer Trance zurück und konnte es nicht lassen, auf die gegebene Vorlage anzuspringen. „Da hätte ich keinen eigenen Strand, an dem ich Mareike verführen kann."

Joshi glaubte, jetzt hatte sie es geschafft. Wut und sogar Eifersucht blitzten in Lisas Augen auf. „Das Eis wird dünner, auf dem du dich bewegst."

„Jetzt schon?" schmunzelte Tess. „Ich hätte gedacht, die Draufgängerin hält mehr aus." Sie lehnte sich zurück, schloss die Augen und räkelte sich. „So weicher, heißer Sand. Die Sonne über uns, weit und breit keine Menschenseele, die uns stören könnte. Die leichte Brandung..."

Lisa griff nach ihrem Kinn und drehte ihren Kopf zu sich. Nur Millimeter trennten sie und in ihren Augen stand eben jene gierige Lust, die Tess so anziehend fand, dass sie schwach werden könnte. „Lass es, oder du erlebst die Nacht am Strand." wisperte sie.

„Nein, da geh ich lieber zu Mareike einen trinken." entschied Tess gelassen, stand auf und ging ins Clubhaus.

Lisa knurrte ihr noch erregt hinterher. „Dieses Weib."

„Macht dich unglaublich an?" vollendete Joshi lachend.

„Und wie." kicherte Lisa leise. „Sie ist der Hammer und lässt mich nicht mal ein bisschen ran."

„Ich glaube, sie genießt es, begehrt zu werden, wie du es sonst immer genießt, kleines Cousinchen."

„Stimmt. Ich hab bei ihr ja nicht weniger das Gefühl, aber..." Sie knurrte wieder leicht.

„Sie macht es dir nicht so leicht wie deine anderen Betthasen?"

„Richtig. Und das gefällt mir irgendwie." fügte Lisa nachdenklich hinzu. Hatte sie das eben wirklich gesagt?

Joshi zog sie lachend mit sich. Die beiden waren wirklich der Kracher. Das beste Showprogramm, wie es Mareike bezeichnet hatte. Man stellte die beiden zusammen auf die Tanzfläche und der Laden brummte. Sie tanzten eigentlich zusammen, berührten sich aber nicht, erhitzten sich aber dennoch und ohne es zu merken auch ihr Publikum. Mareike hatte erzählt, vor allem die jungen Männer unter den Gästen kamen seit einigen Tagen regelmäßig, weil sie hofften, die beiden zu treffen. Das belebte das Geschäft. So gut wie in den letzten Tagen war der Umsatz sonst nicht.

An diesem Abend wagten es zwei von den Kerlen etwas näher. Sie waren zusammen hier im Urlaub und tanzten sich näher an Lisa und Tess heran als alle anderen. Nur nicht so nah, wie die beiden zueinander.

Lisa verdrehte genervt die Augen und wollte die Tanzfläche verlassen. So was ging ihr tierisch auf den Zeiger. Da brodelte sie schon, bevor die irgendwas getan oder gesagt hatten.

Nicht so in dieser Nacht. Da wünschte sie sich

beinahe, die würden weitermachen. Als sie gerade gehen wollte, griff Tess nach ihrer Hand, zog sie an sich und tanzte enger. Richtig eng. Sie presste ihren rhythmisch schwingenden Körper an Lisa und funkelte sie gierig an. Sofort flammte auch in Lisa die Gier auf. Tess ließ ihre Hand an Lisas Rücken zu ihrem Po streifen.

„Oh Gott." keuchte Lisa schon jetzt spitz wie nie zuvor.

„Was ist?" knurrte Tess ihr erregt ins Ohr. „Jetzt schon am Ende der Beherrschung?"

„Ich zeig dir gleich, wie am Ende ich bin."

„Abgelehnt." hauchte Tess ihr als hauchzarten Kuss ans Ohr.

Die Kerle brauchten noch eine Weile, bis sie es kapiert hatten und abzogen. Bis dahin stand es auch um die Beherrschung von Tess nicht mehr besonders gut, deshalb ging sie zu Mareike.

„Was Kaltes." forderte sie schmunzelnd und griff über die Theke nach einem Eiswürfel. Allerdings nicht für ihren Drink, sondern für ihren Nacken und ihr Dekolletee. Das musste reichen, um sie wieder runterzuholen.

Lisa stellte sich hinter sie, stützte ihre Hände links und rechts neben Tess an die Theke und drückte sich leicht an sie. Sanft senkte sie ihre Lippen an die Senke unter ihrem Ohr, hielt aber Abstand. „Du bist so ein Luder."

Tess ließ die Hüften kreisen. „Du nicht?"

Lisa drückte sie näher an die Theke, presste sich

gegen diese kreisende Verführung. „Hör auf damit."
keuchte sie.

„Warum? Kannst du nicht mehr? Gibst du auf?"

Mareike und Joshi standen hinter der Theke und
amüsierten sich köstlich. Die beiden sabberten schon
fast auf den Tresen, aber Tess blieb hart. Lisa würde
auch in dieser Nacht allein bleiben. Und zumindest
von Tess unbefriedigt.

Tess suchte einen weiteren Eiswürfel und drehte
sich vor Lisa. Diese Geilheit in ihren Augen ließ ihr
Herz noch schneller schlagen. Als sie den Eiswürfel
an Lisas Hals legte, erwarteten Mareike und Joshi
schon beinahe ein zischendes Geräusch und
aufsteigenden Qualm, doch Lisa zuckte nicht mal.
Ihr Blick hielt Tess fest und zog sie schon hier fast
aus. Der Blick allein war Verführung pur und zog bei
allen, außer bei der verspielten Tess. Die senkte
lieber ihre Zungenspitze auf die verschwitzte Haut
und leckte der Spur hinterher, die der Eiswürfel
hinterlassen hatte. Lisa legte den Kopf in den
Nacken und stöhnte leise.

Joshi räusperte sich auffällig. „Kommt ihr wieder
zu euch?" lachte er. „Ihr steht in einer vollen Bar."

„Und das ist auch gut so." grinste Tess, drehte
sich um und sog an ihrem Strohhalm. Ihr Blick ging
allerdings zu Mareike und war eindeutig. Mareike
schüttelte nur lachend den Kopf und kümmerte sich
weiter um ihre Gäste. Sie hätte ja gern noch länger
zugesehen, aber das wurde langsam zu intim, um
noch zusehen zu dürfen.

„Du machst mich fertig." ningelte Lisa amüsiert

über sich selbst.

Tess drehte sich mit Trauermiene um. „Och …
Das tut mir jetzt aber wirklich leid."

„So siehst du aus." Lisa stellte sich lieber wieder
mit ordentlichem Abstand neben sie, sonst hätte sie
wirklich noch vergessen können, wo sie war. Auch
sie brauchte dringend eine Abkühlung, aber da
würde in Tess´ Gegenwart nicht mal das Eis der
Polarmeere ausreichen. Sie hatte vermutlich die
Erderwärmung zu verantworten.

„Okay, ich sollte dann wohl besser gehen." sagte
Tess, trank noch aus und winkte Mareike. Lisa
schwirrte der Schädel vor Verlangen und die ging
einfach - es war nicht zu fassen!

„Treffen wir uns morgen am Hotel?" fragte Tess
noch recht gelassen.

„Sicher." lächelte Lisa resigniert.

Auch Tess setzte noch ein Lächeln auf, nur hatte
es nichts mit Resignation zu tun. „Träum süß."
flüsterte sie vor ihren Lippen und küsste sie kurz.
Nur ganz kurz trafen ihre Lippen auf die von Lisa,
dann war sie weg. Und Lisa wäre beinahe
umgefallen. Sie musste sich setzen und hatte zum
Glück einen Barhocker unterm Hintern. Tess roch
nicht nur unheimlich gut, sie schmeckte auch so. Sie
ließ ihre Zungenspitze über ihre Lippe streifen. Nur
ganz kurz, damit sie vielleicht später noch mal
davon kosten könnte.

Erst das schallende Gelächter von Mareike und
Joshi holten sie zurück ins Clubhaus und sie musste
verlegen schmunzeln. Gott, war sie heiß. Deshalb

ging sie auch. Und zwar in ihre Bleibe bei Evi. Nicht zu Tess! Nein! Nicht zu Tess an den verlassenen Strand...

Tess war dem Orgasmus schon nahe, ehe sie überhaupt an ihrem Haus war. Dann musste eine Dusche sein. Zum Glück hatte sie ja inzwischen wieder warmes Wasser. Und dort musste es dann sein. Ihr Körper verlangte den Höhepunkt, den sie ihm schon die ganze Zeit ankündigte.

Quasi zeitgleich standen die beiden Frauen unter getrennten Duschen und stöhnten lustvoll auf, nur dass die jeweils andere nichts davon hatte. Und am nächsten Morgen vor dem Hotel sah man ihnen beiden nichts an außer ein leichtes Lächeln in beiden Gesichtern, das jedem sagte, was sie gerade wollten, aber nicht kriegen würden.

Lisa trug einen feinen Hosenanzug aus dünnem, cremefarbenem Stoff. Der Stoff an Tess´ Körper war nicht weniger dünn, aber wesentlich knapper. Ein kurzes Sommerkleid, dazu Sandalen mit feinen Riemchen und die Haare mit einem farblich passendem Band hochgebunden. Sehr sexy, wie Lisa fand. Sehr sinnlich und weiblich.

„Steht dir." meinte Tess zu ihr und beäugte den Hosenanzug. Er machte aus der verspielten Lisa eine seriöse Anwältin. Dazu die dunkle Ledertasche und das Bild war perfekt. Nur der lüsterne Blick passte noch nicht dazu.

„Ich würde gern mit dir tauschen." seufzte Lisa und ihr Blick wurde sehnsüchtig. „Allerdings würde ich jetzt auch im Skianzug herumlaufen, nur um dich in diesem Kleid zu sehen."

„Da würde dein Arsch nicht so zur Geltung kommen." feixte Tess und ging Richtung Kutsche. Lisa atmete tief durch, denn dieser Tag würde hart für ihre Beherrschung werden.

Tess hatte sich entschieden, Evis Wunsch zu erfüllen. Deshalb war sie auch zuvor noch bei ihr gewesen und hatte ihr das mitgeteilt. Lisa würde das dann in den nächsten Tagen alles fertigmachen. Tess hoffte allerdings inständig auf die Unterstützung der anderen. Alleine würde sie das nicht schaffen und wusste das auch. Zumindest bei Mareike und Joshi wusste sie gute Freunde, auf deren Hilfe sie sich hundertprozentig verlassen konnte.

Was das alles mit Lisa mal noch werden würde, stand auf einem anderen Stern. Eigentlich war Tess da nicht zimperlich. Sex hatte sie auch schon mit Kommilitonen gehabt und danach war alles gewesen wie immer. Selbst die Kassiererin in ihrem Supermarkt hatte sie schon verführt und ging dennoch immer wieder dorthin. Sie waren Freunde geblieben und dem stand ja bei Lisa auch nichts im Wege. Nur kannte sie die noch nicht so lange. Offenbar waren sie seit Jahren aneinander vorbeigelaufen. Lisa hatte Tess noch nie auf der Insel gesehen, obwohl sie auch jedes Jahr dort gewesen war. Tess hatte Joshi schon kennengelernt, aber mit Lisa schien sie einen entgegengesetzten Rhythmus bisher gehabt zu haben.

Auf der Fähre bat Lisa ihre Begleiterin allerdings an die Reling für ein ernstes Gespräch.

„Tust du mir einen Gefallen?" bat sie ernst.

„So wie du aussiehst, werde ich das sicher tun."

Lisa lächelte dankbar. „Ich bin heute Anwältin, okay?"

„Ah ja." griente Tess, wurde aber auch gleich wieder ernst. „Kein Problem, das solltest du wissen. Kann ich eigentlich mitkommen?"

„Sicher, aber ich glaube nicht, dass das sonderlich interessant für dich wird."

„Vielleicht lerne ich ja noch eine nette Richterin kennen?"

Lisa lachte leise in sich hinein. Dieses Luder! „Bitte blamier mich nicht."

„Du kannst doch so tun, als würdest du mich nicht kennen."

„Würde ich auch." antwortete Lisa mit plötzlicher ärgerlicher Strenge in der Stimme. „Ich darf mich nicht outen, okay?"

„Ist doch in Ordnung." lächelte Tess, obwohl ihr das ehrlich zugesetzt hatte. Sie würde sie einfach so verleugnen? „Aber noch sind wir hier gerade ungehört und ich kann dich ein bisschen aufziehen. Aber keine Sorge, ich werde einfach nur die reizende, aber befreundete Begleitung einer Anwältin sein. Vielleicht machst du mich zu deiner Sekretärin?"

Schon lachte Lisa wieder. „Wenn ich so eine Sekretärin hätte, würde ich wohl pleite gehen."

„Ach. Was hast du denn für eine Sekretärin?"

„Eine Mittfünfzigerin." flüsterte Lisa

verschwörerisch. „Und das nicht ohne Grund. Sie macht ihren Job unglaublich gut und wir verstehen uns gut, aber sie ist nicht so eine wandelnde Versuchung wie du."

„Hast du mich gerade wandelnde Versuchung genannt?" fragte Tess empört. Sie spielte schon wieder mit Lisa, die das natürlich erkannte, aber es machte sie unbeschreiblich an.

„Hab ich." nickte Lisa. „Willst du es abstreiten?"

„Ja. Und es zeigt mir, dass du schon wieder nur eins im Kopf hast."

„Dich." meinte Lisa Zähne knirschend. Und das würde sich auch nicht ändern, bis sie es endlich zu Ende gebracht hätten, obwohl sie dieses endlos wirkende Vorspiel dennoch auf eine abartige Weise genoss.

„Also Frau Anwältin, so geht das aber nicht." tadelte Tess ernsthaft.

„Ich bin ja schon still. Tust du mir dann noch einen Gefallen?"

„Wenn ich kann." schmunzelte Tess. Die ging ja heute ran, aber Spott war gerade unangebracht, denn dafür sah Lisa zu ernst aus.

„Fährst du mit mir eine Stadt weiter und nimmst mich in deine Welt mit?"

„In meine Welt?" lachte Tess völlig vor den Kopf gestoßen. Sie wusste nicht mal ansatzweise, was sie damit meinte.

„Lass uns einfach durch die Fußgängerzone laufen und lass mich einfach deine Hand halten." bat

Lisa ernst. Sie fand das nämlich gar nicht witzig. Wie sehr wünschte sie sich dieses offene Leben...

„Dann werden wir das tun." versprach Tess lächelnd. Jetzt hatte auch sie verstanden. Es wurmte Lisa mehr als sie zugeben wollte, dass sie dafür überhaupt eine Stadt weiter fahren mussten. Für Tess war es Normalität, für Lisa etwas Besonderes, also wollte sie dem nicht im Wege stehen. Genauso wenig wie sie sie vor ihren Kollegen bloßstellen würde.

Als sie auf dem Festland ankamen, nahmen sie sich ein Taxi zum städtischen Gericht. Tess merkte sehr schnell, dass sie quasi mit dem ersten Fuß auf dem Festland einen anderen Menschen neben sich hatte. Lisa war immer selbstbewusst, aber hier erreichte sie eine andere Stufe als auf der Insel. Sie stieg in das Taxi, sagte die Adresse an und forderte, dass er sich beeilen würde. Wo sie auch hinkam, hatten die Menschen Respekt vor ihr. Man achtete und schätzte sie. Tess war schwer beeindruckt. Und neidisch. So hatte man noch nie mit ihr gesprochen. Und hier ... Die kannten Lisa alle nicht, aber sie repräsentierte eine gestandene Anwältin.

Tess war noch mit den Eindrücken des Gerichtsgebäudes beschäftigt. Das war riesig. Und hätte sie geahnt, dass es in dem Gemäuer so kalt wäre, hätte sie eine Jacke mitgenommen. Sie liefen eine breite Steintreppe hinauf, die von hohen Statuen gesäumt war, auf deren Köpfen die nächste Treppe über ihnen gehalten wurde. Lisa hielt einen Zettel in der Hand und suchte nach den Angaben das Zimmer, in dem sie erwartet wurde.

Viele Menschen waren unterwegs. Nach oben, nach unten, einige blieben unterwegs stehen und unterhielten sich aufgeregt. In dieser Atmosphäre wurde Tess klar, warum Lisa so gestresst war. Die waren alle so. Und immerfort klingelte irgendwo ein Telefon. Das war nicht zu fassen. Der Anzugmann, der mit Tess auf die Insel gekommen war, hätte sich hier sicher wohl gefühlt. Über den hatte sie sich aufgeregt, aber Lisa war am Ende genauso. Na ja nicht ganz, denn sie wusste die Schönheit der Unerreichbarkeit zu schätzen...

Nur ein paar Stufen dauerte es noch, bis Tess überhaupt nicht mehr kalt war. Einer der feinen Herren, der sich mit einem anderen hitzig auf der Treppe unterhielt, drehte um und lief los, ohne die Augen zu öffnen. Leider war da Tess und bekam zu spüren, wie frisch der Kaffee in dem Pappbecher war. Sie schrie kurz auf und wünschte sich, sich an Ort und Stelle ausziehen zu dürfen. Sie atmete flacher und beugte sich nach vorn, um den in heißem Kaffee getränkten Stoff von ihrem Körper fernzuhalten.

„Oh Gott, tut mir leid." stammelte der Mann gleich los. Er wollte wohl helfen, aber wie? Dann wäre Lisa ihm gleich noch wegen unsittlichem Verhalten zu Leibe gerückt.

„Wie wäre es denn mal mit Augen aufmachen?!" fuhr Lisa den Mann an.

„Es tut mir wirklich leid." beteuerte er und Tess glaubte ihm das sogar.

„Ist schon okay, das passiert eben." lächelte sie.

„Wo sind denn hier die nächsten Toiletten?"

„Hier oben gleich rechts."

„Danke."

Tess ging einfach nach oben. Sie wünschte sich gerade nichts sehnlicher als kaltes Wasser auf der verbrannten Haut. Deshalb zog sie das Kleid auch einfach aus, als sie vor dem Waschbecken stand. Sie versuchte die Kaffeeflecken herauszuwaschen, war aber auch sehr dankbar über das praktische Muster. Sie würden wohl nicht zu sehr auffallen.

Nur einige Augenblicke später kam Lisa zu ihr. „Hey. Alles klar?"

„Ja, geht schon."

„So sieht das aber nicht aus." meinte Lisa besorgt und nahm sich ein paar Papierhandtücher, um sie in kaltes Wasser einzuweichen. Vorsichtig legte sie sie auf Tess´ knallrotes Dekolletee.

„Wenn jetzt jemand reinkommt." flüsterte Tess.

„Hör auf damit, ich mache mir wirklich Sorgen."

„Es geht mir gut." versicherte Tess lächelnd. Sie war so süß. Sie machte sich wirklich Sorgen.

Lisa zottelte einen großen Schein aus ihrer Hosentasche und drückte ihn Tess in die Hand. „Für ein neues Kleid."

„Hä?!" keifte Tess und Lisa fing an zu grinsen.

„Ich dachte mir, wir klären das außergerichtlich. Wir hätten ihn auch auf Schmerzensgeld verklagen können, aber das wäre zu langwierig gewesen."

„Das hast du nicht." gluckste Tess und musste

sich am Waschbecken festhalten um nicht umzukippen. Sie konnte kaum noch sehen vor Lachtränen.

„Was ist so witzig?" wollte Lisa wissen. Sie war sich gerade nicht so sicher, worüber sie lachten. Machte sich Tess lustig über sie?

„Tut mir leid." schnaufte Tess. „Du hast dem nicht wirklich Geld wegen verschüttetem Kaffee aus den Rippen geleiert."

„Warum nicht? Er hat dir Schaden zugefügt und muss zumindest das Kleid bezahlen."

„Das hab ich auf einem Wühltisch für ein paar Mäuse gekriegt."

„Na und. Der Rest ist für den Aufwand und die Schmerzen."

Tess konnte nur den Kopf schütteln. Sie stand wirklich vor der Anwältin. Das war eine ganz und gar andere Lisa. Sie zog sich das Kleid wieder über und bekam prompt Gänsehaut von dem kalten, nassen Stoff. Also ihr Körper hatte an diesem Vormittag einiges zu ertragen.

Bevor sie die Waschräume verlassen konnten, hielt Lisa sie noch mal an der Hand fest. „Bitte sag mir, dass du nicht böse auf mich bist."

„Bin ich nicht. Wieso sollte ich?"

„Keine Ahnung. Du bist auf einmal so anders."

„Du bist diejenige, die gerade ganz anders ist. Ich lerne dich gerade von einer anderen Seite kennen."

„Ist das gut oder schlecht für mich? Tut mir leid, die Anwältin hat zugeschlagen. Soll ich ihm das

Geld wiedergeben?"

„Nein, darum geht es nicht. Ich grüble nur, ob du eventuell eine gespaltene Persönlichkeit hast."

„Muss ich haben." seufzte Lisa niedergeschlagen. Ihr wurde gerade bewusst, dass sie Tess nicht hätte mitnehmen sollen. Das war eine blöde Idee gewesen, dabei hatte sie sich doch gar nichts dabei gedacht.

Tess legte ihr sanft einen Finger unters Kinn, um den hängenden Kopf anzuheben. „Hey." lächelte sie liebevoll. „Zeig mir mehr von der Anwältin."

„Wieso?" schmunzelte Lisa schwach. „Du scheinst sie nicht zu mögen."

„Ich kenne sie ja noch nicht mal, aber was ich bisher gesehen hab, beeindruckt mich. Ehrlich. Ich wäre nie auf die Idee gekommen, wegen verschüttetem Kaffee Geld zu verlangen."

„Dabei ist es dein gutes Recht. Er hat dein Kleid ruiniert und muss es ersetzen. Ganz einfach. Das einfachste Gesetz von allen."

„Ich glaube, das merke ich mir sogar, wenn auch nicht den genauen Wortlaut."

„Dafür hast du ja mich." griente Lisa schon wieder vollends zufrieden und sie gingen wieder auf den großen, breiten Gang hinaus. Von laufenden Kaffeebechern hielt Tess sich allerdings fern. Sie machte einfach einen großen Bogen um jeden, der zu gestresst aussah und so eine Gefahrenquelle in der Hand trug.

Vor einer Tür blieb Lisa stehen. „Bin gleich wieder da. Nicht weglaufen."

„Würde ich mir nie wagen." flüsterte Tess verschwörerisch und schenkte Lisa noch einen verführerischen Blick. Toll. Und mit dem im Hinterkopf sollte sie jetzt einem Richter gegenübertreten.

Tess kicherte leise, als Lisa in die Tür verschwunden war. Sie selbst stellte sich an das Geländer der Galerie. Menschen über Menschen. Und alle trugen Anzug oder Kostüm. Nur wenige sahen wirklich nach Sommer aus wie Tess. Sie stach hier voll hervor. Die Frauen trugen meist helle, recht sommerliche Hosenanzüge, aber so ein Kleid wie ihres sah man nirgends. Und schon gar nicht mit Kaffeeflecken. Und an allen Ecken und Enden hielten sich die Leute ihre Handys ans Ohr.

Und in dem Moment traf Tess die Muse, die sie gesucht hatte. Schnell zottelte sie ihren Block aus ihrer Tasche und fing an zu schreiben. Auf dem Geländer eines Gerichtsgebäudes. Dass sie hier mal ihre Muse finden würde, hätte sie nicht gedacht. Sie brachte tatsächlich einige fruchtbare Gedanken zu Papier. Sogar die ersten Zeilen und Formulierungen ihres Gedichts.

Lisa hatte etwa zehn Minuten mit dem Richter gebraucht und brannte darauf, mit Tess zu verschwinden. Als sie aus dem Zimmer kam, wusste sie genau, was Tess gerade tat. Lisa kannte diesen Blick. Tess hatte die Stirn in Falten gezogen, bewegte rasend schnell die Lippen und schrieb hektisch. Ständig blätterte sie zur nächsten Seite ihres Blockes. Lisa störte sie nicht. Sie stellte sich neben dem Richterzimmer an die Wand und wartete.

Sie wusste, wie wichtig das gerade für Tess war, und wollte die Gedanken nicht blockieren.

Nach einer Weile tat Tess schon die Hand weh, aber sie hatte alles zu Papier gebracht, was ihr durch den Kopf geschossen war. Und sie war ganz zufrieden mit sich, las es aber nicht gleich noch mal, sie brauchte erst noch Abstand dazu. Sie steckte ihren Block weg, drehte sich um und lehnte sich an das Geländer. Eigentlich wollte sie auf Lisa warten, aber die war schon da. Lächelnd stand sie an der gegenüberliegenden Wand.

„Oh." machte Tess. „Du bist schon fertig?"

„Seit ein paar Minuten."

„Wieso hast du nichts gesagt?"

„Weil ich den Ausdruck in deinem Gesicht kannte. Ich wollte dich nicht stören. Hat es sich gelohnt?"

Tess fühlte sich wie erschlagen. Das war nicht mal mehr ansatzweise die Lisa von ihrer ersten Begegnung. „Ziemlich." schmunzelte sie. „Tut mir leid, ich hab dich nicht mitgekriegt."

„Warum tut dir das leid? Erzählst du mir davon?"

„Ich zeig dir die Welt aus meinen Augen." lächelte Tess und winkte Lisa zu sich. Sie folgte auch prompt und stellte sich neben sie. „Was siehst du da unten?"

Lisa sah nach unten und beobachtete die Szene eine Weile. Sie hatte keine Ahnung, worauf Tess hinaus wollte. „Was soll ich denn sehen?"

„Du sollst gar nichts. Sag mir, was du siehst."

Lisa hob die Hand und zeigte nacheinander auf verschiedene Personen. „Nervöser Mandant, kurz vor der Verhandlung, vermutlich im Recht, aber ohne sichere Beweise. Selbstsicherer Anwalt, dem ich gern mal im Gericht gegenüberstehen würde, weil sein Ego mal einen Denkzettel braucht. Richterin im Gespräch mit ihrer Assistentin über einen laufenden Fall, der ihr Kopfzerbrechen bereitet. Gerichtsdiener in der Pause. Angehöriger, der auf das Ende der Verhandlung wartet." Lisa hob den Blick zu Tess, die schon vor sich hin kicherte. „Und jetzt?"

„Ich sehe hier einen Haufen Menschen, die sich wahnsinnigen Stress selbst machen, den sie vermeiden könnten. Warum müssen die sich alle so hetzen und kommen nicht einfach ein paar Minuten eher? Warum müssen bei einigen drei Telefonate gleichzeitig laufen? Warum müssen die alle mit sich beschäftigt sein, ohne ihre Umwelt wahrzunehmen? Ich sehe hier viele Menschen, die kein Gesamtbild ergeben. Wenn du dir einen Ameisenhaufen ansiehst, sind es weit mehr Individuen als hier, aber die bilden eine Einheit. Sie arbeiten weit mehr als ein Mensch, stressen sich aber nicht so. Hier siehst du nur verschiedene kleine Szenen, aber keine Einheit, obwohl sie doch theoretisch alle das gleiche Ziel der Gerechtigkeit haben."

Lisa hatte während der Erklärung aufmerksam zugehört, aber ihr Blick ging wieder in das Gewusel. Tess hatte Recht. Nicht nur mit ihren Erläuterungen, auch mit ihrer Aussage, dass sie mit ganz anderen Augen sah. Sie sah die Welt ganz anders.

„So hab ich das noch nie gesehen." gestand Lisa in Gedanken versunken.

„Das sind die Augen einer Künstlerin." lachte Tess leise. „Ich hab nicht die leiseste Ahnung, wie du den Menschen so viel ablesen kannst."

„Enttäuscht?"

„Nein, beeindruckt. Woher willst du bei dem Mandanten wissen, wie die Beweise aussehen?"

Lisa lehnte sich gelassen auf das Geländer. „Jetzt zeig ich dir meine Augen. Ich muss die Menschen einschätzen können. Siehst du den Kerl da am Eingang?"

Tess folgte ihrem zeigenden Finger und fand einen jungen Mann im Anzug. Sehr chic zurechtgemacht, aber vermutlich gerade erst volljährig geworden. „Ja. Und?"

„Wenn ich in einen Gerichtssaal gehe und der mein Zeuge wäre, würde ich ihn aus der Reserve locken. Kein Mensch in seinem Alter trägt so polierte Schuhe. Kein Mensch in seinem Alter würde sich so von seinem wütenden Vater zutexten lassen, ohne auch nur ein einziges Wort zu sagen. Ergo hat er irgendwelchen Mist gebaut, weswegen sie hier sind. Und wenn du dir seine gelangweilten Augen ansiehst, siehst du einen Jungen, dem es am Arsch vorbeigeht, was hier passiert. Also locke ich ihn, bis die Wahrheit aus ihm herausplatzt. Oder ich bleibe ganz weich zu ihm, damit er sein Schauspiel des braven Sohnes fortführt, wenn er auf meiner Seite steht."

Tess stand der Mund offen, aber sie sah nicht den

Jungen an, sondern Lisa. Ein Keuchen kroch ihr aus der Kehle.

Lisa schmunzelte. „Herzlich Willkommen in meiner Welt. Ich liebe es, die Menschen hier zu lesen. Siehst du die Frau da schräg hinter mir auf der Treppe? In dem weißen Rock."

Tess schielte an Lisa vorbei und sah diese Frau. Sie nickte.

„Meine Vermutung: Sie ist die Sekretärin von dem aufgetakelten Wichtigtuer zu ihrer Rechten. Sie haben ein Verhältnis, was natürlich niemals jemand wissen darf, denn er ist verheiratet und hat..." Lisa wiegte leicht den Kopf und überlegte einen Moment. „mindestens drei Kinder. Er liebt sie auch nicht wirklich, aber seine Frau scheint ihm nach der Geburt von drei Kindern nicht mehr ansehnlich genug, deshalb war es ihm auch egal, ob seine Sekretärin etwas kann, solange sie ihn nur ran lässt."

„Jetzt erklär mir doch mal bitte, woher du das alles wissen willst." forderte Tess verstört. Wie konnte man denn so was an Menschen erkennen, die man kein bisschen kannte? Sie hatte sich mit denen noch nicht mal unterhalten.

„Sieh dir ihre Blicke an. Sie sieht zu ihm auf wie zu einem Idol. Sie schmachtet ihn an und glaubt vermutlich an eine rosige Zukunft, bis er sie für eine Jüngere rausschmeißt und sie in der harten Realität ankommt. Er trägt einen Ehering und ignoriert sie zu offensichtlich. Wenn ich mit meiner Assistentin bei Gericht bin, unterhalten wir uns gemütlich wie auch die beiden Männer direkt unter uns. Wenn ein Mann seine Assistentin so mühsam ignoriert, läuft da meistens was."

Tess konnte den Blick kaum von der Sekretärin wenden. Lisa hatte Recht, wenn man sich das so betrachtete. „Und woher willst du das mit den Kindern wissen?"

„Schätzung. Ich mache das schon eine Weile und bin darauf angewiesen, zu wissen, wer vor mir steht. Ich muss wissen, wer mir gerade die Wahrheit sagt und wer mir direkt ins Gesicht lügt. Ich muss wissen, was hinter den Fassaden steckt, die sie hier alle herumtragen. Kaum einer ist wirklich das, was er hier vorgibt zu sein. Weder Anwalt, noch Richter, noch Klient, noch Angehöriger. Gerichte sind wie Theaterbühnen und die Kunst besteht nicht nur darin, die Paragraphen zu kennen, sondern auch, hinter die Maskerade zu blicken."

„Ich beneide dich dafür." lächelte Tess aufrichtig. „Ich könnte es nicht."

„Weil dein weiches Herz niemandem eine Lüge unterstellt, das macht dich so besonders und relativ einzigartig. Aber genau aus diesem Grund wusste ich auch, dass Vivien nicht ehrlich zu dir ist. Ich sehe immer automatisch hinter die Masken der Menschen."

Lisa wusste nicht sicher, ob es der passende Zeitpunkt war, ihr war nur wichtig, dass Tess wusste, sie hatte Vivien nicht aus einer Laune heraus der Lügen beschuldigt.

Tess seufzte. Vivi … Wie es ihr wohl ging? Sie musste sich daran erinnern, dass ihr das egal war, und mit einem Blick in Lisas süßes Lächeln, gelang ihr das auch spielend leicht.

„Was siehst du denn hinter meiner Maske?"

„Du trägst keine. Du bist einer der wenigen Menschen, die ich kenne, die keine Maske tragen müssen."

„Ich würde es gern können, aber ich bin emotional unfähig, eine zu tragen."

„Das macht dich so liebenswert."

„Du kannst eine ganz schöne Schmeichlerin sein." stellte Tess erschüttert fest. War das schon immer so?

„Und dabei hab ich gerade gar nicht an Sex gedacht." betonte Lisa leise. Es musste ja nicht gleich jeder hören. „Bricht jetzt dein Weltbild zusammen?"

„Voll und ganz." nickte Tess. „Ich weiß gar nicht mehr, was real ist und was Maske."

Lisa lachte auf. „Das weißt du sehr genau. Und so gern ich auch noch mit dir hier stehenbleiben würde und mich der Unterhaltung hingeben, ist mir deine Gänsehaut nicht entgangen, also sollten wir raus in die Sonne."

„Gute Idee." stimmte Tess sofort zu. „Jetzt weiß ich aber auch, warum die alle Jacken tragen."

„Ja, diese alten Steinbauten sind schweinekalt. Ich bin jedes Mal froh über die Ausrede, eine Jacke tragen zu dürfen."

Sie schlenderten in Ruhe zur Treppe und Richtung Ausgang. Die anderen verbreiteten genug

Stress für alle, deshalb achtete Tess besonders darauf, dass sich auch Lisa nicht davon anstecken ließ.

Nur einige Augenblicke später traten sie in die wärmende Sonne und Tess spürte sich regelrecht erwärmen. Sie reckte die Nase der Sonne entgegen.

„Das ist auch eine seltene Eigenheit." meinte Lisa mit einem zufriedenen Lächeln.

„Was?"

„Du genießt auf einer ganz anderen Ebene als die meisten."

„Möglich. Im Moment bin ich aber schon froh, wenn ich meine Finger und Zehen wieder spüre."

Lisa lachte und sie gingen zum Taxistand. Etwa eine Stunde waren sie unterwegs, bis sie in einer anderen Stadt standen. Die Sonne schien noch immer herrlich warm und die interessanten Gespräche brachen auch nicht ab.

Es kam nur eine Kleinigkeit hinzu. Sobald sie aus dem Taxi gestiegen waren, näherte sich Lisa langsam an Tess an. Sie bewegten sich auf für Lisa völlig fremdem Terrain. Tess lächelte nur und nahm Lisas Hand, wie sie es sich gewünscht hatte. Dafür erntete sie ein so freudiges Lächeln, dass es ihr die Sprache verschlug. Es war ein freies Lächeln.

Sie kamen zur belebteren Fußgängerzone mit diversen Geschäften. Viele Menschen kamen ihnen entgegen und sie stürzten sich als offensichtliches Paar in das Gewusel. Lisa genoss das mehr, als sie jemals hätte in Worte fassen können. Sie war wirklich frei in diesem Moment. Sie versteckte sich nicht für sich selbst. Sie war lesbisch und zeigte das auch. Einige Leute sahen sie ein wenig schief an und tuschelten. Sie bereiteten Lisa damit eine ungeahnte Freude, denn man nahm sie als Lesbe wahr. Man nahm wahr, was sie wirklich war. Man sah nicht ihre Maske, sondern sie selbst.

An einem großen Brunnen auf dem Marktplatz saßen drei Musiker. Ein Geiger, ein Gitarrist und ein Trompeter.

„Du wolltest meine Welt?" fragte Tess frech grinsend.

Lisa wusste nicht, was kommen sollte. Allein der herausfordernde Blick machte ihr Angst. Sie nickte trotzdem und hoffte, sie würde sich nicht zu weit aus dem Fenster lehnen. Was sollte jetzt wohl kommen?

Tess nahm ihr die Tasche ab und stellte sie mit ihrer eigenen neben die Musiker. Und nur einige Augenblicke später tanzten sie über den Marktplatz, als hätten sie nie etwas anderes gemacht. Keine heißen Latinbeats, sondern Standardtänze. Um sie herum bildete sich eine große Traube und Lisas Lachen wurde immer fröhlicher und ausgelassener.

„Herzlich Willkommen in der schönen Realität." flüsterte Tess.

„Danke." strahlte Lisa.

Wofür, fragte sich Tess nur. Für sie war das wirklich Normalität. Schon oft hatte sie zu Straßenmusik mit ihren Freunden getanzt. Auch mit Vivi, doch an die dachte sie gerade kein bisschen.

Den ultimativen Abschluss gab es für Lisa am Ende des Stückes, als Tess sie vor versammelter

Mannschaft küsste. *Richtig* küsste! Ihre weichen Lippen öffneten sich und luden Lisa ein. Wie hatte sie sich danach gesehnt. Nicht nach einem Kuss in der Öffentlichkeit, obwohl das schon ein Traum war, aber ein Kuss von Tess toppte das alles. Diese zarten Hände an ihren Wangen hielten sie fest, während ihre eigenen Hände an Tess´ Rücken lagen und sie an sich drückten.

„Wow." hauchte sie zittrig.

„Komm in der Realität an." lachte Tess.

Erst da bekam Lisa mit, dass man ihnen tosenden Applaus schenkte. Tess an ihrer Seite verneigte sich fröhlich vor ihrem Publikum. Sie war so offen. Sie war die pure Lebensfreude, obwohl sie hier mitten auf einem Marktplatz standen, umringt von fremden Leuten. Ihr Lachen berührte offenbar nicht nur Lisa, sondern auch die anderen. Man sah sie an, als würde man sich mit ihnen freuen. Das war eine so neue Erfahrung für Lisa, dass es ihr ganz und gar die Sprache verschlug.

Tess nahm die beiden Taschen an sich, zog Lisa mit sich zu einem Café neben dem Marktplatz und bestellte Kaffee für sie beide.

„Alles klar?" fragte sie vorsichtig. Hatte sie es zu weit getrieben? Lisa sah aus wie kurz vor einem Kollaps.

Plötzlich sah sie sie wieder an. „Lebst du immer so?"

„Ja. Ich liebe Straßenmusiker und kann nicht anders, als mich mit ihnen der Musik hinzugeben. Wenn ich allein unterwegs bin, greif ich mir auch mal einen Passanten."

„Nein!" lachte Lisa schallend.

„Doch, das tue ich. Ich bin eben ein wenig verrückter als die brave Anwältin. Ich lebe, Lisa. Das ist das, was ich sagte. Ich lasse mir mein Leben nicht verbieten, nur weil ich nicht der Norm entspreche."

Lisas Mundwinkel sackten ab. „Warum wirfst du mir das vor?"

„Tue ich nicht. Ich zeige dir nur, wie ich das Leben angehe, wie du mich gebeten hast. Es ist deine Entscheidung, dich zu verstecken, ich sage dir aber auch, dass ich es nicht könnte."

„Kannst du mich kein bisschen verstehen?" fragte Lisa verletzt. „Ich würde das so gern so wie du machen, aber ich kann nicht."

„Wieso nicht?"

„Weil ich damit nicht mehr helfen könnte." Lisa lehnte sich zurück und verschränkte die Arme. „Weißt du, der Fall, wegen dem ich heute hierher musste … Es geht um eine Frau. Sie wurde befördert in eine Führungsposition und hat dort ein halbes Jahr gearbeitet. Nach der ersten Beurteilung durch ihre Vorgesetzten, die einwandfrei war, hat sie sich geoutet. Keine drei Tage später wurde sie an den Kopierer gestellt und zum Kaffee kochen geschickt. Wohlweislich hatte sie die Beurteilung abgewartet und damit kamen wir erstklassig durch die Verhandlung. Sie hat ihren Job in der Führungsposition wiederbekommen. Und jetzt war sie wieder bei mir, weil sie gemobbt wird aufs

126

Übelste. Ich kann ihr nicht helfen, wenn ich vor einem Richter stehe, der mich nicht ernst nimmt. Als Frau ist es in dieser Branche allgemein schon schwer, aber als Lesbe hast du verloren, bevor du angefangen hast. Tess, ich beneide dich für dein offenes Leben, aber ich schäme mich nicht für mein geheimes, weil ich weiß, wofür ich es tue."

„Und das ist auch gut so." lächelte Tess. „Wer soll denen helfen, die ausgegrenzt werden, wenn sich keiner mehr findet, der sich mit Ahnung auf ihre Seite schlägt? Aber ich habe diese Ahnung nicht, also warum sollte ich mich verstecken?"

„Sollst du ja gar nicht, aber ich möchte nicht, dass du mir vorwirfst, dass ich es tue."

„Hab ich nie getan. Ich glaube, du wirfst es dir eher selbst vor. Ich habe dir von Anfang an gesagt, das ist dein Ding, aber es wäre für mich keine Option. Warum auch? Wen interessiert es, ob eine Schriftstellerin oder Grafikdesignerin lesbisch ist? Wen es stört, der liest meine Bücher nicht oder stellt mich nicht ein, fertig. Ich finde es grausam, dass es noch immer so viele gibt, die sich so den Kopf über ihr Outing überhaupt zerbrechen müssen, aber ich kann es auch leider nicht ändern, als jedem vorzuleben, wie es möglich ist."

„Aber nicht für jeden."

„Aber für jeden, der sich dazu entschließt." Tess fing an zu grinsen. „Und weißt du, was das Beste daran ist?"

„Nein." antwortete Lisa, bekam aber vor ihrem Blick schon Angst. Das Grinsen wurde noch breiter und nur einen Augenblick später tastete sich ein Fuß an Lisas Bein hinauf.

„Oh Gott." keuchte sie und schloss die Augen. Ob dieser Frau eigentlich bewusst war, dass sie an einem belebten Marktplatz saßen? Lisa war es gerade egal, als sich dieser weiche Fuß noch ein Stück ihrem Schoß näherte. Sanft massierte er über Lisas innere Oberschenkel. Tess schien Muskeln an Stellen zu haben, wo es gar keine geben sollte.

Das leise Kichern von Tess und das abrupte Ende der Intimität holten Lisa zurück in die Realität. „Du Biest." hauchte sie mehr als erregt.

„Hier können wir unser Spielchen fortführen." trällerte Tess triumphierend.

„Das könnte peinlich für dich werden."

„Für mich? Mir ist so gut wie gar nichts peinlich."

„Das glaube ich dir aufs Wort."

Tess schlüpfte wieder in ihren Schuh hinein und beugte sich weit über den Tisch nach vorn zu Lisa. „Was würdest du jetzt gern tun?"

„Jetzt gerade? Über dich herfallen, wenn du mich so anmachst und dann auch noch so ansiehst."

Tess nahm sich Lisas Hand und liebkoste sie hauchzart mit ihren Lippen. Ja, in der Öffentlichkeit machte dieses Spielchen gleich noch mehr Spaß. Ihre lüsternen Augen fixierten Lisa, deren Blick allerdings an Tess´ Lippen hing und immer gieriger wurde. Man sah die pure Geilheit in ihr steigen.

Wieder zog sich Tess abrupt zurück. „Bin gleich

128

wieder da." grinste sie und verschwand in das Café hinein, Richtung Toiletten.

Diesmal blieb Lisa aber nicht zurück. Sie folgte Tess, versuchte es zwar unauffällig, aber sie glaubte, jeder würde ihnen nachsehen, dabei war das völliger Unsinn. Niemand schenkte ihnen irgendeine Aufmerksamkeit. Was war auch dabei, wenn man in einem Café auf die Toilette geht?

Als sie die Tür zu den Toilettenräumen aufstieß, wurde sie schon überfallen. Tess hatte auf sie gewartet, nach ihrer Hand gegriffen und drängte sie an die nächste Wand.

„Du wolltest dieses Spielchen." erinnerte sie heißer.

„Nein, ich wollte dich vögeln. Du hast dieses Spielchen angefangen."

„Und es macht dir keinen Spaß?"

„Das hab ich nicht behauptet, aber du spielst wirklich mit dem Feuer. Ich hab einen Generalschlüssel für alle Gebäude der Insel."

„Meine Tür ist selten abgeschlossen, den brauchst du also nicht."

Wieso war die eigentlich nie sprachlos? „War das eine Einladung?"

„Finde es heraus, aber glaube nicht, dass ich auf Blümchensex stehe."

Mit einer schnellen Drehung hatte Tess die Wand im Rücken. „Was ist mit einer Damentoilette?" knurrte Lisa.

„Viel zu einfach. Was hältst du von dem Brunnen

vor der Tür?"

Lisa bekam Augen so groß wie Teller. Das war ja wohl hoffentlich ein Scherz!

Tess lachte auf, nutzte aber auch den Schreckmoment und tauchte unter Lisas Arm hindurch. Sie ging in eine der Kabinen und drehte den Riegel herum. Lisa schlug mit der flachen Hand gegen die Wand und fluchte leise. Ein leises Kichern hing in dem Raum. Lisa musste besonders tief durchatmen und ging in die nächste Kabine. Ihr war so was von heiß. Und sie war feucht. Großartig! Zum Glück waren sie auf einer recht sauberen und gut ausgestatteten Toilette...

Tess bezahlte noch die Rechnung mit dem Schein, den ihr Lisa eingebracht hatte, dann schlenderten sie gemütlich weiter. Hand in Hand oder Arm in Arm. Sie machten offiziell den Anschein eines ganz normalen Paares, nur waren sie das nicht. Küsse gab es auch keine mehr. Tess ließ keine Gelegenheit aus, um Lisa anzuheizen. Es klappte immer wieder aufs Neue, aber nicht nur in diese eine Richtung.

Tess fand auch noch ein neues Kleid und konnte das ruinierte wegwerfen. Sehr praktisch. Von dem großen Schein war immer noch genügend übrig, als sie die Rückfahrt zur Fährstation antraten. In dieser Stadt suchten sie sich auch noch einen Künstlerhandel und opferten den Rest des Geldes. Neben Farben und der Grundausstattung musste natürlich auch eine ordentliche Leinwand her. Die trug Lisa bis zur Fähre und Tess den Rest in großen

Tüten.

Bevor es aber richtig losgehen konnte, kaufte Tess sich noch eine Dose Cola an einem Kiosk und nahm ihre Tablette, um die Überfahrt zu überstehen.

„Was ist das?" fragte Lisa vorsichtig. Tess würde ja wohl hier nicht irgendwelche Drogen nehmen.

„Ich bin nicht unbedingt ein Fan von Schiffen." schmunzelte Tess verlegen.

„Ach wirklich? Das hat man vorhin aber nicht gemerkt."

„Die Tabletten sind echt gut, aber ohne würde ich grün anlaufen."

„Steht dir vielleicht?"

„Dann ist mein Urlaub aber gelaufen."

„Na das wollen wir natürlich nicht." legte Lisa sofort fest. „Aber wieso machst du dann Urlaub auf einer Insel?"

„Sieh sie dir an und stell dir die Frage selbst. Ich würde sogar in ein Ruderboot steigen, um sie zu erreichen."

Lisa lächelte voller Wärme. „Und genau deshalb bist du die Beste, um Evis Platz einzunehmen." Sie hatte zuvor schon nicht daran gezweifelt, seit sie die Liebe für die Insel in Tess gesehen hatte. Sie bestätigte es nur immer wieder aufs Neue.

„Vielleicht. Ich hoffe es jedenfalls."

„Was hast du gegen Schiffe? Oder gegen Wasser allgemein?"

„Nein, nur gegen Schiffe. Ich liebe das Wasser.

Vor allem das seichte Wasser, wenn ich eine schöne Frau bei mir habe."

Tess grinste sie noch mal an und sie machten sich auf den Weg. Und mit dem ersten Schritt auf die Insel waren sie wieder die beiden, als die sie gegangen waren. Schon seit sie in das Taxi für die Rückfahrt gestiegen waren, hatten sie keinen Hautkontakt mehr gehalten und das galt auch hier auf ihrer Paradiesinsel, nur mit anderem Hintergrund.

Bevor sie getrennte Wege gingen, musste Lisa noch etwas loswerden. „Danke." lächelte sie aufrichtig.

Dementsprechend strahlend war die Erwiderung, die sie zu sehen bekam. „Gern geschehen. Ich hab es dir angesehen."

„Ich hab den Tag wirklich genossen."

„Nicht nur du."

„Bist du nachher noch im Club?"

„Nein, tut mir leid, ich hab meine Muse aus dem Gericht mitgebracht."

Lisa machte einen Schmollmund. „Ich bin eifersüchtig und neidisch."

„Auf die Muse, die mich nachher küssen darf?" Tess rückte sogar noch ein Stück näher zu Lisa. „Dann denk an das Ende des Tanzes und träume weiter von unerreichbaren Dingen."

Schwup … Schon war sie weg und Lisa blieb sprachlos zurück. Sie sah ihr allerdings noch nach. Das neue Kleid sah nicht weniger verführerisch aus.

Und auch wenn die Schürfwunde von dem Sturz an ihrem Bein noch zu sehen war, luden diese Beine geradezu ein und wollten berührt werden. Aber nein, sie durfte ja nicht.

Sie überlegte, ob die Einladung wirklich ernst gemeint war. Ausgesprochen auf der Damentoilette eines Cafés, aber vielleicht war das ja ihre Chance? Andererseits spielte Lisa dieses Spielchen tatsächlich gern mit. Vielleicht sollte sie Tess schmoren lassen.

Als sie mitten in der Nacht noch immer nicht schlafen konnte, fuhr sie zu Tess zum Strandhaus. Allerdings war sie noch nicht mal ums Haus herum, als sie schon die Finger über die Tastatur rasen hörte. Das war gerade ein unpassender Augenblick, daher fuhr sie zurück zu Evis Haus und legte sich wieder ins Bett.

Schlafen konnte sie deshalb noch lange nicht. Sie dachte an das Gewusel im Gerichtsgebäude und diese ganz andere Betrachtungsweise. Sie dachte an den heißen Kuss, den sie noch immer schmecken konnte. Sie dachte an die hitzige Diskussion wegen des Outings. Lisa wusste nicht mit Sicherheit, ob Tess ihre Sichtweise wirklich verstanden hatte. Sicher war nur, dass sie nicht mit ihrer übereinstimmte. In so einigen Dingen nicht, musste Lisa einsehen.

Worüber dachte sie hier eigentlich nach? Das waren nicht ihre normalen Überlegungen, wenn es um eine so heiße Frau ging.

Sie musste sich nur in die vergangene Nacht im

Clubhaus zurückversetzen, oder den Kuss, oder das Café … Schon war sie wieder erregt und hätte sich zu gern zu Tess gelegt. Vor allem in dieser Nacht...

Tess hatte überhaupt keinen Schlaf gefunden, dafür war sie aber auch zufrieden mit dem Ergebnis ihrer Nachtschicht. Sie hatte es sich verdient, sich ihrem Spiel hinzugeben. Sie brannte regelrecht darauf, sich mit Lisa zu messen, als sie gegen Mittag zum Hotel fuhr.

„Guten Morgen!" trällerte sie vergnügt zur Rezeption. Davor stand neben einem Angestellten auch Evi.

„Tess." lächelte sie schwach und winkte sie in ihr Büro. Tess war misstrauisch, folgte ihr aber. Nur von ihrer anfänglich aufgedrehten, von Übermüdung verschuldeten guten Laune war nichts mehr übrig.

„Was ist los?" fragte sie besorgt, als sie die Tür schloss.

„Tess. Ich weiß, du und Lisa spielt irgendein Spiel, aber heute nicht, okay?"

„Evi, was ist los?" fragte sie schon der Panik nahe. Hier stimmte etwas nicht, das lag auf der Hand.

„Lass sie heute in Ruhe, okay?"

„Wo ist sie?"

„In der Kapelle oben, aber bitte nicht heute."

„Tut mir leid, das kann ich nicht. Ich will als Freundin mit ihr reden."

„Aber als Freundin und nicht als Lesbe." bat Evi,

134

denn bei Tess wusste sie, ging das. Bei Lisa war das nicht so einfach. Zumindest bis vor ein paar Tagen. Jetzt würde das vielleicht auch gehen.

Tess fuhr mit gemischten Gefühlen den Berg zur Kapelle hinauf. Was war wohl passiert? Irgendwas, das die selbstbewusste Lisa furchtbar erschüttert haben musste.

Sie öffnete die Tür zur Kapelle, ging nach vorn zum Altar, kniete nieder und bekreuzigte sich, bevor sie sich neben Lisa setzte. Sie saß auf einer der hintersten Bänke und schien kaum anwesend.

„Hey." sagte Tess leise nach einer Weile.

„Ich lasse mir heute alles gefallen." flüsterte Lisa. „Lass alles los, was du loswerden willst, ich werde es hinnehmen."

„Deswegen bin ich nicht hier." Was dachte die eigentlich? „Lisa, warum sitzt du hier?"

„Heute ist der erste Todestag meiner Eltern."

Eiskalt zog es sich durch Tess´ Leib wie ein Blitz. „Oh Shit." Ihre Augen wurden feucht. „Lisa, das tut mir leid."

„Das bringt sie nicht zurück."

„Ich weiß. Es wird niemals die passenden Worte geben, um die Trauer eines liebenden Herzens auszudrücken. Ebenso wenig wird es jemals die passenden Worte geben, um das Beileid eines liebenden Herzens auszudrücken."

Lisa lächelte ansatzweise. Wenn Tess ihre Lippen ihrem Herzen überließ, klang das immer wunderschön. Sie sprach so ganz anders als alle anderen Frauen, die Lisa kennengelernt hatte.

„Sie fehlen mir so." hauchte Lisa mit einer Träne auf der Wange und sturem Blick zum Altar vor ihr.

„Das glaube ich. Aber niemand ist fort, den man liebt. Liebe ist ewige Gegenwart."

Lisa drehte den Kopf zu Tess. „Von wem ist das?"

„Stefan Zweig, österreichischer Schriftsteller." Tess legte ihre Hand an Lisas Herz. „Dort behältst du deine Eltern immer bei dir. Solange du sie nicht vergisst, sind sie niemals wirklich weg."

„Aber es tut so weh." flüsterte Lisa erstickt.

Tess zog sie in ihre Arme. „Ich weiß." flüsterte sie. „Ich weiß, Lisa. Und diesen Schmerz wird es immer geben, aber ich glaube nicht, dass sie dich so sehen wollen würden. Als meine Schwester vor zwei Jahren starb, war ich am Ende, aber ich wusste, sie würde mich nicht weinen sehen wollen, und seither lebt sie in meinen Gedanken weiter. Ich rede mit ihr, als wäre sie da. Ich bitte sie um Rat, wenn ich nicht weiter weiß."

„Das tut mir leid für dich." sagte Lisa leise. Sie wusste, das brachte ihre Schwester ebenso wenig zurück wie ihre Eltern, aber sie wusste auch, dass Tess nicht nur mit anderen Augen sah, sie hörte auch mit anderen Ohren. Und jetzt gerade, an ihrer Schulter, fühlte Lisa sich geborgen und stark genug, der Trauer zu trotzen.

„Rede mit ihnen." sagte Tess leise, wiegte Lisa aber noch immer leicht. „Erzähl ihnen alles, was du seither erlebt hast und wie du dich gerade fühlst."

Lisa hob den Kopf. „Und wie? Soll ich mich hier hinknien und beten?"

Tess sah schon wieder eine andere Frau vor sich. Die dritte Persönlichkeit, aber diesmal eine ehrliche und sehr emotionale. Lisa war nicht so hart, wie sie immer vorzugeben versuchte. Auch sie hatte ein weiches Herz, hatte es nur besser unter Kontrolle als Tess.

„Wo waren sie hier am liebsten?"

„Im Wasser." schmunzelte Lisa. „Manchmal musste ich sie an Mahlzeiten erinnern, um sie aus dem Meer zu kriegen."

Tess lachte leicht und wischte sanft die Tränen von Lisas Wangen. „Dann geh ins Wasser. Ich hab mit meiner Schwester sehr viel Zeit auf dem Felsvorsprung verbracht, deswegen gehe ich dort so gern hin. Dort haben wir über alles geredet und gelacht, aber auch tiefe Gespräche geführt. Dort bin ich ihr näher als irgendwo sonst. Also geh ins Wasser zu deinen Eltern und lass sie in deinem Herzen weiterleben."

„Ich weiß nicht, ob ich durch deine Augen sehen kann." gestand Lisa in einem Augenblick emotionaler Schwäche. Das könnte einen Keil zwischen sie treiben, den es nicht mehr zu überwinden ginge, aber sie musste es aussprechen.

„Du wirst es nicht herausfinden, wenn du es nicht versuchst und dich nicht darauf einlässt. Ich habe deine Eltern nie kennengelernt, aber ich kenne Evi und Joshis Eltern und die würden dich nicht hier so allein und traurig sitzen sehen wollen."

„Sie waren dabei." hauchte Lisa und wandte den Blick wieder zum Altar.

„Wer?"

„Joshis Eltern. Sie starben mit meinen."

Tess schnappte nach Luft, rutschte fast von der Kirchenbank und fing nun auch noch an zu weinen. Sie presste die Kiefer aufeinander, um die Tränen in sich zu behalten, weil sie wusste, Lisa brauchte gerade eine starke Schulter, aber das war wie ein Schlag ins Gesicht. Joshis Eltern waren wie ihre eigenen, wenn sie auf der Insel aufeinandertrafen.

Lisa sah Tess wieder an und erkannte, was sie angerichtet hatte. Das war wohl die Holzhammermethode gewesen und es tat ihr unglaublich leid für Tess. Wie hatte sie nur so kalt sein können? Sie wusste doch um das weiche Herz! Sie hätte sich ohrfeigen können.

Sanft zog sie Tess an sich und wiegte sie leicht. „Es tut mir leid."

Tess schluckte schwer. Sie wollte sich jetzt beruhigen, denn das hätten Joshis Eltern tatsächlich nicht gewollt.

Lisa streichelte Tess zärtlich über den Kopf. „Bitte vergib mir." flüsterte sie.

„Muss ich nicht." schniefte Tess und richtete sich auf. „Aber die beiden waren genau solche Wasserratten, also werde ich jetzt an den Strand gehen und mich dort von ihnen verabschieden, wo ich sie sehen kann. Hier hab ich sie noch nie gesehen."

„Ich meine Eltern auch nicht, aber ich dachte, ich würde sie hier finden."

„Wirst du nicht. Du wirst sie nur mit deinem Herzen finden, dafür musst du aber an einen Ort gehen, an dem ihre Herzen hingen."

„Nimmst du mich mit?" bat Lisa unsicher. Selten verspürte sie solche Unsicherheit in sich. Gegenüber einer Frau, aber vor allem, weil sie wirklich nicht wusste, ob sie es schaffen würde, durch die Augen einer so weichen Seele sehen zu können, wie Tess es war.

„Na komm." lächelte Tess schwach und stand auf.

Sie holten noch ihre Bikinis und trafen sich an der Rezeption wieder. Tess wollte, dass Lisa genau an den Teil des Strandes ging, an dem ihre Eltern am liebsten gewesen waren. Lisa ließ sich darauf ein. Evi glaubte kaum, was sie mit eigenen Augen sah. Die beiden waren nicht so aufgedreht wie sonst und das Feuer der Leidenschaft schien an dem Tag erloschen, aber Lisa ging zum ersten Mal seit dem Tod ihrer Eltern wieder an den Strand. Den hatte sie sonst immer gemieden und schon der Weg von der Fähre zur Kutsche war eine gewisse Blockade für sie.

Sie erreichten den Strandabschnitt recht schnell und Lisa blieb stehen. Seit einem Jahr war sie nicht mehr hier gewesen. Tess ließ ihr einen Moment. Da Lisa nicht den Eindruck erweckte, sie würde weitergehen wollen, nahm Tess sanft ihre Hand und führte sie von dem Steg in den Sand. Sie legten ihre Sachen ab.

„Geh." flüsterte Tess und ließ Lisa los, denn den ersten Schritt musste sie allein tun.

Lisa näherte sich mit langsamen Schritten dem Wasser und watete hinein. Als ihr das Wasser bis zur Brust ging, blieb sie stehen und sah in die Ferne. Sie dachte über ihre Eltern nach. Dann spürte sie Wellenbewegungen und kurz darauf stand Tess hinter ihr.

„Du hast sie hier oft gesehen. Sieh sie jetzt vor dir. Ruf dir ein Bild der Vergangenheit in die Gegenwart und dann rede mit ihnen. Du liebst sie und dein Herz wird sie für dich antworten lassen. Es trägt sie in sich und weiß, was sie antworten würden."

Tess stand noch immer hinter ihr und blind unter Wasser suchte Lisa nach ihrer Hand. Sie fand sie auch und Tess blieb mit einem leichten Lächeln, obwohl sie gerade wieder gehen wollte. Lisa drückte leicht zu und verkrampfte, als sie es zuließ. Sie sah ihre Eltern tatsächlich bildlich vor sich. Sie standen vor ihr. Ihr fiel nicht mal auf, dass sie den Mund nicht öffnete. Sie sprach gedanklich zu ihnen und sah sie wirklich antworten. Tess hatte Recht, sie liebte sie und kannte sie gut. Sie wusste, was sie antworten würden, und hier fiel ihr das irgendwie besonders leicht.

Tess war in dem Moment wie ein Geist. Lisa spürte ihre Anwesenheit, die ihr eine gewisse Ruhe vermittelte, aber sie schwieg. Sie hing ihren eigenen Gedanken an Joshis Eltern nach. Sie kannte sie gut und es reichte für eine kurze Unterhaltung.

Viel intensiver nahm sie in dem Moment allerdings Lisa wahr. Sie war emotional, sie war schwach und sie ließ diese Schwäche zu, die sie sich selbst sonst immer verbot. Und das für Tess Schönste daran war, dass sie ihre Nähe in dem Moment suchte. Sie hielt sie fest, ihre Hand zitterte leicht, und es hatte den Eindruck, sie würde sich an Tess festhalten, um nicht wegzutreiben.

Irgendwann drehte sie sich mit nassglänzenden Augen, aber einem friedlichen Lächeln um. „Danke."

„Wofür?" lächelte Tess und nahm Lisa in den Arm.

„Für alles." flüsterte Lisa und in diesen beiden Worten hörte Tess das ganze weiche Herz ihrer Freundin.

An diesem Tag gab es keine Spielchen. Sie setzten sich in die Sonne an den Strand. Der weiche Sand lud sie ein, sich gehenzulassen. Ausnahmsweise bei beiden ohne sexuelle Hintergedanken.

„Erzähl mir von ihnen." bat Tess sanft, als sie sich gesetzt hatten.

„Was willst du denn wissen?"

„Alles, was du gerade aussprechen möchtest."

„Erzählst du mir von deiner Schwester?" fragte Lisa ausweichend. Eigentlich mochte sie nicht über ihre Eltern reden, aber andererseits wollte sie Tess auch gern antworten.

Tess lachte schwach. „Die Verrücktheit der

Familie hat sie noch schlimmer erwischt als mich."

„Oh oh." schmunzelte Lisa. Wenn Tess das schon so sah...

„Ja, sie war wirklich verrückt. Genauso eine träumende Künstlerin wie ich. Sie hat gemalt wie kein anderer. Und sie war überall dort zu finden, wo sie sich Spaß erhoffte. Bei ihrem letzten Fallschirmsprung ging der Schirm nicht auf und sie kam nicht zurück, aber sie starb bei einem ihrer liebsten Hobbys."

„Oh Gott, wie schrecklich." Lisa hatte Gänsehaut trotz Hitze der Sonne.

„Eigentlich nicht. Sie hat immer gesagt, wenn sie mal alt ist, geht sie mit Haien tauchen und verletzt sich selbst, um zu sterben."

„Sie war so waghalsig?"

„War sie." nickte Tess sofort. „Es war nur eine Frage der Zeit, bis mal etwas schiefgehen würde. Meine Angst vor Schiffen hab ich übrigens von ihr. Sie liebte Jetskis. Einmal ist sie bei einem Wettrennen mit irgendeinem Typen gestürzt und mit dem Kopf auf den Jetski geschlagen. Seither war sie halbseitig gelähmt, was sie aber noch lange nicht davon abgehalten hat, weiteren Unsinn zu machen. Aber ich weiß, sie hat ihr Leben in vollen Zügen genossen, auch wenn sie mir unglaublich fehlt."

„Meine Eltern waren ähnlich, nur nicht so waghalsig. Selten sah man sie ernst. Eigentlich nur, wenn ich irgendwas angestellt hatte."

„Und das kam öfter vor." vermutete Tess mit einem frechen Grinsen.

„Ziemlich." lachte Lisa. „Die beiden waren manchmal hoffnungslos überfordert mit mir. Sie haben sogar ein Fenster in mein Zimmer einbauen lassen, das man abschließen konnte, damit ich nicht mehr abhauen konnte."

„Du bist abgehauen?" lachte Tess nun richtig.

„Immer wieder. Hausarrest hatte ich oft, aber ich bin einfach abgehauen. Ich konnte mir doch die Partys am Wochenende nicht entgehen lassen."

Es war für Lisa selbst unbegreiflich, sie erzählte tatsächlich in einer gemütlichen Unterhaltung von ihren Eltern, obwohl sie seit einem Jahr kein Wort mehr über sie verloren hatte. Sie schaffte es sogar, ausgelassen mit Tess zu lachen. Sogar über ihre Eltern, die Tess durch die vielen offenen Worte schon richtig kennenlernte. Dieser Tag war für Lisa die Befreiung von der Trauer und es tat ihr unglaublich gut.

Das sah auch Evi, als die beiden Punkt Sieben zum Abendessen kamen. Von den sexuellen Sticheleien war nichts zu sehen. Sie unterhielten sich und ließen den Abend in Evis Garten beim besten Wein auf Erden ausklingen.

Am folgenden Tag verweigerte sich Tess. Sie machte sich rar und Lisa seufzte ihr nach. Schade eigentlich, aber sie wollte an diesem Tag allein sein. Sie hatte sich ein Pferd aus dem Stall geholt und war wieder gegangen.

Tess wollte nicht wirklich allein sein, sie hatte nur etwas vor. Sie belud das Pferd und machte einen Packesel aus ihm, um das von Lisa gewünschte Bild fertigzustellen. Nebenbei schaltete sie ab. Sie war mit ihrem Gedicht und ihrem Roman schon ziemlich weit gekommen, hatte in der Nacht noch einige Änderungen vorgenommen, und brauchte jetzt den räumlichen und zeitlichen Abstand, um das setzen zu lassen. Sie wollte alles dazu aus ihrem Kopf streichen, um es sich dann mit freiem Blick noch mal anzusehen.

Das tat sie dann am Abend bei einem einsamen Glas Wein auf ihrer Terrasse, nachdem sie sich in ihre eigenen Wellen gestürzt hatte. Dann konnte sie schon am nächsten Vormittag, nach dem letzten Lesen, ihren Roman komplett an Eric schicken. Danach hieß es für sie einfach nur warten, was er sagen würde.

Warten war aber nicht gerade eine von Tess´ Lieblingsbeschäftigungen. Und schon gar nicht in dieser Hinsicht. Um sich abzulenken, nutzte sie das Verwöhnprogramm des Hotels.

Lisa stand an der Rezeption, als sie grinsend hineinkam. „Guten Morgen.“

„Mein Morgen hellt sich gerade auf.“ schmunzelte Lisa.

„Dabei lasse ich mich jetzt von jemand anders anfassen.“

Lisas Augen blitzten auf. „Von wem denn?“

„Weiß ich noch nicht. Ich will zur Massage. Vielleicht hab ich ja Glück und Mareike hat den Job gewechselt.“

Lisa beugte sich über den Tresen. „Ich kann das auch.“ knurrte sie.

„Ich weiß, aber das entspannt mich dann bestimmt nicht."

„Ach nein? Das sah letztens aber anders aus."

„Aber diesmal würdest du es drauf anlegen, mich zu verführen, hab ich Recht?"

„Das würde ich mir nie wagen!" beteuerte Lisa entrüstet. „Und außerdem: Woher willst du wissen, dass ich das beim letzten Mal nicht wollte?"

„Also wenn du mich so verführen wolltest, wird das ja gleich mal gar nichts. Bis später." feixte Tess und ging. Sie hörte Lisa noch ein undefinierbares Geräusch der Wut von sich geben. Sie hätte jetzt auch nichts dagegen gehabt, diese Finger auf sich zu spüren, aber dann wäre sie wohl wirklich noch schwach geworden. Oder sie hätte sich nicht der Entspannung übergeben können.

Nach der Massage folgten noch ein paar Saunagänge. Bei dem vierten blieb sie dann nicht mehr allein. Lisa gesellte sich zu ihr. Sie ließ ihr Handtuch fallen, legte es auf die Bank gegenüber von Tess und machte es sich bequem.

„So ein Zufall aber auch." murmelte Tess amüsiert.

„Zufall? Du meinst Schicksal."

„Du nennst es also Schicksal, dass du dich so vor mir räkelst?"

„Auf jeden Fall." lächelte Lisa lüstern und räkelte sich gleich noch mal besonders aufreizend.

„Dabei ist es hier schon heiß." meinte Tess heißer und machte mit. Sie lag gegenüber von Lisa und wischte mit einem kleinen Handtuch den Schweiß von ihren Brüsten. Ihr Blick war nicht einfach nur lüstern, er schrie nach Sex.

„Hör auf damit." drohte Lisa leise, obwohl sie doch eigentlich gar nicht wollte, dass sie aufhörte. Viel mehr wollte sie das Handtuch sein.

„Warum?"

Lisa stand auf und kam näher, doch nach nur einem Schritt saß Tess auf der Bank und beugte sich zu ihr hinab.

„Vergiss es." flüsterte sie.

„Ach menno." jammerte Lisa und hob die Hand zu Tess. Sie wollte sie berühren, sie unter ihren Fingern spüren, aber Tess klatschte ihr auf die Finger.

„Du bist erhitzt genug, du solltest eine kalte Dusche nehmen."

„Kommst du mit?"

„Dabei bin ich noch gar nicht so erhitzt wie du."

„Ganz und gar nicht?" fragte Lisa ernsthaft verunsichert.

Tess sah ehrliche Sorge und fürchtete schon fast, sie würde aufgeben. Das konnte sie aber nicht zulassen. Sie stand auf und drückte ihren schwitzenden Körper an Lisa. „Ich bin so was von heiß." hauchte sie, nahm ihr Handtuch und verließ die Sauna. Die kalte Dusche war auch ganz gut für sie.

An diesem Tag trieben sie ihr Spielchen in ungeahnte Höhen. Es wurde immer schlimmer. Ein einziger Blick entfachte Gier, dazu Worte und Gesten, die sie gegenseitig immer weiter erregten. Hier eine kleine Berührung, da ein paar reizende Worte und die beiden liefen quasi dauergeil durch die Gegend. Lisa musste ja nebenbei noch arbeiten. Tess hielt sich an diesem Tag einfach in ihrer Nähe.

Evi beobachtete das mit einer Mischung aus amüsierter Freude und ernsthafter Sorge. Ihr war natürlich auch klar, was hier noch passieren würde, aber ob das so gut war?

Nach dem Abendessen am Hotelbüfett fuhr Tess aber erst mal in ihr Häuschen. Sie brauchte eine Dusche, Abstand und vor allem neue Klamotten, bevor sie sich ins Clubhaus wagen konnte. Es war eine heiße Nacht und sie war schon erregt, bevor sie überhaupt losfuhr. Das sah auch Mareike, als Tess zur Tür hineinkam, und zog sie die ganze Zeit damit auf. Sie hatte sich dieses Spielchen schließlich ausgesucht. Und als sie dann die Eifersucht in Lisas Blick sah, als die ins Clubhaus kam, entschloss sie sich, mitzuspielen.

„Tanzt du mit mir?" griente sie zu Tess, bevor Lisa da war.

„Was sagt dein Mann dazu?" kicherte Tess.

„Komm schon." forderte Mareike und ging hinter dem Tresen herum.

Erst als sich Tess umdrehte, sah sie Lisa am Eingang stehen. Und damit war ihr auch klar, was hier gerade passierte. Genau deshalb ließ sie sich auch auf den Tanz mit Mareike ein. Eng und heiß tanzte Tess mit ihr, wie sie sonst mit Lisa tanzte.

Mareike konnte ja nicht leugnen, dass sie eine anziehende Frau vor sich hatte, aber noch mal würde sie nicht schwach werden und wusste um die Moral von Tess. Sie hätte das nicht gemacht, sie nutzte nur die Chance, Lisa zu reizen.

„Lässt du sie heute ran?" flüsterte Mareike.

„Wenn sie nicht gleich herkommt, dann nicht."

Es dauerte keine Minute mehr, bis Lisa da war. Sie zog Tess aus Mareikes Armen und presste sie im Tanz an sich.

„Du kleines Luder." hauchte sie heißer.

„Eifersüchtig?"

„Ich sagte dir, du spielst mit dem Feuer. Wenn du es nicht zu kontrollieren weißt, dann hör auf damit."

„Ich finde, ich kontrolliere es ganz gut." sagte Tess, ließ Lisa stehen und ging zur Bar zu Mareike.

Sofort stand Lisa wieder hinter ihr, legte ihre Hände an ihre Hüften und zog Tess an sich. Sie senkte ihre Lippen an ihren Hals und Tess wäre am liebsten an Ort und Stelle vernascht worden.

„Finger weg." forderte Mareike, die den Blick von Tess wohl zu deuten wusste. Sie schob Lisa einfach von ihr. „Lass sie doch mal zu Luft kommen."

„Du bist so ein Aas!" lachte Lisa. Die hatten sich gegen sie verschworen.

„Ich bin kein Aas, ich mache mir Sorgen um Tess."

„Das ist lieb von dir." lächelte Tess auch gleich. „Ich sollte wirklich gehen. Gute Nacht."

„Schlaf gut." sagte Mareike noch und ließ sie gehen.

Lisa stand da und wusste nicht mehr, wo vorn und hinten war. Das war doch nicht zu glauben! Dieses … Sie knurrte kurz und folgte Tess. Diesmal war sie einen Schritt zu weit gegangen.

Tess hatte sich extra beeilt, weil sie wusste, Lisa würde ihr folgen. Sie hoffte es zumindest. Sie stellte ihr Rad ab und ging gleich außen herum zu ihrer Terrasse. Lisa war ihr auch schon auf der Spur.

„Tess!"

„Was denn?" fragte sie unschuldig, stieg aber weiter die Stufen zum Strand hinab. Sie brauchte jetzt unbedingt kaltes Wasser, und sei es nur an den Füßen.

Lisa folgte ihr. Tess war nicht gerannt, daher holte sie sie ein, als sie gerade das Ende der Treppe erreicht hatte.

„Das Eis ist geschmolzen." sagte Lisa mit drohendem Unterton und machte einen Schritt auf Tess zu, doch die wich aus.

„Eis? Dabei dachte ich, wir reden von Feuer."

„Das dünne Eis, auf dem du standest, ist geschmolzen und jetzt verbrennst du dich."

„Du willst mich also zwingen?"

Autsch! So wie sie das sagte, klang das wie eine Vergewaltigung! Dabei wusste Lisa doch, dass sie genauso scharf war.

Entschlossen drängte sie Tess gegen den Felsen, der ihre kleine Bucht begrenzte. „Du legst es gerade darauf an. Wie kannst du nur so kalt sein?"

„Bin ich das? Ich hatte gedacht, du willst mich heiß machen."

Lisa keuchte jetzt schon nur noch und drückte sich etwas näher an Tess. „Mein Höschen ist schon feucht, wenn du nur vor mir stehst und mich mit diesem Blick ansiehst." gestand sie und eben jener Reiz in Tess′ Augen wurde noch deutlicher. Diese Frau war tatsächlich die leibhaftige Versuchung, aber auch ein ganz schöner Teufel.

„Da bist du ganz klar im Nachteil." lächelte Tess verführerisch.

„Ach ja?" Lisa stutzte. Sie sah es in Tess′ Augen, sie musste es nicht abstreiten, sie war heiß und wollte Sex. Wenn sie ihr jetzt sagen wollte, sie war noch nicht mal ein bisschen feucht, dann hatte sie eine härtere Nuss vor sich, als sie bisher geglaubt hatte.

Tess legte ihre Wange an Lisas, um ihr ins Ohr flüstern zu können. „Ich hab nicht mal ein Höschen an."

Lisa stockte. „Du willst mir sagen, du kommst ohne Höschen unter diesem Kleid ins Clubhaus?" Das Kleid war so was von kurz … Lisa konnte es nicht glauben.

„Genau das." schmunzelte Tess.

„Das glaub ich einfach nicht." murmelte Lisa fassungslos. Wie oft hatte sie sie wohl schon ohne Unterwäsche in der Öffentlichkeit gesehen?

Tess griff nach Lisas Hand und führte sie unter

ihr Röckchen. Heiß und feucht spürte Lisa sie, aber tatsächlich ohne Stoff. Sie konnte nicht anders, als anzufangen, mit ihr zu spielen. Tess stöhnte auf, entriss sich dem aber, auch wenn es schwer war.

„Du solltest dich beruhigen." sagte sie kalt und ging zum Ufer. Sie streifte die Schuhe von den Füßen und das Kleid von ihren Schultern. Sie brauchte jetzt Abkühlung, daher legte sie sich ins seichte Wasser. Sie hoffte aber auch, dass es das nicht gewesen war.

Lisa leckte ihre Finger genüsslich ab und war schon allein dadurch im Rausch. Ihr Blick klebte auf Tess, die im weißen Mondlicht lag und Lisa zu sich rief, ohne sie auch nur anzusehen. Lisa zog sich aus, wozu bei ihr auch ein Slip gehörte. Sie stellte sich vor Tess und ließ sich langsam auf sie sinken, berührte sie aber noch nicht.

„Ich will dich spüren, Tess." flüsterte sie sehnsüchtig über ihren Lippen.

„Du bittest mich um Erlaubnis?"

„Zum ersten Mal tue ich das, ja."

Mit einer schnellen Drehung lag Lisa im Sand und Tess auf ihr. Sie hielt keinen Sicherheitsabstand, presste ihren Körper an Lisa, küsste sie wild und rieb sich leicht an ihr. Lisa war nun endgültig im Paradies angekommen. Diese Frau raubte ihr den Verstand und jetzt lag sie auf ihr und küsste sie mit dem Sturm der brennenden Leidenschaft, den sie über Tage hinweg aufgebaut hatten.

Tess küsste sich an Lisas Hals hinab. Lisa stöhnte in Ekstase auf und drückte den Rücken durch. Tess ließ ihre Lippen weiter abwärts streichen, hielt an den harten Brustwarzen kurz inne, umspielte sie mit ihren Lippen und ihrer Zunge und setzte die Erkundungstour dann fort.

Lisa spürte Tess in jeder Zelle ihres Körpers. Überall kribbelte es vor Verlangen. Sie wollte sie und sie bekam sie.

Dachte sie.

Tess´ Zunge spielte mit ihren Schamlippen, ihrer Perle und brachte Lisa an den Rande des Orgasmus, heftiger als sie es je empfunden hatte. Und dann stand sie auf.

„Gute Nacht." griente Tess und steuerte die Treppe an.

„Du kleines Miststück!" rief Lisa ihr keuchend - völlig außer Atem - nach, sprang auf die Füße und rannte ihr hinterher. Die glaubte doch wohl nicht, dass sie sie so einfach gehenlassen würde!

Tess lief etwas schneller die Treppe hinauf, aber Lisa hatte sie schnell eingeholt, hielt sie fest, drehte sie wild zu sich und zwang sie zum setzen, um sich ihrerseits in ihrem Schoß zu versenken. Tess stöhnte laut auf, als Lisa ihre Zunge in ihr versenkte. Sie schmeckte so gut. Noch besser als sie roch.

So lange sie für diesen Schritt gebraucht hatten, so lange zögerten sie jetzt auch den Höhepunkt hinaus. Lisa spürte, als Tess kurz davor war, und ließ ab von ihr. Sie ging allerdings nicht, sie schob ihren nackten Körper auf Tess und verlor sich in einem wilden Kuss.

Der brach auch nicht ab, als sie so umschlungen

irgendwie die Treppe erklommen, denn bequem war etwas anderes. Sehr viel weiter als auf den Boden der Terrasse kamen sie aber auch nicht. Lisa hatte lange genug gelitten. Sie lag auf Tess, doch die drehte sie beide und bedeckte Lisa. Ihre Finger suchten die feuchte Höhle, fanden sie und trieben Lisa zum ersten Orgasmus der Nacht. Lisa schrie auf und verkrampfte in den zuckenden Nachbeben.

„Bin ich immer noch ein Miststück?" schmunzelte Tess.

„Und was für eins." keuchte Lisa.

„Willst du mir sagen, mehr hältst du nicht aus?"

Sie tat es schon wieder!, erkannte Lisa erschüttert. Die Gier stand in ihren Augen und wollte befriedigt werden. Und sie wurde befriedigt, auch wenn Lisa sehr schnell merkte, dass Tess ein wirklich heißer Teufel war. Selbst nach Stunden und unzähligen abartig geilen Orgasmen schien sie topfit. Das war nicht zu glauben! Lisa war am Ende und konnte einfach nicht mehr, aber Tess war fit.

Sie lagen auf dem großen Bett umschlungen, küssten sich gerade ganz sanft und ließen die letzten Zuckungen ausklingen. Lisa malte verträumte Schlängel auf den Rücken von Tess, die ebenso selig mit einer Strähne von Lisas Haaren spielte. Sie beendeten langsam und weich den Kuss.

„Du bist und bleibst das heißeste Miststück, das ich je getroffen hab." flüsterte Lisa schmunzelnd.

Tess kicherte nur zufrieden. Sie wusste, sie hatte in Lisa mehr geweckt als nur diese rein sexuelle Leidenschaft zwischen zwei Frauen. Sie wusste mit hundertprozentiger Sicherheit, Lisa würde eine Frau niemals wieder einfach nur als Objekt der Befriedigung ansehen.

Tess legte ihren Kopf auf Lisas Schulter. Die Sonne würde bald aufgehen, aber ein bisschen Schlaf brauchte sie noch.

Geweckt wurde sie äußerst unsanft vom Telefon auf ihrem Nachtschrank. Sie wollte denjenigen schon jetzt erschießen, aber diesmal musste sie wenigstens nicht aufstehen.

Als sie sich knurrig Richtung Telefon bewegte, fiel ihr auf, dass sie allein in dem Bett lag. Das gefiel ihr nicht, denn ein perfekter Morgen hätte ohne Telefon, aber mit Frau an ihrer Seite begonnen. Aber nur mit *der* einen Frau, die an ihre Seite gehörte. Außerdem blieb sie auch selten über Nacht bei ihren Bettgeschichten. Hier hätte sie sich allerdings gefreut...

„Hallo?" brummte sie ins Telefon, nachdem sie endlich den Hörer richtig in der Hand hielt.

„Ich bin es."

„Eric?"

„Ja." lachte er. „Hast du noch geschlafen?"

„War eine lange Nacht."

„Wie heißt sie denn?"

„Komm auf den Punkt." lachte Tess. Sie wollte nur Kaffee und duschen.

„Also schön. Dein Roman ist spitze. Das Ende ist der Kracher und er geht in den Druck. Ich wollte dich wegen dem Cover fragen."

Tess musste erst mal den Anfang seiner kurzen Ansprache verdauen. „Äh..." Druck? Ihr Roman sollte gedruckt und veröffentlicht werden?

Eric kicherte. „Ich merk schon, du bist noch nicht wach. Ich schick dir was rüber. Sieh es dir an und sag mir, was du davon hältst."

„Äh … Okay, mach ich."

„Dann raus aus den Federn! Geh kalt duschen und komm wieder zu dir."

„Ich geb mir Mühe." murmelte Tess verlegen. Sie würde wohl über Lisa herfallen, wenn sie sie sehen würde...

Sie legte den Hörer auf, blieb im Bett sitzen, starrte vor sich hin und dachte nach. Erst im Nachhinein sickerte langsam in ihr Bewusstsein, was Eric ihr da erzählt hatte. Ihr Roman - geschrieben durch ihren Geist und ihre Finger - würde im Format eines richtigen Buches gedruckt und veröffentlicht werden. Jeder würde ihn lesen können. Eine Geschichte aus ihrer Phantasie würde im Buchhandel liegen. Menschen würden die Beschreibung auf der Rückseite lesen und sich für oder gegen ihr Buch entscheiden können.

„Oh Gott." keuchte sie und ihr wurde schwindlig.

Ihr erstes Buch war eine Art Fachbuch gewesen und in den wissenden Kreisen gern gekauft, es hatte jedoch nie in einer einfachen Buchhandlung gelegen. Sie dachte an ihren Lieblingsbuchladen und überlegte, wie ihr Buch dort liegen würde. Ein Cover hatte es in ihrem Bild gerade noch nicht, aber sie sah es auch eher symbolhaft vor sich.

Und da schlug die Freude zu!

Eric hatte gesagt, es wäre gut! Und er war schon lange Verleger! Er hätte das nicht gesagt und würde es nicht in den Druck geben, wenn er nicht überzeugt davon wäre! Aber er würde es tun! Er hielt ihr Buch für gesellschaftsfähig.

Schnell sprang Tess aus ihrem Bett, ging duschen, zog sich an und radelte zum Haupthaus der Insel. Sie musste sich jetzt mitteilen und wusste, wo sie ein offenes Ohr finden würde.

„Guten Morgen!" strahlte sie schon von der Tür aus zu Joshi an der Rezeption, und tanzte auf ihn zu.

Er wusste, wo diese Laune herkam. Er glaubte zumindest, es zu wissen. „Guten Morgen. Gut geschlafen?" fragte er mit einem Grinsen bis zu den Ohren.

„Könnte man so sagen." lachte Tess, der natürlich auch bewusst war, dass er wusste, was da gelaufen war. „Weißt du, wo Mareike ist?"

„Mareike?" fragte er verstört. „Willst du gleich die nächste verführen?"

„Ich verführe niemanden, dafür bin ich viel zu unschuldig. Ich muss ihr was erzählen."

Unschuldig, dachte Joshi, genau so sah sie aus. „Na dann. Da kommt sie gerade."

Und Lisa neben ihr. Tess strahlte noch immer heller als die Sonne, als sie sich umdrehte. „Mareike!" quiekte sie und hüpfte ihr entgegen. Lisa glaubte sich im falschen Film.

„Was ist denn mit dir passiert?" lachte Mareike.

Sie tippte auf Drogen, aber das war nicht ganz ihr Niveau.

„Mein Buch wird veröffentlicht."

„Nein!" staunte Mareike mit großen Augen.

„Doch. Mein Verleger hat gerade angerufen. Es geht in den Druck."

Mit einem Freudenschrei fiel Mareike ihrer kleinen Freundin um den Hals. „Herzlichen Glückwunsch, das ist der Hammer. Aber diesmal will ich auch ein Exemplar."

„Diesmal brauchst du auch kein Fachwörterbuch, um es zu verstehen."

„Autsch!"

„Ist so, es war ein Fachbuch, aber diesmal ist es ein richtig schön schnulziger Liebesroman. Du wirst also auf deine Kosten kommen, wenn ich dein Bücherregal recht in Erinnerung habe."

Mareike kniff kurz die Augen zusammen. „Schuldig. Ich bin jedenfalls schon sehr gespannt und freu mich für dich. Du wirst mal noch eine Berühmtheit, das sag ich dir."

Lisa stand wie bedeppert daneben. Auch sie freute sich wahnsinnig für Tess, weil sie inzwischen wusste, wie wichtig ihr das war, aber sie musste wohl einsehen, dass sie gegen eine Freundschaft wie zwischen Mareike und Tess nicht ankam.

„Herzlichen Glückwunsch." lächelte sie dennoch, auch wenn es ihr gerade irgendwie schwerfiel.

„Danke." quiekte Tess völlig überdreht. „Kann ich mir bei euch ein bisschen Obst klauen?"

„Sicher, komm." sagte Mareike gleich. „Ich muss eh ins Kühlhaus."

„Na bestens." freute sich Tess, hakte sich bei Mareike unter und stiefelte plappernd mit ihr los.

Lisa blieb stehen, wo sie gestanden hatte, und glaubte noch immer nicht, was sie hier gesehen hatte.

Joshi stellte sich zu ihr. „Kommst du wieder zu dir?" foppte er.

„Was?" Lisa blinzelte. „Ja, bin schon dabei." sagte sie und ging hinter die Rezeption. Sie musste noch die Abrechnung machen.

„Was ist los?" fragte Joshi.

„Nichts."

„So siehst du aus. Tess behandelt dich so, wie du immer alle behandelst, und das passt dir nicht, hab ich Recht?"

Noch so einer, der immer direkt war, dachte Lisa leicht genervt. Evi war da genauso. Aber es stimmte. Wenn sie mit einer Frau im Bett gewesen war, behandelte sie sie hinterher wie jeden anderen. Genau wie Tess es jetzt mit ihr machte, dabei hatte Lisa doch gehofft, das würde nicht aufhören. Nicht der Sex, auch nicht diese leicht kranken Spielchen, aber ihre Nähe und die angenehmen Unterhaltungen. Die Freundschaft...

Tess und Mareike kamen lachend aus dem Keller wieder hinauf. Tess hatte einen Korb mit verschiedenen Früchten bei sich und steuerte den Ausgang an. In der Tür drehte sie sich noch einmal um und ihr strahlendes Lächeln traf Lisa allein.

„Ich werde den Strand genießen."

Lisa konnte sich nicht wehren, als zu lächeln. Tess drehte um und ging. Und Lisa sah ihr noch nach.

„Nu geh schon." drängte Joshi und stieß seine Cousine an.

„Nein, die Abrechnung muss noch sein." seufzte Lisa, setzte sich aber gleich dran und war schneller als je zuvor. Sie fühlte sich beflügelt von der unausgesprochenen Einladung. War es überhaupt eine? Oder fing sie das Spielchen nun doch wieder an?

Lisa fuhr mit einem mulmigen Gefühl zum südlichen Strandhaus. Sie wusste nicht so richtig, woran sie bei Tess war, und das gefiel ihr nicht. Sie stellte das Rad ab und ging ums Haus herum. Schon von der Terrasse aus konnte sie Tess sehen. Sie lag halb im Wasser, auf dem Bauch und las irgendwas. Ein Buch vermutlich, das Lisa nicht mal ansatzweise verstehen würde.

Langsam ging sie die Stufen hinab. Tess nahm die Bewegung an ihrem Blickfeldrand wahr und blickte auf. Lisa sah so schön unsicher aus. Tess hatte es wirklich geschafft, diese harte Schale zu knacken.

„Du hier?" schmunzelte sie ihr entgegen.

„Ich wollte sehen, ob mein Lieblingsgast alles hat, was sie braucht."

„Ein bisschen Gesellschaft wäre nicht schlecht."

Lisa lachte und zog ihre Uniform aus, um sich zu

ihr zu setzen. „Was ließt du?"

„Ludovico Ariosto." feixte Tess siegessicher.

Lisa verzog ein bisschen das Gesicht. „Was?"

„Italienischer Autor der Renaissance." erklärte Tess ernsthaft. „Ich bin der Renaissance verfallen. Von ihm stammt auch der Spruch: *Nicht größre Schmähung einer Frau man spend't, als wenn man sie als alt oder hässlich nennt.*"

„Nein." lachte Lisa. „Wann hat der gelebt?"

„Ende fünfzehntes, Anfang sechzehntes Jahrhundert."

„So lange her und nichts hat sich geändert."

„Deswegen mag ich die Literaturgeschichte so." lächelte Tess. Sie freute sich wahnsinnig über dieses Interesse von Lisa, obwohl sie doch bekommen hatte, was sie wollte. Vielleicht würde die Freundschaft ja doch noch bleiben.

„Echt? Kommt das öfter vor?" fragte Lisa auch wahrhaftig interessiert. So intensiv hatte sie sich noch nicht mal in der Schule mit Literatur beschäftigt, aber es klang wirklich interessant.

„Immerfort." nickte Tess. „Ich bin eine gestandene Lesbe, deshalb betrachte ich vordergründig die Rolle der Frauen in der Literatur. Nicht nur in den Werken selbst, sondern auch als Dichterinnen. Das ist genauso wenig selbstverständlich wie heute eine lesbische Anwältin."

„Die Armen." seufzte Lisa.

„Ja, manches ändert sich wohl nie, obwohl alles

Veränderung ist. Darüber will ich auch meine Doktorarbeit schreiben."

„Erzählst du mir mehr davon?"

„Willst du das wirklich wissen?"

„Ja, will ich. Das klingt echt spannend und ich würde gern mehr darüber erfahren, ohne mich hinter irgendwelche Lexika setzen zu müssen."

Tess fing schallend an zu lachen, gab sich der Liebe ihres Lebens aber nur zu gern hin. Sie erzählte Lisa erst mal in groben Zügen, was genau sie meinte, und nannte auch ein paar Beispiele. Es dauerte keine zwei Minuten, bis sie in einer anregenden Diskussion versanken, wie sie sie schon öfter geführt hatten. Und nebenbei lagen sie nackt in der Sonne und ließen sich von den Wellen leicht abkühlen.

Lisa machte jedoch keinerlei Anstalten, weitergehen zu wollen. Sie berührte Tess nicht ein einziges Mal, von einem Kuss mal ganz zu schweigen, und Tess fühlte sich in ihre Schranken verwiesen. Sie war eine Sommerromanze, aus der eine fruchtbare Freundschaft entstand, das musste sie akzeptieren, obwohl sie die gemeinsame Nacht gern wiederholt hätte. Sie war schließlich auch eine Frau mit Begierden. Aber anscheinend entsprach das nicht so ganz Lisas Wünschen, also blieb es bei der Unterhaltung, bis die Sonne sank.

„So." sagte Tess und stand auf. „Ich geh jetzt duschen und dann zu Mareike."

Mareike, seufzte Lisa gedanklich. Schon wieder. „Einen trinken?"

„Auch, aber hauptsächlich tanzen."

Das ließ sich Lisa natürlich nicht entgehen, aber auch sie ging erst mal duschen. Tess brauchte diesmal etwas länger, weil sie erst noch eine Kleinigkeit essen wollte. Ohne Alkohol würde der Abend nämlich nicht bleiben und da sollte sie etwas im Magen haben. Als sie ins Clubhaus kam, war Lisa schon da und unterhielt sich mit Mareike.

„Meine Tessi." grinste Mareike ihr entgegen.

„Meine über alles geliebte Mareike, was kann ich für dich tun?"

„Mir deinen Wunsch äußern, damit ich ihn erfüllen kann."

„Na das ist leicht." feixte Tess.

„Cocktail!" erinnerte Mareike lachend.

„Weiß ich doch und du weißt genau, welchen ich haben will."

„Sex on the beach?"

„Steh ich eben drauf. Lass dir Zeit, ich geh erst tanzen."

„Viel Spaß."

Tess ging zur Tanzfläche und gab sich den heißen Rhythmen hin. Eigentlich hoffte sie, Lisa würde ihr folgen, doch so schnell wurde das nichts.

„Was ist los?" fragte Mareike.

„Warum?" antwortete Lisa irritiert.

„Warum gehst du nicht mit?"

„Weil sie nicht so aussieht, als würde sie das jetzt wollen."

Mareike verdrehte die Augen, was Lisa jedoch nicht sehen konnte, denn deren Augen klebten auf Tess und verfolgten jeden heißen Schwung. „Willst du mich auf den Arm nehmen? Sie wartet doch nur auf dich."

Das reichte, um den Blick von der lebendigen Verführung zu wenden. „Wie bitte?"

„Denkst du, ich bin blind? Ihr hattet Sex und so wie ihr euch gerade anstellt, bleibt es bei einer Nacht, obwohl ihr das beide nicht wollt. Also schwing deinen Knackarsch zu ihr und hol sie dir."

Lisa musste immer wieder feststellen, dass Tess zwischen ihr und Mareike eine Barriere gebrochen hatte. Noch vor ein paar Tagen hätte Mareike zum einen nicht so offen über Sex mit Lisa gesprochen, und schon gar nicht über lesbischen Sex, und am allerwenigsten hätte sie Lisa einen Knackarsch unterstellt. Irgendwas hatte Tess hier angestellt. Evi, Joshi, Mareike … Keiner war mehr so, wie Lisa sie kannte.

„Hau ab." forderte Mareike lachend, da Lisa irgendwie gar nicht reagierte. Jetzt nahm sie sich einen Scotch, trank und stürzte sich auf die Tanzfläche. Ob das eine so gute Idee war?

War es. Tess freute sich tierisch über die Nähe. Und da ihr Spielchen ja nun überflüssig war, gab es auch keinen Grund, sich zurückzuhalten. Sie ging in die Offensive, nachdem Lisa den ersten Schritt getan hatte. Der Tanz wurde heißer und verführerischer, nicht nur für die beiden. Das Clubhaus lief über vor sabbernden Kerlen. Lisa wurde so richtig bewusst, wie Tess diese Aufmerksamkeit genoss. Umso mehr Zuschauer sie hatten, um so aktiver wurde sie.

„Du Luder." keuchte Lisa.

Tess griff an Lisas Hinterkopf in ihre Haare, zog sie an sich und küsste sie wild. Die jubelnden, aber durchaus erregten Rufe um sie herum, stachelten sie nur an. Ja, sie liebte es. Und da Lisa hier offiziell Lesbe war, sah Tess auch nicht ein, sich zu verstecken. Warum? Vor wem?

Lisas Hände legten sich an Tess' Hüften und sie presste sie näher an sich. Dabei fiel ihr auf, dass sie kein Höschen spüren konnte. Nichts. Sie ließ die Hände suchend noch mal über den dünnen Stoff gleiten, doch da war einfach gar nichts! Die war schon wieder unten ohne unterwegs.

Tess musste kichernd den Kuss abbrechen, als sie mitbekam, was Lisa entdeckt hatte. „Entsetzt?"

„Und wie. Ich vernasch dich gleich hier auf der Tanzfläche."

„Ich glaube, dann schmeißt uns Mareike raus."

Und das war Tess ganz ernst, denn so gern sie das jetzt getan hätte, wäre das für Mareike definitiv einen Schritt zu weit gegangen, daher nahm sie nur Lisas Hand und ging zu Bar, wo schon ihre Cocktails warteten.

„Ihr könnt ja doch noch aufhören." lästerte Mareikes Kollege.

Lisa stellte sich hinter Tess, legte ihre Arme um sie und strich ihr über den Bauch und den Ansatz ihrer Brüste. Einen BH trug sie auch nicht. „Ich nicht." knurrte sie noch zu Mareikes Kollegen.

„Aber der Brunnen auf dem Marktplatz war dir zu öffentlich." neckte Tess frech und begann wieder, sich in tanzenden Bewegungen an Lisa zu reiben.

Auch in dieser Nacht endete der Tanzabend für die beiden im Bett im südlichen Strandhaus. Von da an gab es keine Barrieren mehr. Die beiden unternahmen viel miteinander, redeten, ritten aus, aßen gemeinsam zu Abend, hatten aber auch immer wieder unglaublich intensiven Sex. Nicht nur nachts. Wofür hatte Tess ihren eigenen Strandabschnitt? Sie ließen sich in den tiefen Wellen ebenso gehen wie im seichten Wasser oder im trockenen Sand.

Oder auch an der Felswand am Berg. Sie saßen an einem Nachmittag gemeinsam dort und unterhielten sich, als ein Regenguss über ihnen hereinbrach. Sie hatten die Vorzeichen gar nicht mitbekommen, weil sie so in der Unterhaltung vertieft gewesen waren.

„Shit." schimpfte Lisa und sprang schon auf, um zurückzureiten, doch sie hatte eine verrückte Künstlerin bei sich.

Tess griff nach ihrer Hand, zog sie an die Felswand und küsste sie fordernd nach mehr. Lisa war sofort in der gleichen Stimmung und binnen Sekunden waren sie durchgeweicht bis auf die Knochen. Die nassen Kleider klebten an ihnen. Für Lisa war das mal wieder eine neue, aber sehr schöne Erfahrung. Tess dagegen hatte schon oft Sex im Regen gehabt. Sie liebte Regen eben...

Nur aufwachen musste Tess immer allein. Auch

wenn sie abends in Lisas Armen einschlief, war sie am Morgen weg. Sie sprach es nicht an, aber der Wunsch, auch neben Lisa aufzuwachen, wurde immer stärker. Tess musste sich immer öfter vor Augen führen, dass das eine Sommerromanze war, die keine Zukunft hatte und mit ihrer Abreise enden würde.

Und die kam schneller als geglaubt. Am Abend zuvor hatte sie noch bei Evi gegessen und gemütlich bei einem Glas Wein gequatscht. Lisa war auch da gewesen. Es war richtig schön gewesen und in Tess machte sich schon jetzt Wehmut breit. Sie wäre gern geblieben, doch das ging nicht. Man wartete auf sie. Das Studium, Eric … Und Vivi...

Als Tess für ihre letzte Übernachtung aufbrach, ging Lisa mit ihr und sie hatten noch einmal diesen außergewöhnlich intensiven Sex. Aber anders. Dieser Abend verlief voller Zärtlichkeit, nicht so wild wie die vorangegangenen Tage. Und als Tess mitten in der Nacht aufwachte, war Lisa schon wieder weg.

In diesem Augenblick erst schlug die Erkenntnis zu, als ihr Tränen in die Augen stiegen. Sie würde an diesem Tag die Insel verlassen und in ihr Leben zurückkehren. Ohne Lisa. Ihr Urlaub war vorbei und somit auch die Romanze, obwohl Tess doch gerade begriff, dass es eben mehr als das war. Sie hatte ihr Herz verloren, aber das beruhte nicht auf Gegenseitigkeit. Diesen Schmerz in ihrem Herzen musste Vivi gefühlt haben, als sie von der Insel verschwunden war. Das änderte nichts an der Tatsache, dass Tess sie nicht liebte und nicht mit ihr

166

hätte alt werden wollen, aber ihr Mitleid wuchs gerade ins Unermessliche.

Auch Lisa wusste um den Abschied und war gar nicht gut drauf, als sie am Morgen zur Rezeption kam. „Hey." sagte sie nur zu Joshi. „Kommst du allein klar?"

„Sicher, aber Tess ist weg."

Das war der berühmte Faustschlag, der sich für Lisa schon eher nach einem Rammbock anfühlte. „Sie ist weg?"

„Sie ist mit der ersten Fähre abgereist."

„Ich hatte dich gewarnt." sagte Evi auf einmal und Lisa sah richtigen Zorn in ihren Augen. „Du konntest es ja nicht lassen."

„Sie..." Lisa war noch lange nicht so weit. Sie sah auf den Ausgang des Hotels und konnte Tess geradezu hinausgehen sehen. Mit ihren Koffern. Sie hatte sich nicht mal verabschiedet. Nichts. Kein Wort.

„Du sollst ins Strandhaus gehen." sagte Joshi in ihre Gedanken hinein. Auch in seiner Stimme hörte Lisa den Vorwurf. Diese Anklage...

Sie fuhr auch gleich in den Süden der Insel. Sie musste tief durchatmen, bevor sie die Tür aufschließen konnte. Es roch noch immer nach Tess. Sie konnte sie riechen, nur nicht sehen und nicht fühlen.

An der Tür zur Terrasse stand auf einem Stuhl die große Leinwand, die sie gekauft hatten. Und darauf sah Lisa genau diesen Anblick, wie sie ihn liebte.

Tess hatte es geschafft, diesen träumenden Blick einzufangen, wie es keine Kamera vermochte. Sie war ein unglaubliches Talent, musste Lisa gestehen. Das Bild war der Wahnsinn. Und es war von Tess...

Daneben lag noch ein Zettel ihres Skizzenblocks mit einer Bleistiftzeichnung. Es war die gleiche Ansicht wie auf dem großen Gemälde. Tess selbst saß auf dem Felsvorsprung und lächelte den Betrachter an. Es hatte sie in der Nacht viel Mühe gekostet, ihr eigenes Lächeln zu zeichnen, wo sie selbst geweint hatte.

Lisa drehte das Bild um und fand eine Nachricht.

Vielleicht bin ich damit ja die erste Sommerromanze, die du nicht gleich vergisst. Auf jeden Fall hoffe ich für alle Frauen, die noch deinen Weg kreuzen werden, dass du niemals vergisst, dass sie Menschen sind und keine Objekte, die nur zu deiner Befriedigung über die Erde laufen.

Tess

Lisas Herz zog sich unsanft zusammen und sie musste sich setzen. Das war sie doch nicht. Tess war kein Objekt für sie. Schon lange nicht mehr, hatte sie das denn nicht gemerkt? Hatte Lisa wirklich so sehr versagt? Sie hatte ihr doch zeigen wollen, dass sie die Lektion gelernt hatte. Sie sah in keiner Frau mehr einfach nur ein Sexobjekt, sondern die Menschen. Schon die ganze Zeit hier. Zugegeben, ihr waren andere Frauen nicht mal wirklich

168

aufgefallen, aber am allerwenigsten in ihren alten eingefahrenen Schemen. Sie hatte geglaubt, in Tess eine Freundin gefunden zu haben, doch dem war nicht so, das musste sie nun akzeptieren, wie sie es Vivien an den Kopf geschmissen hatte. Für Tess war Lisa nicht mehr als ein Urlaubsflirt.

Mit einem schweren Herzen fuhr Lisa zurück zu Evis Haus. Sie musste wohl einsehen, dass ihr jetzt genau das passiert war, was sie anderen immer angetan hatte. Das Schicksal rächte sich an ihr. Sie fühlte sich selbst nur wie ein Sexobjekt.

Und es wurde immer schlimmer. Lisa lernte die Sehnsucht der grausamsten Sorte kennen. Lächeln fiel ihr selbst für die Gäste schwer. Am liebsten verzog sie sich hinter der Rezeption in Abrechnungen oder so was. Sie mochte am liebsten niemanden sehen oder sprechen. Sie ging nicht mehr ins Clubhaus, nicht an den Strand, nicht an die geheime Aussichtsstelle, nirgendwo mehr hin. Die einzige Strecke, die sie täglich zurücklegte, war der Weg zwischen Evis Haus und dem Hotel. Hin und zurück, hin und zurück. Tag für Tag.

Sie konnte nicht mal so genau sagen, was ihr fehlte, aber irgendwie hatte die Perfektion dieser Insel einen argen Knacks bekommen. Sie hätte nicht gedacht, dass sie ihre eigene Abreise so herbeiflehen würde, doch so wurde es. Noch etwa zwei Wochen dauerte es, bis Evi der Gips abgenommen wurde.

„Ich danke euch." lächelte Evi glückselig, als sie wieder auf ihren eigenen Beinen stehen konnte. Sie war ihren beiden Kindern wirklich dankbar, dass sie in der Zwischenzeit hier die viele Arbeit übernommen hatten.

„Immer wieder gern, Tante Evi." meinte Lisa bei der Umarmung, bevor sie auf die Fähre stieg. Evi stand noch auf dem Steg und winkte ihnen nach.

Schon zwei Tage später war Lisa wieder in ihrem Rhythmus. Sie hoffte, dass ihr Alltag sie von Tess ablenken würde. Bisher hatte sie immer genügend Stress gehabt und würde den wohl ausnahmsweise mal als richtig willkommen ansehen. So viele Frauen hatte sie schon in ihrem Bett gehabt und sie danach wirklich vergessen, wie Tess es ihr vorgeworfen hatte. Jetzt stand sie auf der Seite, die vergessen wurde, und fühlte sich furchtbar.

Sie wusste nicht mal, ob Tess sich Vivien wirklich gestellt hatte. Sie wusste nicht, was aus ihrem Gedicht geworden war. Sie wusste nicht, wie es mit der Veröffentlichung ihres Romans voranging. Sie wusste auch nicht, wie die Prüfungen liefen, obwohl sie doch wusste, wie viel Angst Tess davor gehabt hatte. Lisa wusste einfach gar nichts mehr aus dem Leben ihrer Sommerromanze und würde es auch nicht mehr erfahren. Sie hatte kein Recht auf diese Informationen, wie sie es anderen Frauen immer verweigert hatte, mehr über ihr eigenes Leben zu erfahren.

Es war gerade mal vier Uhr morgens. Sie hatte es nicht mehr ausgehalten, sie musste in ihr Büro. Sie hatte sich einen kleinen Laden angemietet. Schon als sie die Tür neben dem dekorierten Schaufenster aufschloss, hatte sie endlich wieder ein Lächeln auf den Lippen. Sie freute sich auf ihre Arbeit.

Anna - ihre Assistentin - war vorbereitet gewesen. Lisas Büro lag hinter dem Empfang und auf ihrem Schreibtisch lag schon ein Stapel Akten mit einem neonpinken Klebezettel „Viel Spaß!" Daneben hatte Anna noch einen Smiley gemalt. Sie kannte Lisa eben, die die erste Akte schon in der Hand hielt, als sie in die Küche zum Kaffeekochen ging.

Bevor sie sich ganz in ihre Arbeit stürzte, wechselte sie das Bild gegenüber von ihrem Schreibtisch. Jetzt hing dort der Inselblick rechts neben der Tür. Und in einem kleinen Bilderrahmen steckte die Bleistiftzeichnung von Tess, die Lisa aber lieber in ihrem Schubfach verschwinden ließ. Dennoch wagte sie noch einen Blick auf dieses strahlende Lächeln, bevor sie die Schublade schloss und hoffte, auch die sehnsüchtige Erinnerung schließen zu können. Es war eine Erinnerung, mehr nicht. Nicht mal mehr eine Freundschaft, die sie doch sicher geglaubt hatte.

Nach einer Stunde war sie schon wieder voll in ihrem Trott. Kaffee, Fallakten und Lisa war glücklich. Ihr Kopf war zu beschäftigt, um zu vermissen, wobei ihr dieses Gefühl noch immer irgendwie fremd war.

Ein kleines, helles Glöckchen holte sie aus ihrer Klageformulierung. Dieses Glöckchen hing über der Eingangstür ihrer Kanzlei. Nach einem Blick auf die Uhr wurde ihre Vermutung aufgrund der äußeren Lichtverhältnisse bestätigt. Es war fünf Uhr morgens und normalerweise verirrte sich um die Zeit niemand zu ihr. Es konnte nur Anna sein, doch die hätte ihr gleich einen Gruß zugerufen. Das machte sie immer, damit Lisa nicht erst aufstehen musste. Da dieser Ruf nicht kam, war es nicht Anna und Lisa stand auf.

Sie ging aus ihrem Büro, um ihren frühen Gast zu begrüßen, und fiel beinahe in Ohnmacht. Tess stand vor ihr mit vor Schreck nicht weniger geweiteten Augen wie Lisa selbst. Sekunden verstrichen ohne irgendein Wort, als hätte man die Zeit in dem überschaubaren Raum angehalten. Sie atmeten nicht mal. Beide Gehirne und beide Herzen verarbeiteten den Anblick.

Tess kam als erste zu sich. „Tut mir leid, bin schon weg." stammelte sie und stürzte fluchtartig aus dem Laden.

Da war sie nun so weit weg von ihrem Paradies, war in der grausamen Realität angekommen, und landete auf ihrer Flucht ausgerechnet vor Lisa. Ausgerechnet Lisa! Jetzt floh sie nicht mehr nur vor ihrem Verfolger, sondern auch noch vor sich selbst und ihrem viel zu weichen Herzen.

Wie hatte sie sich nach diesem Anblick verzehrt. Wie viele Tränen hatte sie um das Ende ihres Urlaubs vergossen. Wie oft hatte sie sich Lisa zu sich geträumt und war dann doch wieder aufgewacht. Und jetzt hatte sie vor ihr gestanden wie der helfende Engel, der sie schon einmal gewesen war. Auch diesmal würde sie gleichzeitig der Engel der Apokalypse eines weichen Herzens werden.

172

Nicht das von Vivi, aber das von Tess. Es brach schon in tausende Scherben, als sie die Straße hinunter schwankte, obwohl sie doch froh gewesen war, um die Uhrzeit schon ein offenes Geschäft gefunden zu haben...

Lisa stand wie vom Blitz getroffen noch immer an der gleichen Stelle, wo sie stehengeblieben war. Tess ... Lisa war zu Hause, in ihrer Heimat und ausgerechnet hier tauchte Tess auf! Hatte sie noch im Hotelcomputer nach ihrer Anschrift gesucht, aber Evi hatte sie gelöscht und nicht rausrücken wollen. Lisa hatte im Internet gesucht, um diese eine Tess Dearing zu finden, aber auch da war sie gescheitert. Sie hatte ihr schreiben oder sie anrufen wollen, aber sie hatte sie nicht gefunden. Und hier - in ihrer eigenen Heimatstadt, in ihrer eigenen Kanzlei - stand sie plötzlich vor ihr.

Nur von der wandelnden Lebensfreude war nichts übrig. Sie war schon immer schmal und zierlich gewesen, jetzt hatte sie abgenommen, war regelrecht abgemagert und dazu kreidebleich, was sie schon gewesen war, als Lisa zu ihr gekommen war. Das war keine Reaktion auf die Begegnung gewesen. Sie hatte auch keine Farben getragen. Eine weite Jeans, darüber eine weite Jacke, die sie vor sich zusammengehalten hatte, als würde sie sich verstecken wollen. Was war hier passiert?

Einige Minuten vergingen und Lisa kam erst aus ihrer Trance, als die Tür schon wieder aufging. Diesmal war es Anna.

„Lisa." staunte sie. Ihr war klar gewesen, dass sie

um die Uhrzeit schon hier wäre, aber den Gesichtsausdruck hatte sie noch nie gesehen. Schock!

Lisa blinzelte. „Äh … Tut mir leid. Schön dich zu sehen. Wie geht's dir?"

„Bestens, wenn du aufhörst, mich anzulügen. Was ist los?"

„Nichts. Egal. Tut mir leid."

Lisa musste in ihr Büro zurück, schloss die Tür und lehnte sich daran. Tess … Sie war hier gewesen. Sie hatte sie mit ihren eigenen Augen gesehen und glaubte jetzt doch an eine Halluzination. Ob sie hier wohnte? Ging sie hier zur Uni? War das das entscheidende Puzzleteil, um genau die richtige Tess Dearing zu finden? War das überhaupt sinnvoll? Sie hatte sie ja ganz offensichtlich erkannt und war doch gegangen. Das tat verdammt weh, denn langsam dämmerte es Lisa, dass Tess einfach nichts mit ihr zu tun haben wollte. Es blieb wohl bei der Sommerromanze und Ende. In Tess´ Leben war kein Platz für eine Anwältin mit Maske. Zumindest nicht außerhalb ihres Bettes auf der Insel...

Tess kam halbwegs lebend zu Hause an. Wirklich leben tat sie seit ihrer Abreise aus dem Paradies nicht mehr. Sie fühlte sich wie vom Paradies in die Hölle verbannt. Und ihr Engel des Paradieses wurde zu ihrem persönlichen Engel der Verdammnis.

Hektisch schloss sie ihre Wohnungstür ab, drehte die beiden Riegel herum und hängte die Sicherheitskette ein. Endlich sicher, dachte sie nur.

Im gleichen Atemzug dachte sie aber auch an Lisa. Sie würde ihr vielleicht helfen können. Obwohl … Nein, auch nicht, aber Tess würde sich in ihren Armen endlich richtig sicher fühlen. Das würde sie nur leider nicht kriegen, also blieb ihr nichts übrig, als sich ins Bett zu verkriechen.

Im Anflug der emotionalen Schwäche klappte sie ihren Laptop auf und suchte sich durchs Internet. Eine Anwältin namens Lisa Bennet, mit einer Kanzlei, deren Adresse Tess sogar in etwa wusste. Mit ein bisschen gutem Willen und jeder Menge Zeit fand sie sogar ihre Privatadresse heraus. Auf ihren Block schrieb sie die beiden Adressen und auch beide Telefonnummern. Den Zettel hielt sie in der einen Hand, das Handy in der anderen und legte dann doch beides weg.

Sie hätte gern eine Freundin zum reden gehabt, doch die würde sie in Lisa nicht finden. Vielleicht schon, aber nicht mehr, und das konnte Tess nicht. Sie war einfach nicht der Typ dafür, etwas vorzuspielen. Sie hatte erkannt, was sie fühlte, würde es aber wohl nicht schaffen, Lisa vorzugeben, dass es anders wäre, daher ging sie ihr lieber aus dem Weg. Sie war eben emotional unfähig, eine Maske aufzusetzen.

Diese Entscheidung geriet in den nächsten Tagen ganz gewaltig ins Wanken, weil die Sicherheit plötzlich greifbar nah war. Die absolute Gewissheit, in Lisas Armen sicher und geborgen zu sein, war so nahe, dass Tess zu zweifeln begann, ob sie wirklich stark genug wäre, dieser Versuchung zu widerstehen. Von Anfang an war es bei ihr und Lisa immer nur ums Widerstehen von Versuchungen gegangen. Das schien nicht enden zu wollen. Vielleicht würde Tess es irgendwann schaffen, ihr Wissen über die eine besondere Bewohnerin ihrer Heimatstadt nicht ständig im Vordergrund ihres Denkens zu haben.

Der Tag rückte in unerreichbare Ferne, als Tess einen Punkt erreichte, an dem sie der Zufall unterstützte. Es war schon fast Mitternacht. Sie kam zufällig in der Straße entlang, in der Lisa wohnte. Tess bekam das noch nicht mal gleich mit, weil sie die Schritte hinter sich schon wieder hörte und die Panik sie vorantrieb. Egal wohin, Hauptsache weg von den Schritten, die ständig hinter ihr zu sein schienen.

Als die Schritte schneller wurden, entschied sie sich doch wieder fürs Taxi, aber hier war gerade keins. Eigentlich war hier im allgemeinen nicht sehr viel und Leute schon mal gar nicht, daher stürzte sie hektisch einfach ins nächste Wohnhaus. Sie stieg die Stufen so schnell hinauf, wie sie ihre Beine noch tragen konnten, und wollte an irgendeiner Tür um Hilfe bitten, als sie zufällig den Namen Lisa Bennet an dem Klingelschild las. Sie zuckte kurz zusammen.

Ihre Finger wollten sich nach dem Klingelknopf recken, aber das war ganz sicher keine gute Idee. Sie zögerte, klingelte dann aber doch, als sie hörte, wie die Haustür unten aufging und wieder ins Schloss fiel. Die Treppe knarzte leise. Es war wirklich ein kaum zu hörendes Geräusch und hatte ganz sicher keinen Bewohner gestört, dabei glaubte Tess, es hätte den Geräuschpegel eines Düsenjets!

176

Lisa lag im Bett und versuchte zu schlafen, als sie von der Türklingel aufgeschreckt wurde. Verstört sah sie auf ihren Wecker. Eine Minute nach Mitternacht. Wer klingelte denn bitte um die Uhrzeit an ihrer Wohnungstür?

Sie stand auf, warf sich einen seidenen Morgenmantel über und öffnete die Tür. Vor ihr stand Tess wie ein Häufchen Elend. Zitternd und völlig aufgelöst.

„Es tut mir leid." schluchzte sie. In der Hand hielt schon zitternd ihr Handy. „Bitte nur kurz. Ich ruf mir ein Taxi, dann bin ich weg."

Zittrig schielte Tess über ihre Schulter und versuchte weiter, ihr Handy zu bedienen. Lisa verstand nicht mal die Hälfte von dem, was sie da hörte, sie zog Tess erst mal in ihre Wohnung, schloss die Tür und hielt sie im Arm.

„Tess, was ist los?"

Sie löste sich von ihr, doch die Tränen mochten nicht aufhören, wo sie sich doch endlich so geborgen gefühlt hatte. „Tut mir leid. Bitte nur ein paar Minuten."

Wieder versuchten ihre Finger zitternd dem Handy die gewünschten Funktionen zu entlocken, doch das wurde nichts. Lisa nahm es ihr ab.

„Tess, erzähl mir, was passiert ist. Wieso bist du so fertig?"

Lisa hob sanft den Kopf dieser zierlichen Frau und sah in eine gebrochene Seele. Die Augen blutunterlaufen und mit tiefen Augenringen verziert. Die Wangen nass von den vielen Tränen und die pure Panik im Blick.

„Ich kann nicht mehr." hauchte Tess am Ende ihrer Kräfte und brach zusammen. Einen Wimpernschlag hatte sie Lisa noch angesehen, der Tod in ihren Augen, dann waren ihre Augen zugefallen und sie rutschte ohnmächtig zusammen. Zu viel war geschehen.

Lisa hatte ihre Mühe und konnte sie gerade noch auffangen, bevor sie mit dem Kopf gegen den Schuhschrank fiel. Es brach ihr das Herz, diese kleine Seele so zu sehen. Was war hier nur passiert?

Sie hielt Tess im Arm, hatte sich mit ihr zu Boden sinken lassen und wiegte sie leicht, bis sie wieder zu sich kam.

„Tut mir leid." rief Tess gleich als erstes. Ihr war furchtbar schwindlig, aber sie rappelte sich auf die Beine, obwohl sie kaum gerade sitzen konnte, von laufen mal ganz zu schweigen. „Bin schon weg."

„Tess!" fuhr Lisa sie an, als sie schon wieder ihr Handy nehmen wollte. Lisa nahm es ihr ab und führte sie ins Wohnzimmer zur Couch. Tess setzte sich und griff wieder nach dem Handy, doch Lisa schob es außer Reichweite.

„Tess bitte. Was ist los? Wieso brichst du zusammen? Was ist passiert?"

„Vivi!" gestand Tess und verbarg das Gesicht in ihren Händen. Vor Scham, aus Angst, vor Panik...

Lisa stand kurz vor einem Wutanfall, aber den schluckte sie runter, weil Tess gerade wirklich Hilfe brauchte. Und das offenbar schon seit zwei Wochen. Sie zog sie wieder in ihre Arme und ließ sie anlehnen. Tess ließ sich wirklich sinken und ließ all die Tränen und all den Schmerz raus, der sich angestaut hatte. Sie konnte nicht mehr stark sein. Lisa bot ihr die Schulter, zwang sie ihr regelrecht auf, und Tess hatte nicht mehr die Kraft, dem zu widerstehen. Sie brach emotional zusammen, ließ es diesmal aber zu und versuchte nicht nur, den Anfall aufrecht zu überstehen.

„Was ist passiert?" fragte Lisa erneut, als Tess sich halbwegs gefangen hatte.

„Sie verfolgt mich." schluchzte Tess aufgelöst. „Ständig. Ich bin absolut pleite, weil ich mit dem Taxi zum Einkaufen gefahren bin. Sie ist überall."

Niemals hatte sie ihrer Vivi so etwas zugetraut. Die war vollkommen durchgedreht, seit Tess zurückgekommen war. Irre! Reif für die Anstalt, mehr fiel Tess da nicht mehr ein.

„Oh Tess." seufzte Lisa. „Warum hast du dich nicht eher gemeldet?"

„Warum?" fragte sie resigniert und setzte sich wieder auf.

„Ich könnte dir helfen. Erzähl mir, was sie tut."

Tess´ Blick wurde leer. Lisa hatte neben sich eine sterbende Seele sitzen. „Sie lauert mir überall auf. In der Uni, beim Einkaufen, in der Bahn. Sie ist überall. Ich hab mir eine neue Nummer zugelegt, aber sie findet sie immer wieder raus. Sie schreibt mir, sie ruft mich an, sie fängt mich ab, wo immer ich alleine bin. Jetzt auch. Ich war auf der Flucht vor ihr. Ich hab die Schlösser meiner Wohnung austauschen lassen und..."

„Sie war in deiner Wohnung?!" fragte Lisa entsetzt.

Tess fing an zu zittern, presste die Kiefer aufeinander und kämpfte erneut mit Tränen. Sie fühlte sich so schmutzig, wenn sie nur dran dachte. „Sie kam zu mir. In der Nacht."

Lisa kannte diesen Ausdruck der Angst und Scham von ihren Mandanten. „Sag mir nicht, sie hat dich angefasst." forderte sie zornig.

„Ich hab geschlafen!" rief Tess zur Verteidigung und sprang auf, aber solche Aktivitäten machte ihr Körper schon lange nicht mehr mit. Ihre Beine knickten weg und sie ging zu Boden. Schon wieder weinend.

Lisa rutschte zu ihr und nahm sie in den Arm. „Willst du mir damit sagen, sie hat dich angefasst, als du geschlafen hast?" fragte sie ungläubig.

„Oh Lisa, ich fühl mich so schmutzig. Ich will mich immerfort waschen, aber ich werde dieses Gefühl nicht los."

Lisa war inzwischen nicht weniger am Ende als Tess selbst. Sie drückte ihren Kopf an ihre Brust und schaukelte sie leicht. „Warst du bei der Polizei?" Warum nur hatte sie nach der Begegnung in ihrer Kanzlei nicht gleich nach ihr gesucht? Sie hatte doch gesehen, dass irgendwas passiert sein musste. Vermutlich hatte sie da auch schon Zuflucht gesucht gehabt.

Als Antwort auf ihre Frage bekam sie nur ein zittriges Nicken und einen neuen Tränenfluss.

„Was haben sie gesagt?"

„Nichts." flüsterte Tess erstickt. „Sie meinten, da wir mal zusammen waren, können sie nichts machen. Und da es unter Frauen keine wirkliche Vergewaltigung gewesen sein kann, sind ihnen die Hände gebunden." Tess schluckte schwer. „Lisa, ich kann es nicht vergessen. Die wollen das abtun, aber ich kann es nicht vergessen."

Lisa musste erneut mit einem heftigen Wutanfall kämpfen, der sie die Einrichtung ihrer Wohnung kosten könnte. „Damit ist Schluss." versprach sie. „Das geht so nicht und ich werde dir helfen, wieder Ordnung in dein Leben zu kriegen."

„Und wie?" schniefte Tess unglücklich. Lisas Augen waren voller Liebe auf sie gerichtet, aber einen Ausweg sah Tess in ihnen nicht.

„Du hast eine gute Anwältin in deinem Bekanntenkreis. Vivien wird sich von dir fernhalten, ich weiß auch schon genau, wer uns dabei helfen wird. Und dann sagst du mir, welcher Polizist das war, denn der ist seinen Job so gut wie los."

„Was?" hauchte Tess erschrocken.

„Sie dürfen dir so was nicht sagen. Die Polizei ist der Helfer derer, die keinen anderen Ausweg finden, und sie haben dich eiskalt angelogen. Du hast sehr wohl Möglichkeiten, gegen Vivien vorzugehen. Du hast Rechte, Tess. Auch wenn du nicht der Norm entsprichst, hast du damit nicht deine Rechte aufgegeben. Weder Vivien, noch irgendein anderer darf so mit dir umgehen. Niemand, verstehst du?"

„Geht das wirklich?"

„Ganz sicher."

Tess′ Augen füllten sich schon wieder neu mit Tränen. „Aber das kann ich mir nicht mehr leisten, tut mir leid."

Lisa legte den Kopf schräg und hob eine Braue. „Das war hoffentlich ein Scherz. Glaubst du wirklich, ich nehme auch nur einen Penny von dir?" Was dachte die denn eigentlich?!

„Nicht?" piepste Tess unsicher.

„Nein, ganz bestimmt nicht. Und keine Sorge, wir werden dir dein altes Leben zurückholen."

„Ich hab Angst, Lisa." flüsterte Tess unsicher. Sie wusste nicht so recht, ob sie damit nicht zu viel Schwäche offenbarte, doch das tat sie nicht. Nicht bei Lisa.

„Das ist nicht zu übersehen." lächelte sie matt und nahm sich ein Taschentuch von der Ablage unter ihrem kleinen Tisch. Vorsichtig wischte sie Tess die Wangen trocken. „Du bleibst heute hier und morgen nehmen wir das in Angriff."

„Nein." Tess nahm sich das Taschentuch und fingerte schon wieder mit ihrem Handy herum, dabei zitterte sie immer noch so stark, dass sie die Tasten kaum traf. „Ich ruf mir schnell ein Taxi."

Lisa nahm ihr das Handy wieder ab. „Warum?"

Tess ließ die Hände in den Schoß fallen und starrte darauf. „Du willst nachts deine Ruhe haben, also werde ich gehen. Tut mir leid, dass ich dich gestört hab."

„Tess." lächelte Lisa liebevoll und zwang sie, sie anzusehen. „Das ist Unsinn. Ich lasse nur niemanden neben mir schlafen, weil das gefährlich werden könnte. Ich träume jede Nacht vom Unfall meiner Eltern."

„Du warst dabei?" hauchte Tess geschockt.

„Ich saß mit Joshi und meinem Bruder im Wagen hinter unseren Eltern, als der Penner sie von der Straße gedrängt hat. Ich träume davon, schlage um mich und wache schreiend auf. Deshalb lasse ich niemanden neben mir schlafen, obwohl ich gern in deinen Armen aufgewacht wäre." Das hatte sie einiges an Überwindung gekostet, aber sie war sich ganz sicher, bei niemandem waren ihre ehrlichen Worte besser aufgehoben als bei Tess.

„Ich hätte dich nach jedem Traum in meinen Armen gehalten und wäre für dich da gewesen." flüsterte Tess unsicher.

„Mit blauen Flecken." seufzte Lisa. Sie wusste es schließlich. „Komm schon, du nimmst jetzt ein heißes Bad, ich mach dir was zu essen und dann erzählst du mir noch ein bisschen was."

„Ehrlich?" fragte Tess erstaunt, als sie sich von Lisa auf die Beine helfen ließ. Ihr schwindelte schon wieder leicht.

„Sicher. Komm."

„Aber ich hab keinen Hunger. Ehrlich nicht."

„Das ist mir egal. Du hast eindeutig zu viel abgenommen und wirst von mir jetzt gemästet." kicherte Lisa und führte die kleine Tess in ihr Badezimmer. Sie brachte ihr noch frische Kleider und Handtücher, und zog sich zurück.

Das waren ja Erkenntnisse, dachte sie, als sie in die Küche ging. Sie hatte ja gewusst, dass Vivien ein Aas war, aber das war der absolute Oberhammer. Lisa hasste sie schon allein für das Bild, das sie von Tess hatte sehen müssen. Diese ängstlichen Augen, die voller Panik nach Hilfe suchten … Lisa lief es noch einmal eiskalt den Rücken herunter, als sie an den Moment dachte, als sie die Tür geöffnet hatte.

So richtig änderte sich das auch nicht, als Tess aus dem Bad kam. Die äußerlichen Spuren ihres Ausbruchs hatte sie beseitigt, aber sie war noch immer abgemagert, der Glanz des Lebens fehlte in ihren Augen, das zauberhafte Lächeln … Dafür sah Lisa noch immer jede Menge Angst, als sie ihr einen Teller vorstellte. Sandwich.

„Tut mir leid, mehr hab ich nicht." schmunzelte sie. „Ich esse selten hier."

„Workaholic?" vermutete Tess endlich mit einem leichten Lächeln.

„Sozusagen. Aber du wirst nicht von diesem Stuhl aufstehen, bevor du nicht aufgegessen hast."

„Dabei sitze ich auf einem Hocker." Langsam kam Tess wieder zu sich. Das Bad allein hatte schon wahre Wunder bewirkt. Als hätte sie mit dem Dreck auch den Schmutz von Vivi und die Schande abgewachen. Lisas Nähe gab ihr den nächsten Schub und endlich mal alles ausgesprochen zu haben, belebte sie wieder. Dennoch wurde sie noch mal ernst, bevor sie den ersten Bissen nahm. „Lisa, hab ich wirklich eine Chance, ohne mein Leben aufgeben zu müssen? Ich wollte mein Studium noch durchziehen und dann abtauchen."

„Das musst du nicht." lächelte Lisa und goss den Wein in die beiden Gläser. „Als erstes fahren wir morgen in die Kanzlei, ich brauch noch ein paar Unterlagen. Dann sorgen wir dafür, dass Vivien dir nicht mehr zu nahe kommen darf. Tut sie es doch, landet sie ohne Vorwarnung im Knast. Und dann gehen wir die langfristige Lösung an."

Tess versank in ihren Gedanken. Knast … Sie versuchte sich gerade die Vivi, die sie mal gekannt hatte, in einem Knast vorzustellen. Die Enge einer Gefängniszelle für den Freigeist? Vivi brauchte Freiheit und frische Luft und keine gewalttätigen Weiber um sich herum. Das wäre ihr absoluter Untergang. Diese psychopathische Vivien, die ihr jetzt nachstellte, würde vermutlich ausbrechen, um Tess zu finden.

„Tess." lächelte Lisa nach einer Weile. „Keine Sorgenfalten bitte, die stehen deiner Stirn nicht. Rede mit mir. Sag mir, was du denkst."

„Ich frag mich nur, was passiert ist. Vivi war immer so gefühlvoll und jetzt ist sie offenbar völlig durchgedreht. Ich kann nicht mehr einschätzen, wie sie sich verhalten wird, und das macht mir Angst."

„Das kann ich verstehen. Willst du bleiben? Meine Tür steht dir offen."

„Ich weiß nicht." Tess sah auf das Sandwich auf ihrem Teller. Einen Bissen hatte sie genommen, jetzt zupfte sie das Brot in Krümeln auseinander, um es zu essen. Völlig in Gedanken versunken. Sie würde sich früher oder später Lisa gegenüber verraten, weil sie keine Maske dauerhaft tragen könnte, aber das wollte sie nicht.

„Würdest du bitte richtig essen?" bat Lisa ernsthaft besorgt. Tess schien nicht mal mitzukriegen, dass sie nicht aß. „Und ich meine es ernst. Meine Tür steht dir offen. Du bist mir hier jederzeit willkommen. Wir können morgen ein paar Sachen holen und du bleibst hier. Unerreichbar für Vivien."

„Das klingt nach einem Traum." gab Tess zu und musste schon wieder Tränen verdrücken. Unerreichbar, hatte Lisa gesagt. Vielleicht würde sie auch mal wieder zu etwas Schlaf kommen.

„Dann ist es beschlossen." legte Lisa zufrieden fest.

Tess nickte. Sie würde bleiben! Sie musste sich nur daran erinnern, dass es zeitlich begrenzt wäre. Sobald Vivien versorgt wäre, wäre das vorbei und sie würde wieder in ihre Wohnung ziehen. Sie waren nur Freunde. Ende!

„Und jetzt iss." erinnerte Lisa erneut, denn das hatte Tess schon wieder vergessen.

Es bedurfte noch einigen weiteren Erinnerungen, bis Tess das ganze Sandwich gegessen hatte. Danach fühlte sie sich regelrecht aufgebläht. So viel hatte sie in der ganzen letzten Woche nicht gegessen.

Nebenbei unterhielten sie sich, aber sie versanken beide auch immer wieder in Gedanken, Ängsten, Sorgen und Erinnerungen. Auch bei Tess mischten sich mehr und mehr paradiesische Erinnerungen ein, die sie sich allerdings verbot.

Über ihre wortlose Abreise von der Insel verloren sie kein Wort. Tess wollte nicht darüber reden und Lisa wollte ihr das jetzt nicht auch noch zumuten, außerdem glaubte sie, die Antwort zu kennen.

Lisa richtete ihr noch das Gästezimmer ein. Zum einen natürlich, weil sie sie wirklich nicht verletzen wollte, zum anderen aber auch, weil sie in der Realität ihrer Leben angekommen waren, und hier waren sie nur Freunde. So sehr sich Lisa wünschte, in Tess´ Armen einzuschlafen, wusste sie, dass sie das Recht hier nicht hatte. Hatte sie auch auf der Insel nicht gehabt, aber da wäre es eher umsetzbar gewesen.

Tess stand noch lange am Fenster des Gästezimmers, sah nach draußen und dachte nach. An Schlaf war noch nicht mal ansatzweise zu denken. So hörte sie auch etwa zwei Stunden später einen Schrei aus dem Nachbarzimmer, der sie zusammenzucken ließ. Und auch wenn Lisa nur eine platonische Freundin war, zog es sie zu ihr. Sie stand vor der geschlossenen Tür und hörte Lisa angestrengt keuchen. Tess öffnete einfach die Tür - das war ihre Natur. Sie setzte sich zu Lisa, nahm sie in den Arm, strich ihr sanft über den Kopf und fing an zu summen.

Lisa wurde sofort ruhiger, als sie sich an Tess schmiegte. Das war keine besonders gute Idee, denn ob Tess in ihrer derzeitigen Verfassung so einen Angriff überstehen würde, bezweifelte sie.

„Tess...“ Lisa wollte sich zurückziehen, aber Tess hielt sie fest.

„Sch … Schließ einfach die Augen und schlaf."

Lisa ließ es geschehen. Sie blieb an der Schulter dieser unbeschreiblichen Frau liegen, sog ihren Duft in sich auf und übergab sich wieder ihren Träumen. Ein paar Mal wurde sie noch wach. Nicht so oft wie normal und die vorherigen Kämpfe blieben aus. Und jedes Mal war Tess da. Sie schloss sie wieder in ihre Arme und summte, bis Lisa wieder eingeschlafen war.

Erst als der Wecker klingelte, musste das leider aufhören. Lisa knurrte das schrille Metall an und schlug nach ihm, bis er aufgab.

Tess kicherte. „Guten Morgen."

Die war schon wieder fit, dachte Lisa fassungslos. Als sie den Kopf hob, sah das anders aus. „Hast du überhaupt geschlafen?"

„Nicht wirklich. Ich schlafe zur Zeit kaum noch."

„Oh Tess." seufzte Lisa. „Das geht doch nicht. Du kippst irgendwann noch richtig um."

„Was soll ich denn machen? Ich werde nicht mal müde."

„Weil du Angst hast." erkannte Lisa. Wie sollte sie auch keine Angst haben, wenn sie im Schlaf überfallen worden war? Verstehen konnte Lisa das sehr gut. Andererseits hält kein Körper ewig ohne Schlaf durch. Früher oder später würde Tess zusammenbrechen.

Tess senkte beschämt den Blick. „Ziemlich, ja."

„Aber hier bist du sicher, Tess. Vivien kommt hier nicht rein und ich würde dir so was niemals antun."

„Das würde ich dir auch nie zutrauen."

Tess sprach es nicht aus, aber Lisa sah es ihr an. Vivien hatte sie das auch nicht zugetraut, aber es war passiert.

Lisa lächelte nur schwach im Angesicht des Vorwurfs. Eigentlich war es keiner, dessen war sie sich bewusst, aber dass Tess die Gedanken hatte, tat doch irgendwie weh. „Na komm. Kaffee."

„Klingt einladend."

Tess hatte hier nichts, aber Lisa war ausgestattet. Ihr Gästezimmer bot alles, was Tess brauchte. Sogar eine noch eingepackte Zahnbürste. Für den Fall eines Spontanbesuchs ihres Bruders, hatte Lisa ihr erklärt und Tess nahm es so hin. Sie wollte nicht an Lisas Bettgeschichten denken, das tat weh, also schob sie es zur Seite.

Beim Kaffee wurden sie dann auch beide richtig wach. Lisa bekam die Augen richtig auf, hatte sich aber äußerlich schon in die Anwältin verwandelt, die Tess nicht weniger liebte als die verspielte Lisa. Sie selbst trug ihre Jeans, ein Shirt von Lisa und ihre eigene Jacke darüber. Sie brauchte etwas Vertrautes, außerdem hatte sie bei ihrer unfreiwilligen Diät so viel Gewicht verloren, dass Lisas Hosen ihr zu weit waren. Ihre eigenen passten auch nur noch mit Gürtel, aber die verlor sie wenigstens nicht.

Lisa verfrachtete Tess in ihr Auto, sah sich aber immerfort überall um, ob Vivien ihnen auflauerte. Tess hatte ja gesagt, sie war verfolgt worden, also hatte Vivien garantiert auch mitbekommen, wo sie hingegangen war. Lisa wollte sowohl für Tess, als auch für sich selbst, dass sie unbeschadet ankommen würden. Sie hatte schon viele Mandanten vertreten, die aufgrund ihres Outings teilweise auf gewalttätiger Ebene bedroht, schikaniert oder verletzt worden waren. Aber noch nie zuvor war es so persönlich gewesen. Noch nie zuvor hatte Lisa so viel Angst mit ihren Mandanten empfunden wie jetzt um Tess. Noch nie zuvor war ihr ein Fall so nahe gegangen.

Die Tür ihrer Kanzlei war schon offen und die Rollläden hochgezogen. Das konnte nur einen Grund haben:

„Anna!" rief Lisa vom Eingang aus.

„Küche!"

„Kaffee!" lachte Lisa.

„In rauen Mengen!"

„Mein Tag ist gerettet!"

Kichernd kam Anna aus der Kaffeeküche und brachte ihr gleich ihren großen Becher. „Oh." stutzte sie. „Besuch?"

„Ja. Anna, das ist Tess. Tess, Anna. Meine Assistentin."

Tess musste krampfhaft ihre Mundwinkel unten halten, als sie sich an ihr Gespräch erinnerte. Anna war tatsächlich irgendwie eine Großmutter und garantiert keine Versuchung, die Arbeit zu vernachlässigen.

„Freut mich." lächelte Anna weich und reichte Tess die Hand.

„Ganz meinerseits."

190

Lisa wurde gleich wieder zur Anwältin, als sie den ersten Schluck Kaffee genommen hatte. „Anna, wir brauchen eine neue Akte, inklusive Vollmacht und allem. Und ich will heute noch zu Richterin Black."

„Geht klar. Kaffee?" fragte sie Tess.

„Das mache ich schon, wenn du mir dafür so schnell wie möglich den Termin machst." griente Lisa und schob Tess Richtung Küche.

Die konnte kaum denken, von Laufen mal ganz abgesehen. Irgendwie schien sie hier eine Mischung der beiden Lisas zu erleben. Wie war das denn möglich? Eine verspielte Anwältin? Hä? Sie hatte nicht gedacht, dass das möglich war. Entweder das eine oder das andere - Maske oder keine Maske - aber das hier war eine halbe Maske.

Einige Minuten später hatte auch Tess eine Tasse Kaffee in der Hand und ging mit Lisa in ihr Büro. Ihr Gemälde hing an der Wand, sodass Lisa es jederzeit vom Schreibtisch aus sehen konnte. Es stach hier richtig hervor. Das Büro war recht modern eingerichtet und hinter dem prall gefüllten Schreibtisch gab es jede Menge Bücher, die Tess´ Interesse aber garantiert nicht wecken würden. Das farbenfrohe Gemälde brach völlig mit der gesamten stilvollen Einrichtung, deren Hauptbestandteile Schwarz und Glas waren.

„Wow." kicherte sie. „Ein Lichtblick."

„Ich sehe es sehr gern dort." sagte Lisa und holte noch das andere Bild aus der Schublade. „Und du bist immer hier, damit ich dich nicht vergesse."

„Versteck es lieber schnell wieder." stichelte Tess und setzte sich.

„Muss ich leider." seufzte Lisa und versteckte es wirklich wieder in ihrer Schublade. „Irgendwann vielleicht nicht mehr, aber jetzt noch."

Anna klopfte kurz und kam dann rein, um die neue Akte zu übergeben. „Adresse fehlt noch. Schreib sie einfach rein, ich leg das dann an."

„Vielen Dank."

„Termin in einer Stunde, aber nur maximal zwanzig Minuten."

„Reicht, danke."

Anna ging wieder und Tess schwirrten jede Menge Fragen durch den Kopf. Sie war noch nie bei einem Anwalt gewesen und hatte nicht die geringste Ahnung, was jetzt kommen sollte. Als es um ihre Anschrift ging, konnte sie noch antworten. Das war leicht. Ihr Geburtsdatum bekam sie auch noch hin. Genauso wie den vollständigen Namen und die Anschrift von Vivien. Den Namen hatte Lisa auch noch gewusst, nur die Anschrift hatte sie sich von dem Brief auf der Insel nicht gemerkt. Dann gab es Papier über Papier, in dem Tess schon zu ertrinken drohte.

„Stopp." kicherte sie irgendwann. „Sag mir einfach, wo ich unterschreiben muss, ich versteh eh nur die Hälfte von dem, was du erzählst."

Lisa kicherte leise in sich hinein. „Sagen wir einfach, du erlaubst mir, alles weitere in deinem Namen zu unterschreiben. Natürlich nur das, was diesen Fall angeht, also keine Sorge, dein Konto kann ich nicht ändern."

„Ist eh nichts mehr drauf." seufzte Tess und unterschrieb in blindem Vertrauen. Sie dachte nicht mal darüber nach. In keinem winzig kleinen Augenblick zweifelte sie an Lisas Aufrichtigkeit.

Lisa übergab die Akte schon mal Anna, damit sie die Vollmachten kopieren und die Adresse im Computer einpflegen konnte. Lisa dagegen stellte sich vor ein großes Regal in ihrem Büro. Es nahm die gesamte Querseite rechts der Tür ein, hatte aber nur jede Menge kleine Fächer. Zielsicher holte sie einige Zettel und setzte sich wieder. Tess sah ihr zu, wie sie da irgendwas eintrug und ihre geschwungene Unterschrift drunter setzte. Sie wirkte so allwissend, so souverän und selbstsicher. Keinen Zweifel konnte man in ihr sehen.

„Was ist los?" fragte Lisa nebenbei. Sie spürte die Blicke auf ihrem Gesicht.

„Ich beneide dich gerade mal wieder."

„Wofür?" lachte sie, schrieb aber unermüdlich weiter.

„Für deinen Durchblick. Du behältst offenbar immer den Überblick und dein Selbstvertrauen ist unerschütterlich."

Lisa hob den Kopf und lächelte Tess schüchtern an. „Nur in Bezug auf eine einzige Person nicht."

„Und wer?" schmunzelte Tess. „Das kann unmöglich auf mich bezogen sein."

„Doch, genau das war es." sagte Lisa und schrieb weiter. „Du hast mich verlieren gelehrt, aber vor allem hast du mich gelehrt, dass ich nicht alles einfach kriege, nur weil ich es will."

„Lektion abgeschlossen, Prüfung bestanden." lachte Tess.

„Krieg ich eine Urkunde?"

„Hängt schon dort." schoss Tess zurück und deutete auf das Bild von der Insel.

„Gut, lass ich gelten. So, wir müssen los."

Lisa stapelte schon wieder Papier hin und her, kopierte etwas, gab das eine Anna, steckte das andere in ihre chice Ledertasche und warf mit irgendwelchen Begriffen um sich, was Anna tun sollte. Nur Tess verstand kein Wort, aber egal.

Kurz darauf kam Tess zum zweiten Mal in ihrem Leben in ein Gerichtsgebäude. Es unterschied sich nicht sonderlich von dem ersten, nur dass hier vor der Tür nicht der Urlaub lockte, sondern die Realität. An Lisa änderte das allerdings nur, dass sie hier schon wusste, wo sie hin wollte, und aus allen Richtungen gegrüßt wurde. Tess folgte ihr einfach und fühlte sich einen kurzen Moment wie Lisas Hund.

Lisa klopfte an eine Tür und wurde hereingebeten. So sehr Tess es sich auch wünschte, durfte sie diesmal nicht draußen bleiben. Lisa öffnete die Tür und ließ sie vorangehen.

„Lisa." staunte eine Frau, aber offensichtlich erfreut.

„Emily, das ist Tess. Tess, Emily. Oder auch Richterin Black." fügte sie mit einem frechen

Zwinkern hinzu.

Die Frau kam auf Tess zu und reichte ihr strahlend die Hand. „Wenn Lisa dich so vorstellt, dann bleiben wir bei Emily. Es freut mich."

„Mich auch. Vielleicht." musste Tess verwirrt hinzufügen. „Tut mir leid, ich hab keine Ahnung, was hier gerade passiert."

„Aber Lisa hoffentlich." forderte Emily.

„Hab ich." nickte sie auch sofort und reichte ein paar der Zettel aus ihrer Tasche weiter. „Ich brauch eine einstweilige Verfügung gegen Vivien Rozier, bis wir das offiziell durch haben."

Emily nahm die Unterlagen und ging um ihren Schreibtisch herum. „Warum?"

„Belästigung, Vergewaltigung, Stalking."

Emily hob den Blick und dieses ehrliche Mitgefühl traf Tess unvorbereitet. „Wie bitte?"

Lisa strich Tess sanft über den Rücken, um ihr zu zeigen, sie sei da. Tess war nicht allein und Lisa würde sie auch nicht allein lassen. Es gab auch keinen Grund, sich zu schämen. Tess traf keine Schuld, aber das sagte Lisa vielen Mandanten. Es fühlte sich nur bei vielen anders an. So auch in Tess' Innerem.

„Wir brauchen noch ein bisschen Vorlauf, den Tess bitte auch überleben soll."

„Kein Thema, du kennst die Vorschriften." sagte Emily und setzte ihre Unterschrift darunter. „Gib es meiner Sekretärin, die macht dir alles fertig, ich muss leider in die Verhandlung." Ihr Blick wurde drohend, als sie Lisa ansah. „Ich gehe davon aus, du nimmst dieses Miststück auseinander."

Lisa kniff die Augen zusammen, schmunzelte aber. „Wie gerne ich doch von dir getrieben werde. Wir werden uns sicherlich sehen."

„Sag mir Bescheid, ich greif mir den Fall schon."

„Scht. So was gibt es in der Seifenblase eines Rechtsstaates nicht."

„Boah!" lachte Tess nun doch. Das war ja wohl eine eindeutige Anspielung gewesen.

„Ich hab nichts gesagt." lächelte Emily und reichte Tess erneut die Hand. „Ich wünsche dir viel Erfolg, aber mit Lisa hast du dir die richtige Anwältin gesucht."

„Ich hab sie gefunden, ohne sie gesucht zu haben."

„Noch besser, dann ist es Schicksal. So, tut mir leid, ich muss los."

„Danke." sagte Lisa noch und scheuchtc Tess schon nach draußen.

Die konnte aber nicht mal ihre ganzen Fragen loswerden, nicht mal Luft holen, denn in die nächste Tür ging es schon wieder rein. Das Sekretariat der Richterin. Die wollten noch eine Kopie von der Verfügung, dieses und jenes, dann war es geschafft.

„Und jetzt?" konnte Tess endlich fragen, als sie aus dem Zimmer waren. Allein an diesem Morgen hatte sie so viel Papier gesehen … Leider war es nicht gebunden in Buchform.

„Jetzt bekommt Vivien das zugestellt und darf dir

nicht näher als hundert Meter kommen."

„Echt?" Tess wurden die Augen schon wieder feucht. „So einfach?"

„So einfach." lächelte Lisa gerührt. „Ich sagte doch, du hast deine Rechte nicht aufgegeben, du musst nur auf sie bestehen."

„Oh danke!"

Endlich sah Lisa die Lebensfreude wieder richtig aus Tess herausbrechen. Als hätte man einen Korken von einer Flasche entfernt und der Inhalt sprudelte wie ein Springbrunnen heraus. So brach die gewohnte Lebenslust nun aus Tess heraus. Sie fiel Lisa um den Hals und wiederholte das Wort *Danke* am laufenden Band.

„Ist ja gut." lachte Lisa leicht. „Ganz ruhig. Bei deinem Ernährungsstand und dem Schlafmangel ist das zu viel Anstrengung, deshalb gehen wir jetzt essen."

„Schon wieder essen?" Tess sah auf ihre Uhr. Frühstück war vorbei, aber Mittag war auch noch nicht.

„Keine Widerrede." legte Lisa fest und führte sie auf der anderen Straßenseite in ein Bistro.

„Hier gibt es die besten Croissants in der Umgebung." verriet sie leise.

Tess war noch nicht so begeistert. „Lisa, ich kann das nicht."

„Was?"

Tess antwortete nicht, deutete ihr nur mit einer Handbewegung an, dass ihre Finanzen das nicht mehr hergaben. Sie hatte sich zwei Wochen nahezu nur noch mit dem Taxi fortbewegt. Sie war pleite und konnte nicht einfach Essen gehen.

„Bitte." bat Lisa lächelnd. „Lass mich aus dir wieder die Tess machen, die du auf der Insel warst. Und an einem Essen soll es nicht scheitern."

Tess war einfach machtlos. Diese Frau sah sie mit einem Hundeblick an, dem sie nicht widerstehen konnte, wie sie auch Vivi nicht hatte widerstehen können, nur dass Lisa es nutzte, um sie zum Essen einzuladen. Und ganz leicht fielen sie in alte Gespräche, als wären die Wochen dazwischen nicht gewesen. Das gab Tess weitere Kraft und neuen Aufschwung, wieder an ihr Leben zu glauben. Und sie war nicht mehr allein.

Es war Freitag und nach dem verspäteten Frühstück fuhren sie noch zu Tess nach Hause, um ein paar Sachen zu holen. Dort wartete schon die nächste Überraschung. Ihre Wohnungstür war vollkommen ramponiert worden. Mit irgendeinem spitzen Gegenstand, vielleicht auch mit den Fingernägeln, war das Wort *Fremdgänger* in die Tür geritzt worden. Ringsherum waren gebrochene Herzen mit Lippenstift gemalt worden. Tess war schon wieder nervlich am Ende. Sie hatte so viel zu ertragen gehabt, dass jede Kleinigkeit sie sofort wieder in ein Loch stürzte.

„Ganz ruhig." lächelte Lisa schwach. „Geh deine Sachen packen."

Sie selbst machte erst noch ein paar Fotos, bevor sie anfing, wenigstens den Lippenstift zu beseitigen.

Die Kratzer würde sie nicht wegkriegen, aber immerhin konnte sie das Rot verbannen, das wie eine Leuchtreklame auf Tess´ Wohnung zeigte.

Als sie sich dann in Tess´ Wohnung umsah, erkannte sie sie in allen Ecken. Es war urig gemütlich, aber auch die gewisse Verrücktheit war nicht zu übersehen. Überall standen skurrile Sammlerstücke. Und Bücher. Lisa hätte nicht für möglich gehalten, dass ein Mensch allein so viele Bücher besitzen konnte.

„Wow." staunte sie atemlos. Kaum eine Wand war nicht mit Bücherregalen gefüllt. Tapete brauchte man hier nicht.

„Möchtest du lesen, dann komm zu mir." kicherte Tess.

„Was ist denn das alles?"

„Sehr viel Renaissance, aber auch alle anderen Epochen. Romane, Gedichte, Theaterstücke, alles, was mich interessiert. Und jede Menge Fachliteratur, aber die ist nebenan."

„Darf ich?" bat Lisa und deutete auf die Tür, auf die Tess eben gezeigt hatte.

Sie nickte auch nur und Lisa ging hinein. Schlafzimmer. Ein großer Kleiderschrank, ein großes Bett und sonst nur Bücher. Ihr Laptop stand auf dem Bett und rings herum hatte sie diverse Bücher ausgebreitet. Und die Regale. Lisa stand der Mund offen, als sie sich langsam zu Tess drehte.

„Sag mir nicht, du hast die alle gelesen."

„Jedes einzelne mindestens einmal." grinste Tess.

„Mindestens?"

„Shakespeare hab ich schon an die hundert Mal gelesen, deshalb steht er auch gesammelt in der Küche."

Lisa konnte nur den Kopf schütteln. Sie hätte hier sicherlich auch so einiges gelesen, wenn sie die Zeit dafür hätte.

Und dann wurde sie Zeuge von der typischen Verrücktheit. Der Kleiderschrank war über zwei Meter hoch und Tess stolze eins sechzig klein. Ihre Reisetasche stand oben auf dem Schrank. Doch wofür eine Leiter nutzen? An der Seite des Schrankes hing ein dickes Seil mit einer Schlaufe am unteren Ende. In die stellte Tess ihren Fuß und schwang sich hinauf.

„Tess!" rief Lisa erschrocken.

„Was denn?" kicherte sie. „Sieh dich um, die gibt es überall."

Bevor sie sich umsah, nahm sie Tess die Reisetasche ab und hielt ihre Hände schützend hinter sie, dass sie nicht stürzen konnte. Dann wurde ihr klar, wie Tess an die obersten Bücher kam. Diese Seile hingen wirklich überall.

„Mein Herz." keuchte Lisa.

„Tut mir leid." lachte Tess. „Ich wollte die alte Dame nicht aus der Fassung bringen."

„Das schaffst du anders auch viel besser."

Da war es wieder! Tess hatte die Tasche auf ihr Bett gestellt und schielte nur über ihre Schulter zu Lisa. Aber da war wieder der Glanz in ihren Augen, der Lisa auf der Stelle verführen konnte. Tess hatte gehandelt und diesen Blick aufgesetzt, bevor sie nachgedacht hatte, wie sie es meistens tat. Sie versteckte sich eigentlich nicht, aber jetzt war genau das passiert, was sie nicht wollte. Lisa sollte nicht erkennen, wie sehr sie sich nach ihr sehnte, daher senkte sie schnell den Blick auf die Reisetasche, zog den Reißverschluss auf und fing an, ihre Sachen zu packen.

„Äh … Kann ich ein paar Bücher mitnehmen?" fragte sie vorsichtig. „Ich muss nächste Woche zur mündlichen Prüfung."

„Wenn du jetzt sagst, es müssen alle mit, engagiere ich erst noch Möbelpacker."

„Nein!" lachte Tess. „Nicht alle, nur ein paar. Ich muss mich nur ein bisschen vorbereiten."

„Kein Thema. Ich weiß zwar nicht, ob ich das schaffe, aber ich frage trotzdem: Kann ich dir helfen?"

„Nicht nötig." feixte Tess und kletterte am nächsten Regal nach oben.

Lisa war schon wieder der Ohnmacht nahe. „Himmel noch mal! Tess! Kannst du keine Leiter benutzen?"

„Hab ich gar nicht." erwiderte sie schulterzuckend.

„Dann halte dich wenigstens fest." bat Lisa. Die stand da mit nur einem Fuß in der Schlaufe eines losen Seils, hielt sich nicht mal fest und blätterte gemütlich in einem dicken Buch.

Tess sprang von ihrem Regal. Sie hatte ja auch, was sie wollte. „Zu verrückt für die spießige Anwältin?"

Mit erhobenem Zeigefinger machte Lisa einen Schritt auf sie zu. „Hast du mich gerade spießig genannt?"

„Willst du es abstreiten?" grinste Tess herausfordernd. Schon wieder hielt sie dieses bekannte Spielchen gefangen. Tess reizte Lisa auf eine Weise, der sie kaum widerstehen konnte. Und sie stand so nah vor ihr. Zum greifen nah. Sie konnte ihren Atem riechen und die Wärme ihrer Haut schon spüren.

Sie sahen sich in die Augen, deren glänzende Gier von Sekunde zu Sekunde anstieg, bis sie beide gleichzeitig schwach wurden und sich in einem wilden Kuss verloren. Sie taumelten mehr oder weniger zum Bett, ließen sich fallen - zum Glück hatte Tess ihren Laptop schon eingepackt - und fetzten sich hektisch die Kleider vom Leib.

Lisa bedeckte die schmale Tess nahezu vollkommen und ließ ihre Hand in ihren Schoß gleiten. Tess glaubte sich schon wieder im Himmel und stöhnte laut auf. So grausam die letzten Wochen gewesen waren, so erfüllt war sie mit Verlangen nach dieser einen Frau. Keine andere sollte sie so berühren, keine andere sollte bei ihr liegen, keine andere sollte sie jemals wieder zum Orgasmus bringen. Keine andere hatte das bisher auf diese Weise geschafft und Tess wünschte sich, die Zeit anhalten zu können. In dem Moment war sie erfüllt mit Glückseligkeit und innerem Frieden. Sie wollte sich niemals wieder anders fühlen als genau jetzt, da sie die Barriere zur Insel gebrochen hatten. Wäre sie mächtig, die Zeit einzufrieren, würde sie in der Süße der Liebe leben können, ohne das Wissen um die unerwiderte Liebe.

Irgendwann lag Tess gemütlich an Lisa geschmust und in beiden Köpfen kam mit der Beruhigung auch die Erkenntnis an, was sie eben getan hatten. Es hätte nicht passieren dürfen - sie waren platonische Freunde.

Tess versuchte, es ins Lächerliche zu ziehen. Nur nicht anmerken lassen, was sie wirklich wollte „Ich denke, du schläfst nicht mit deinen Mandanten?" Das hatte sie ihr zumindest mal erzählt.

„Tu ich eigentlich auch nicht, aber du bist keine normale Mandantin."

„Ach nein?"

„Nein. Ich glaube, du bist die heißeste Mandantin, die ich je hatte, also mache ich da mal eine Ausnahme."

„Sehr unspießerhaft." neckte Tess, stand aber auf, um sich wieder anzuziehen. Außerdem gab ihr die Aussage klar zu verstehen, was sie war: Eine *heiße* Mandantin. Sex, mehr nicht. Sie musste es akzeptieren, was an sich schon unmöglich war. Aber so zu tun, als würden sie solche Aussagen nicht kränken, fiel ihr schwer.

„Ich bin lernfähig." konterte Lisa, folgte dem guten Beispiel aber.

Bevor sie gehen konnten, musste Tess wirklich

noch ihre Taschen packen. Lisa war inzwischen auf Erkundungstour. Was sie hier nicht alles fand. Bei einigen Dingen wusste sie nicht mal so genau, was es war, aber bei einigen wollte sie es wissen.

„Was ist das?" fragte sie und beäugte eine Holzschachtel. Darin lagen verschiedene Stäbe aus Holz und Glas in ordentlichen Rillen.

Tess schmunzelte. „Etwas, das du gebrauchen könntest." Deshalb klappte sie den Deckel auch zu und packte es ein.

„Ach ja?"

„Ja."

„Und was ist es?" Warum verriet sie das nur nicht?

„Das zeige ich dir später."

Tja, diesen Ton kannte Lisa. Er ließ keine Diskussion zu. Sie würde jetzt noch so betteln können, sie würde warten müssen, bis Tess den passenden Zeitpunkt für gekommen sehen würde. Leider war der nicht in diesem Augenblick.

Gemeinsam trugen sie die beiden Taschen nach unten in Lisas Auto. Tess fiel es schwer zu gehen, weil sie gerade dabei war, vor sich selbst zu fliehen. Nicht nur vor ihrer eigenen Wohnung und Vivi, sie floh tatsächlich vor sich selbst. Sie stürzte sich zu Lisa, obwohl sie wusste, das konnte nur schiefgehen. Aber sie war doch ihr rettender Engel in der Not. Sie bot ihr die Hand, als sie am Ertrinken war. Solange das mit Vivi nicht endgültig geklärt wäre, würde Tess nicht wieder richtig zu sich finden und wusste das auch. Sie würde nirgends so sehr zur Ruhe kommen wie in Lisas Nähe. Deshalb ging sie mit ihr.

Das waren Ausreden - sie wusste es selbst.

Lisa fuhr als erstes nach Hause, um die Taschen abzuladen.

„Was hast du jetzt vor?" fragte sie, als sie im Gästezimmer standen.

„Keine Ahnung. Was hab ich denn für Alternativen?"

Lisa reichte ihr als erstes einen Zweitschlüssel. „Du kannst hier bleiben oder mit ins Büro kommen. Tut mir leid, ich muss noch ein bisschen was machen. Ich bitte dich nur, nicht unbedingt allein rauszugehen. Die Verfügung wird Vivien zugestellt und ich mache mir wirklich Sorgen um dich."

„Keine Sorge, ich geh nicht allein. Versprochen." lächelte Tess gerührt. „Ich werde meine Prüfung vorbereiten, wenn du nichts dagegen hast."

„Wieso sollte ich?"

„Das ist deine Wohnung."

„Na und. Denkst du, ich fürchte, du würdest mich beklauen?"

„Vielleicht hast du ja hinter meine Maske gesehen."

„Hab ich, aber dort ist ein genauso gutes Herz versteckt wie die Maske darstellt. Fühl dich wie zu Hause. Ich bring auch noch ein paar Lebensmittel mit, damit du nicht hungern musst."

„Tu ich gar nicht." beteuerte Tess sofort. Das Sandwich aus der Nacht und dazu das Croissant vom Morgen würden sie wohl noch die nächsten Tage sättigen, aber das kam für Lisa nicht in Frage.

„Iss bitte was. Du fällst mir noch vom Fleisch."

Tess sah unsicher an sich hinab. „So schlimm?"

Lisa ging zu ihr, nahm sanft ihre Hand und tippte auf den Knochen an ihrem Handgelenk. „Du hast abgenommen, Tess. Bei dem Stress ist das kein Wunder, aber du solltest aufpassen, dass es nicht noch mehr wird. Also tu mir den Gefallen und iss etwas."

„Mach ich." versprach sie mit einem verträumten Lächeln. Manchmal konnte Lisa so süß sein. So einfühlsam und konnte Tess das Gefühl geben, geliebt zu werden. Und manchmal sagte sie ihr auch ganz klar ohne Worte, dass da nichts war, als Sex.

„Okay, dann viel Erfolg." sagte Lisa beschwingt. „Oder viel Spaß?"

„Beides."

„Dann beides. Bis später." zwinkerte Lisa und verschwand zur Tür hinaus und aus der Wohnung. Anna dürfte schon auf sie warten. Irgendwie glaubte Lisa, dass sie heute schneller arbeiten würde als je zuvor. Nicht nur, um schneller wieder bei Tess zu sein, auch weil sie sich wie beflügelt fühlte. Voller Energie, obwohl sie die doch gerade ausgelebt hatte...

Tess richtete sich in dem Gästezimmer ein. Die Tasche mit ihren Klamotten war schnell vergessen. Sie legte sich quer aufs Bett, den Laptop vor sich und Bücher um sich herum. Schon war sie in einer völlig anderen Welt und vergaß Ort, Zeit, Raum und die Sehnsucht nach Lisa, die sie nicht haben durfte.

Lisa kam ins Büro und wurde tatsächlich schon erwartet. Anna grinste sie breit an.

„Was ist passiert?" wollte Lisa skeptisch wissen. Diese Grinsebacke hatte irgendwas zu bedeuten.

„Ist sie der Grund, warum du so mies drauf warst?"

Lisa schlief das Gesicht ein und Adrenalin schoss durch ihren Körper. „Wie bitte?"

„Komm schon, ich bin doch nicht blöd. Seit du zurück bist, bist du nur noch halb anwesend. Dann taucht da diese Kleine auf und du kannst wieder lachen. Also gehe ich davon aus, ihr habt euch im Urlaub kennengelernt."

„Haben wir." gestand Lisa schmunzelnd und ging lieber schnell zur Kaffeemaschine, ehe sie sich noch richtig verraten konnte.

„Lisa, komm schon." quengelte Anna hinter ihr her. Manchmal konnte Lisa nicht glauben, dass man als Mittfünfzigerin noch so verspielt sein konnte. „Denkst du, ich sehe ich nicht, wie du deinen Klientinnen hinterhersiehst?"

Lisa zuckte zusammen und drehte sich blitzartig um. „Was soll das heißen?"

„Du bist ganz offensichtlich lesbisch, also wo ist das Problem?"

Ah! Die hatte das ausgesprochen, als wäre das alles ganz einfach. „Anna!"

„Was denn? Ich sag schon niemandem was, keine Sorge. Aber dafür will ich wissen, wie ihr euch kennengelernt habt."

Lisa seufzte und wandte sich wieder ihrem Kaffee zu. „Ihre Familie ist mit meiner Tante befreundet und sie kommt jedes Jahr dorthin zum Urlaub."

„Und bisher seid ihr euch noch nicht begegnet?"

„Nein. Ich war mit meiner Familie immer am Ende der Ferien als ich noch zur Schule ging, und Tess mit ihrer Familie immer am Anfang. Und seit ich nicht mehr auf Ferien angewiesen bin, fahre ich ja normalerweise erst hinterher, um die Touristenmassen zu umgehen, während Tess im Studium immer noch eingeschränkt ist. Wir laufen seit Jahren, eigentlich seit ihrer Geburt, aneinander vorbei."

„Und der Beinbruch deiner Tante hat das geändert."

„Hat er."

„Und jetzt?" grinste Anna wie ein Honigkuchenpferdchen. Dazu ließ sie auch noch die Augenbrauen hüpfen, als wäre sie ein freches Kind!

„Und jetzt gehe ich an die Arbeit." lachte Lisa. Dass das Outing so einfach sein konnte, hatte sie nicht gedacht. Aber sie vertraute Anna, die würde das niemandem sagen.

„Lisa." ningelte sie. „Was läuft da?"

„Nicht viel. Wir sind befreundet."

„Dafür kamst du gerade mit zu rosigen Wangen an."

Dieses Weib war nicht zum Aushalten, dachte Lisa. „Okay, Freundschaft mit Erweiterung, wenn du es so willst." zickte Lisa und schloss die Tür zu ihrem Büro. Das verstand dann auch Anna und ging an ihren Platz zurück.

Lisa setzte sich an den Schreibtisch und holte die Bleistiftzeichnung heraus. Darauf konnte sie Tess lächeln sehen, ohne sich ihren leibhaftigen Augen stellen zu müssen. Was war nur passiert? Anna hatte Recht, sie war kaum sie selbst gewesen, seit sie zurück war. Vor allem seit der ersten kurzen Begegnung mit Tess.

Und dann heute … Dieser unbeschreibliche geile Sex … Dabei hatte Lisa nicht gedacht, dass es diese Fortsetzung geben würde. Tess war - da hatte Evi Recht - nicht der Typ für irgendwelche Affären. Vielleicht aber doch. Lisa entschied sich, es Tess zu überlassen. Würde sie den nächsten Schritt tun, würde sie sich ganz sicher nicht verweigern.

Es wurde spät. Bevor Lisa nach Hause fuhr, plünderte sie noch den nächsten Supermarkt. Kochen konnte sie kein bisschen, aber sie hatte Bücher zu Hause, in denen stand, was man zu tun hatte. Sie hoffte, dass sie das hinbekommen würde. Da neben dem Supermarkt ein Chinese war, nahm sie von dort etwas mit. Dem war sie verfallen und dass Tess chinesisches Essen mochte, wusste sie.

„Tess!" rief sie, als sie in die Wohnung kam.

„Hier!" kam ein Ruf zurück, den sie kannte. Sie war gar nicht richtig anwesend.

Lisa stellte die Einkäufe ab und ging zu ihrem Gästezimmer. Wie sie befürchtet hatte, lag Tess auf dem Bett in Bücher und Aufzeichnungen vertieft.

Die Bücher waren zum Teil dicker als die zierliche Frau.

„Wie spät ist es?" fragte Lisa.

„Keine Ahnung." murmelte sie.

Lisa kicherte und klatschte ihr auf den knackigen Hintern. „Komm mal wieder zu dir. Es ist Zehn. Hast du was gegessen?"

Tess stutzte und sah zum Fenster. „Schon Zehn?"

„Tess!" lachte Lisa.

„Tut mir leid." schmunzelte sie verlegen. „Ich hab die Zeit vergessen."

„Das sehe ich. Komm schon, ich war beim Chinesen."

„Gleich." sagte Tess und sah wieder zu ihrem Block. Der Stift in ihrer Hand wollte schon wieder schreiben, doch dann war er weg und Lisa lag neben ihr.

„Jetzt." legte sie fest. „Du hast den ganzen Tag nichts gegessen, außer heute Morgen das Croissant. Jetzt gibt es Essen."

„Seit wann bist du denn so drauf?" kicherte Tess.

„Seit ich mir wirklich Sorgen um dich mache."

Lisa legte den Stift beiseite, stand auf und zog Tess einfach mit sich. In der Küche setzten sie sich an den Tresen. Lisa schenkte noch den passenden Wein aus und dem Essen stand nichts mehr im Wege.

„Was hast du heute vor?" fragte Lisa.

„Was sollte ich denn vorhaben?"

„Keine Ahnung. Es ist Freitag."

„Meine Freitage sehen schon seit meiner Rückkehr nicht mehr spaßig aus."

„Deswegen frag ich ja, was wir heute machen. Das einzige, was sein muss, ist die Fahrt in die nächste Stadt."

„Wusstest du, dass man in unserer Stadt auch Spaß haben kann?"

„Tess." seufzte Lisa gekränkt. Sie hatte ja geahnt, dass das kommen würde, und gehofft, dass Tess es nicht aussprechen würde. In genau diesem Punkt würden sie wohl nie übereinstimmen.

„Was denn? Du müsstest nur auf einen Betthasen verzichten, aber Spaß kann man hier auch haben." Das war der Hauptgrund, warum Tess lieber in der Nähe bleiben würde. Dann müsste sie nicht zusehen, wie Lisa eine andere abschleppt.

Misstrauisch hob Lisa eine Augenbraue. „Und wo?"

„Vertrau mir." forderte Tess mit einem verschmitzten Grinsen.

Na das konnte ja was werden, dachte Lisa. Aber sie ließ sich darauf ein. Nach dem Essen gingen sie beide duschen - getrennt - und machten sich ausgehfertig. Aus der noblen Anwältin wurde wieder die junge, partylustige Lisa. Als sie aus dem Badezimmer kam, war Tess im Gästebad ebenfalls fertig.

„Wow." hauchte Lisa verzaubert. „Du siehst umwerfend aus."

Diesmal war es keine Normalität aus Lisas Mund, daher berührte es Tess auch. „Vielen Dank. Das kann ich guten Gewissens zurückgeben. Aber ich werde dieses Kleid nicht gleich wieder ausziehen."

Lisa fing an zu grinsen und ging zu ihr. Sie legte ihre Hand an Tess' Hüfte und suchte, was sie darunter trug. Diesmal fand sie etwas.

Tess lachte auf. „Falsche Umgebung."

„Sonst hätte ich dich auch nicht mitgenommen."

„Ach. Seit wann bist du denn so wählerisch?"

„Autsch." machte Lisa. „Ich war schon immer wählerisch. Aber wenn du ohne Höschen aus meiner Wohnung spazierst, kommen wir nicht mal bis zum Auto."

„Leg es nicht drauf an, mich herauszufordern, wenn du dem nicht gewachsen bist."

Lisa fing Tess' Blick auf, der schon wieder diese herausfordernde Gier aufblitzen ließ. „Was soll das heißen?"

„Ich lasse mein Höschen auch hier, aber das ändert nichts an unserem Vorhaben."

„Besser nicht." sagte Lisa hektisch und schob Tess lachend Richtung Ausgang, denn dieser Herausforderung fühlte sie sich tatsächlich nicht gewachsen.

Lisa hatte ihnen ein Taxi gerufen, damit sie auch etwas trinken konnten. Sie fuhren nicht weit. Tess wusste eben, wo sie hin wollte, wo Vivien niemals hinging. Lisa sah sich immerfort um, weil sie fürchtete, von irgendwem erkannt zu werden.

„Ganz locker." lächelte Tess. „Es ist ein ganz normaler Club. Und wir sind zwei ganz normale Freundinnen, die jetzt einen schönen Abend haben."

„Sicher?" fragte Lisa unsicher. Ihr behagte das nicht. Sie wollte sich nicht outen. Und schon gar nicht auf diese Weise.

„Wenn du dich nicht gleich entspannst, sorge ich dafür."

„Ich bin doch ganz entspannt." beteuerte Lisa hastig. Die sollte bloß nicht auf dumme Gedanken kommen.

„So siehst du aus."

Tess drehte sich um zu dem Türsteher und begrüßte ihn mit einem strahlenden Lächeln. Es gab noch ein Wangenküsschen und die beiden kamen rein, ohne irgendwas bezahlt, gesagt oder getan zu haben. Lisa war jetzt schon schwer beeindruckt und folgte Tess, die natürlich Recht hatte. Es war ein ganz normaler Club. Weit und breit keine homosexuellen Paare zu sehen. Und dennoch kroch der Rhythmus in Lisas Füße.

Tess steuerte eine Bar an und winkte einen jungen Mann zu sich.

„Tess." lächelte er. „Lange nicht gesehen."

„Ja, war ein bisschen stressig. Sex on the beach für mich." Sie drehte sich zu Lisa und setzte gleich wieder ein verführerisches Lächeln auf. „Und du?"

Lisa konnte sich gerade noch ein erregtes Keuchen verkneifen. „Das gleiche." sagte sie zu dem Barkeeper, sah aber Tess gleich wieder an. „Du

Luder, hör auf damit."

„Sonst?" grinste Tess.

„Sonst zeige ich dir nachher, was du davon hast."

Tess knurrte erregt, aber leise. „Dann höre ich vielleicht extra nicht auf?"

Lisa musste einsehen, dass sie in dieser Hinsicht gegen Tess keine Chance hatte. Sie war ihr hilflos ausgeliefert. Und sie genoss es. Zum einen natürlich, weil das hier die richtige Tess war, die sie wieder zu Tage befördert hatte, was unweigerlich hieß, sie fand wieder richtig zu sich und begann, den Schock durch Vivien richtig zu verarbeiten. Zum anderen genoss Lisa es aber auch, weil es sie anmachte. Und nach der Andeutung eben war klar, das in Tess´ Wohnung würde nicht das letzte Mal gewesen sein. Sie setzten ihr Spielchen tatsächlich fort.

Tess führte Lisa erst mal durch den ganzen Club. Es gab mehrere Räume und in jedem tanzten sie eine Weile. Den besten hob sich Tess für den Schluss auf. Schon von weitem kamen Lisa Klänge des Insel-Clubhauses entgegen und ihr Herz schlug schneller. In dem Raum sah es dann auch noch aus wie in einer Inselhütte. Viele Palmen und Bambus. Sogar weicher Sand auf dem Boden und Schirmchen in den bunten Cocktails.

„Tess!" freute sich eine junge Frau.

Wieder gab es Wangenküsschen für Tess, bevor sie sich zu Lisa drehte. „Susi - Lisa."

„Hallo." lächelte Susi. „Geht ihr tanzen?"

„Mit Sicherheit." grinste Tess zu Lisa. „Oder

willst du nicht?"

Sie hätte ihr am liebsten die Zähne gezeigt. „Doch." sagte sie aber nur.

Tess stellte ihr leeres Glas auf den Tresen der nächsten Bar und stürzte sich ins Getümmel. Lisa folgte ihr auf den Fuß, hielt aber Abstand und bereute gerade, dass sie nicht weiter weg und in einem anderen Club waren. Sie musste Tess nur beim Tanzen zusehen und es war um sie geschehen. Diese Frau erregte sie schon auf zwei Meter Entfernung. Das war nicht zu fassen. Und Lisa war sich durchaus bewusst, was sie gerade tat. Sie wollte Lisa nicht zum Outing drängen, wenn sie hier über sie herfallen würde. Aber sie wusste, dass es sie reizte, eben weil sie sich gerade nicht mal berühren durften.

Irgendwann entschuldigte sich Tess dann zur Toilette. Im Gedränge bekam sie nicht mit, wie Lisa ihr folgte. Als Tess in die Kabine ging, kam sie nicht dazu, die Tür zu schließen. Lisa drängte sich zu ihr und verschloss die Kabine hinter sich. Sie presste Tess gegen die Kabinenwand und küsste sie.

„Also Frau Anwältin." keuchte Tess entrüstet.

„Du bist ein Luder." flüsterte Lisa. „Mich so heiß machen und dann stehenlassen?"

„Ich stehe eben auf den Ausdruck in deinen Augen, der mir sagt, was du willst."

„Ach ja? Und was will ich?"

Nach nur zwei kleinen Schritten standen sie auf der anderen Seite der Kabine und Lisa hatte die Wand im Rücken. Tess drückte sich an sie und fuhr mit ihrer Hand unter Lisas Kleid. Sie berührte sie nur hauchzart, aber es reichte. Sie spürte die Hitze und die Feuchtigkeit.

Lisa schnappte nach Luft und hatte arge Probleme, nicht aufzustöhnen. Sie pulsierte jetzt schon. Da Tess aber wusste, Lisa wollte sich nicht verraten, verschloss sie ihren Mund mit ihren Lippen, als sie in ihr Höschen fuhr und sie zum Orgasmus brachte. Sie erstickte jeden zu lauten Ton.

Lisa stand keuchend in der Ecke der Kabine und war zum Denken viel zu verwirrt. Als sie die Augen aufschlug, sah sie Tess lächeln. Aber das war nicht das spielende, gierige Lächeln. Es war eines voller Liebe und Wärme, als sie sich die Finger leckte.

„Ganz ruhig." flüsterte Tess ihr sanft zu. „Es hat niemand mitgekriegt."

„Du bist einzigartig." flüsterte Lisa, griff nach Tess und zog sie zu sich für einen zarten Kuss.

Sie konnte kaum glauben, was hier wirklich geschehen war. Mal abgesehen davon, dass Tess ein Tier war, wenn es um Sex ging, hatte sie auch darauf geachtet, sie nicht zu enttarnen. Ihr war nicht entgangen, wofür der Kuss gedacht war. Wieso tat sie das? Lisa wusste doch, dass Tess sich nicht versteckte, warum tat sie es dann hier?

Ganz einfach, weil sie Lisa zu sehr liebte, als dass sie ihre Wünsche übergangen oder sie gar gegen sich aufgebracht hätte. Nur diese kleine Erklärung fand Lisa nicht. Ihr blieb es ein Rätsel, dessen Lösung sie nicht finden würde, weil sie auch nicht fragen würde.

Man beachtete die beiden tatsächlich kein bisschen, als sie aus der Toilette kamen. Als wäre nie etwas gewesen, dabei zuckte es in Lisas Innerem immer noch. Das wurde auch nicht besser, weil Tess es darauf anlegte. Sie ging offen mit ihrem Dasein als Lesbe um. Man kannte sie hier nur als Lesbe, so kamen ihr keine Kerle zu nahe. Dafür aber Susi. Tess tanzte mit Susi wie Lisa mit ihr tanzen wollte. Nur ihre Finger behielt Tess sehr wohl unter Kontrolle. Ebenso wie ihre Lippen. Sie tanzte eng mit Susi, aber mehr auch nicht. Mit Lisa hätte das anders ausgesehen, aber sie respektierte ihre Entscheidung.

Gegen drei Uhr morgens kamen die beiden atemlos und schwitzend aus dem Club.

„Können wir ein Stück laufen?" bat Tess vorsichtig. Für sie wäre das jetzt die ultimative Abkühlung.

„Gern. Ist ja auch nicht weit."

„Du könntest dir also jedes Wochenende deinen Spaß gönnen, ohne eine weite Reise."

„Du hast mich überzeugt, das könnte ich. Kennst du Susi schon lange?"

„Wir studieren zusammen. Wir haben uns im ersten Semester gleich am ersten Tag kennengelernt."

„Also studiert sie das gleiche?"

„Nur ohne Grafikdesign. Sie ist dem Impressionismus verfallen wie ich der Renaissance. Wir ergänzen uns ganz gut, wenn es um Interpretationen geht. Wir haben viel Zeit zusammen verbracht, als ich mein Buch geschrieben hab. Sie hat mir neue Denkansätze für die Interpretationen der Gedichte gegeben, die ich mit eingebaut hab."

„Und ihr hattet etwas miteinander." erkannte Lisa kichernd, obwohl sie das nur vorschob. Susi war eine ebenso verrückte und offene Studentin, wie Tess es war. Und sie teilten sich auch noch die Leidenschaft zur Literatur. Das passte Lisa irgendwie nicht.

„Ich kann nicht leugnen, dass wir auch schon Sex hatten, ja." gab Tess auch sofort zu. Wieso auch nicht? Sie hatte Lisa nicht als Jungfrau kennengelernt.

Damit hatte Lisa die Bestätigung, die sie eigentlich gar nicht hatte haben wollen, und wechselte lieber schnell das Thema. Sie spazierten gemütlich zurück zu ihrer Wohnung und plauderten, als wären sie beim Strandspaziergang in ihrem Paradies. Waren sie aber nicht. Das hier war die Realität, musste Tess sich wieder vorhalten.

Das hieß aber noch lange nicht, dass sie Lisa nicht neckte und reizte, nur um immer wieder ihre Augen aufblitzen zu sehen. Das Ende vom Lied war dann, dass Lisa über Tess herfiel, als sie zur Wohnungstür hinein waren, und diese Entladung von Verlangen in Lisas Bett endete.

In der Ruhe nach dem Sturm lag Tess an Lisa geschmiegt und merkte, wie Lisa langsam abglitt und einschlief. Sie schlief tatsächlich neben ihr ein. Und sie schlief beinahe durch. Ohne um sich zu schlagen und ohne schreiend aufzuwachen. Einmal wachte sie auf, aber Tess war da. Sie wurde durch das erschrockene Zucken ebenfalls kurz wach, hielt Lisa in ihren Armen, fing an zu summen, streichelte ihr beruhigend über den Rücken und schon konnte Lisa friedlich weiterschlafen. Und auch Tess fand seit über zwei Wochen mal wieder zu etwas mehr als einer Stunde Schlaf. Sie fühlte sich sicher in Lisas Nähe und gab sich dem dringend benötigten Schlaf hin. Ihr Geist ließ es zu, diese Sicherheit anzunehmen.

Als sie aufwachte, war sie dennoch allein. Das gefiel ihr gar nicht! Schläfrig warf sie sich ihren Morgenmantel über und tapste aus dem Schlafzimmer.

„Guten Morgen." schmunzelte Lisa ihr entgegen. Tess sah zu süß aus. Wie ein Heuhaufen, aber zum anbeißen.

„Morgen." knurrte sie nur, war aber vollends zufrieden, als Lisa ihr eine Tasse Kaffee reichte.

„Wieso bist du schon wach?" brummte Tess.

„Ich habe geschlafen wie seit einem Jahr nicht mehr." lächelte sie. „Ich war fertig."

„Ich hab auch richtig gut geschlafen."

„Na bestens."

Tess griff nach der Tageszeitung, die auf dem Tisch lag, lehnte sich zurück und hob die Knie an die Tischkante. Lisa aß ein Marmeladenbrötchen und las in einer Fallakte. Was sonst, dachte Tess.

„Bist du dir bewusst, dass Samstag ist?"

„Bin ich." lachte Lisa leise. „Aber ich muss die

Klage heute noch abschicken, also werde ich das tun."

„Workaholic." seufzte Tess.

„Schuldig. Du solltest etwas essen."

„Nicht um die Uhrzeit. Ich frühstücke nie, das solltest du inzwischen wissen."

„Ich hatte gehofft."

Es zog Schweigen ein. Aber kein unangenehmes, das man auf Krampf mit Nichtigkeiten zu füllen versucht. Tess las die Zeitung, Lisa ihre Akte, und nebenbei gab es Frühstück. Für Tess nur Kaffee, für Lisa noch Brötchen dazu.

Dann räumten sie gemeinsam die Küche auf und Lisa musste sich in ihr hauseigenes Büro zurückziehen. Noch nie hatte sie das so bereut wie an diesem Morgen, aber es blieb ihr nichts anderes übrig.

Tess dagegen zog sich nicht mal richtig an. Im Morgenmantel setzte sie sich mit einem Buch und ihren Aufzeichnungen bewaffnet auf den Balkon und genoss die Sonne.

Als Lisa sich Kaffeenachschub holte, nachdem sie die Klageschrift fertig hatte, musste sie durchs Wohnzimmer Richtung offene Küche, und sah Tess versunken auf ihrem Balkon sitzen. Das gefiel ihr irgendwie. Der Anblick brachte sie zum Träumen. Sie stand mit der aufgefüllten Kaffeetasse in ihrem Wohnzimmer, sah zu ihrem Balkon und spürte eine Art inneren Frieden. Lisa wusste nicht, was das war, das sie da fühlte, aber sie genoss es noch ein paar Minuten, bis sie sich wieder ihrer Arbeit hingab.

Gegen Mittag war es dann an Tess, Lisa zu beobachten. Sie saß an ihrem Schreibtisch, in irgendein Buch und eine Akte vertieft, und war wie weggetreten. Sie bekam ihre Beobachterin nicht mal mit. Das war ihr Leben, dachte Tess. Arbeit. Nichts weiter als Arbeit musste es geben, um Lisa glücklich zu machen. Sie brauchte einfach nichts anderes. Außer Sex vielleicht und den holte sie sich bei derjenigen, die gerade verfügbar war. Im Moment war es Tess. Sie war ja in Reichweite in Lisas Wohnung.

Tess ging näher und räusperte sich auffällig, um Lisa aus den Gedanken zu holen. Sie sah auch gleich auf und fing an zu lächeln.

„Tut mir leid." stotterte Tess, der bei dem Anblick das Blut anfing zu kochen. „Kann ich deine Küche missbrauchen?"

„Missbrauchen?" schmunzelte Lisa. Sie wäre jetzt auch gern missbraucht worden...

„Gebrauchen? Benutzen?" lachte Tess. „Wie auch immer du es ausdrücken möchtest, aber es geht nur um Nahrungsbeschaffung."

„Klar. Tob dich aus. Ich komme gleich und helfe dir. Ich sag dir aber gleich, ich hab den Herd noch nie benutzt."

„Das wundert mich gar nicht." sagte Tess und drehte ab zur Küche. Heimbüro, chinesisches Essen, Arbeit zum Samstag, und das Bild vom Workaholic war perfekt.

Es dauerte noch ein bisschen, bis Lisa in die Küche folgte. Tess war immer noch nicht angezogen, aber das störte sie nicht. Es passte nur nicht so ganz zu der Tageszeit. Und sie schien wirklich zu wissen, was sie da tat. Sie schnitt Gemüse, in der Pfanne brutzelte Fleisch und nebenbei summte sie vor sich hin.

„Kann ich dir helfen?" fragte Lisa verlegen. Sie hatte keine Ahnung, was sie hätte tun können.

Tess wusste das und feixte sich eins. Noch eine Lektion für die Anwältin. Sie legte ihr ein Brett vor, ein Messer dazu und zwei Paprikaschoten.

„Würfel." sagte sie nur amüsiert und beobachtete Lisa.

Ein Messer hatte sie ja schon benutzt, aber noch nie in ihrem Leben hatte sie aus der ganzen Paprika Würfel gemacht. Sie hatte sie nur gekauft, weil Tess die auch auf der Insel gern gegessen hatte.

Tess lachte leise und stellte sich hinter Lisa. Sie legte ihre Hand auf die von Lisa und führte das Messer.

„Ganz einfach." sagte sie schließlich leise, als die Paprika in Streifen vor ihr lag. Den Rest würde sie ja wohl hinkriegen.

„Dabei hab ich kaum mitgekriegt, was du da gemacht hast." griente Lisa und schnitt die Streifen in Würfel.

„Wo hattest du denn deine Gedanken schon wieder?" tadelte Tess, widmete sich aber dem Fleisch in der Pfanne.

„Nur bei deinen Händen natürlich."

„Während sie Paprika schneiden?"

„Natürlich." betonte Lisa ernst, doch sie glaubte ihrer Stimme nicht mal selbst. Und so wie Tess aussah, tat sie es auch nicht.

Lisa blieb einfach sitzen, wo sie war, und sah Tess zu. Sie wuselte durch die Küche, als wäre es das Normalste der Welt. Und sie tat alles mit einem Lächeln. Selbst als das Essen fertig war, stellte sie den Teller mit einem Lächeln vor Lisa ab. Pasta! Lisa liebte Pasta und war schon in Hochstimmung, seit sie die Nudeln gesehen hatte, nur das, was da auf den Nudeln lag, hatte es auf ihrem Teller noch nie gegeben.

„Lass es dir schmecken." sagte Tess und setzte die Gabel an.

Lisa hatte gelernt, Spaghetti mit Löffel und Gabel zu essen, aber diesen kleinen Unterschied hatten sie in ihrem Paradies schon entdeckt gehabt. Lisa war skeptisch, aber sie probierte. Und ihre Augen wurden weit.

„Oh Gott." keuchte sie mit vollem Mund. „Ist das lecker."

Tess verschluckte sich glatt am Essen vor lachen. Lisa sah so erstaunt aus, dass es fast eine Beleidigung hätte sein können, aber die Belustigung über diesen Gesichtsausdruck siegte.

„Lach nicht." forderte Lisa. „Das ist echt lecker. Dich stelle ich als Köchin an."

„Es wird mir ein Vergnügen sein, dich in mein kulinarisches Wissen einzuführen."

„Ich freue mich jetzt schon auf die nächste Kostprobe."

„Sollst du haben." grinste Tess mit hüpfenden Brauen.

„Und dich mache ich gleich zum Nachtisch, wenn du nicht aufhörst."

„Und was ist mit deiner Arbeit? Das geht doch nicht, also wirklich." empörte sich Tess übertrieben, obwohl das nicht mal alles vorgespielt werden musste.

„Kannst du dir vorstellen, dass ich nicht den ganzen Tag an Arbeit denke?"

„Aber an dreiundzwanzig Stunden von deinem Tag. Und in der vierundzwanzigsten denkst du an Sex."

„Das ist nicht fair." sagte Lisa ehrlich getroffen.

Tess hob ihr Bein und schob ihren Fuß an Lisas Bein hinauf, wie sie es in dem Café schon mal getan hatte. „Du denkst also jetzt nicht an Sex?"

Lisas Augen blitzten auf. „Das kann ich nicht abstreiten, wenn du es schon wieder darauf anlegst. Aber ja, es gibt für mich auch noch andere Dinge."

„Zum Beispiel?"

„Zum Beispiel könnten wir nachher im Park spazieren gehen. Es sei denn natürlich, deine Bücher lassen dich nicht gehen."

Lisa hatte Tess ebenso sticheln wollen, wie sie es ertragen musste, doch als Antwort bekam sie eben jenes niedliche Lächeln geschenkt, dem sie hoffnungslos verfallen war. Sie sah mit einem Blick, dass Tess dieser Vorschlag mehr als gefallen hatte.

„Geht das wirklich?" fragte Tess ernsthaft. „Ich

will dich nicht von deiner Arbeit abhalten."

„Tust du nicht. Ja, ich arbeite auch am Wochenende, aber nur, was sich ergibt und wozu ich Lust hab. Ich mache meine Arbeit eben gern und so wie sich andere vor den Fernseher setzen, um sich zu entspannen, arbeite ich eben gern. Ich schäme mich nicht dafür."

„Sollst du ja auch nicht. Und wenn es wirklich in Ordnung ist, würde ich mich über den Spaziergang sehr freuen."

„Tust du mir dann auch einen Gefallen?"

„Kommt drauf an."

Lisa lächelte verlegen. „Erzählst du mir mehr von der Literatur der Renaissance? Ich finde das wirklich interessant und höre dir gern zu."

„Echt?"

„Ja. Du bringst so viel Leidenschaft in deine Stimme, dass man dir einfach gern zuhört. Und ich hab die Gespräche nicht vergessen. Ich hab mir vielleicht nicht alle Details und Jahreszahlen gemerkt, aber vieles ist hängengeblieben. Und ich weiß auch immer noch, was für ein Kleid du getragen hast, als du ins Hotel kamst."

Tess senkte den Blick. Sie spürte Blut in ihre Wangen schießen. Lisa hatte es zum ersten Mal richtig geschafft, ihr die Röte ins Gesicht zu treiben. Tess wusste einfach nichts mehr darauf zu sagen, aber das musste sie auch nicht. Lisa sah ihr an, dass sie das getroffen hatte. Im positiven Sinne.

So kam es, dass die beiden Frauen sich nach dem

Aufräumen der Küche in die Sonne stürzten. Dafür musste Tess sich nur endlich mal anziehen. Sie liefen die verschlungenen Wege der benachbarten großen Parkanlage entlang und unterhielten sich.

Angefangen mit der Frage von Tess, was Lisa denn wissen wolle, gefolgt von einer kurzen Erklärung und der ersten Nachfrage, befanden sie sich innerhalb kürzester Zeit in einer für beide wunderschönen Unterhaltung. Tess freute sich über das Interesse an ihrer Leidenschaft und Lisa sog das Wissen wirklich in sich auf.

Im Gegenzug erfuhr Tess aber auch aus Interesse noch mehr von Lisas Arbeit. Die Paragraphen und den Gesetzestext zitierte Lisa nicht, aber sie erzählte von einigen Irrtümern, die ihr immer wieder unterkamen.

Und sie schafften es tatsächlich, diese beiden so unterschiedlichen Themengebiete zu verbinden. Tess umriss kurz den Inhalt eines Buches oder Gedichtes, bei dem es auch um irgendwelche Ungerechtigkeiten ging, und Lisa haute mit ihrem Wissen drauf, was sie doch alles tun könnten. Natürlich nach den heutigen Gesetzen, denn wie das zur Zeit der Renaissance ausgesehen hatte, wusste sie wirklich nicht. Aber gerade für Tess´ Doktorarbeit war dieses Zusammenspiel gar nicht mal schlecht.

Erst die Dunkelheit und die fehlende Beleuchtung der Parkwege trieb sie wieder zurück zur Wohnung. Und Tess übernahm das Kommando. Sie setzte Lisa auf den Barhocker am Tresen der offenen Küche und verschwand kurz. Zurück kam sie mit der mysteriösen Holzschachtel und einem großen Block. Beides legte sie vor Lisa ab. Sie drückte ihr einen Kugelschreiber in die Hand.

„Schreib irgendeinen Satz, nicht zu lang."

Lisa war schwer verstört, tat es aber. „Das war ein wunderschöner Nachmittag." schrieb sie.

Tess lächelte schon wieder verlegen. Lisa schien das zu ihrem Hobby zu machen.

Sie selbst stellte sich hinter Lisa und griff an ihr vorbei nach dem Kuli. Sie schrieb den gleichen Satz noch einmal darunter.

„Meine normale Handschrift."

Lisa sah jetzt schon einen wahnsinnigen Unterschied zu ihrer eigenen Schrift. Ihre war recht kantig und viele Buchstaben hatten übergroße Striche, wie das T oder das F zum Beispiel. Bei Tess dagegen schien diese eine Zeile wie ein weicher Ablauf von Buchstaben zu sein. In der nächsten Zeile wurde es sogar noch deutlicher. Nichts Kantiges, alles fand irgendeine weiche Abrundung oder endete in einer kleinen Schleife. Es sah aus wie gemalt.

„Meine Schönschrift, wenn ich Briefe schreibe." erklärte Tess und öffnete die Holzschachtel. Sie nahm sich einen dieser Holzstäbe, stellte ein Glas Tinte daneben, öffnete es und tunkte die Holzspitze hinein. Und dann schrieb sie diesen einen Satz noch einmal, aber diesmal glich es für Lisa wirklich einem Kunstwerk.

„Kalligraphie." lächelte Tess. „Es ist eine Kunst, schenkt aber unwahrscheinliche innere Ruhe, weil du dich darauf konzentrieren musst."

Tess legte das Blatt beiseite und nahm ein neues. Ihr Schreibwerkzeug, denn *Stift* wollte Lisa das Ding nicht nennen, bekam sie in die Hand gedrückt. Aber sie musste nicht selbst schreiben. Tess legte ihre Hand um Lisas und führte sie. Langsam und gleichmäßig führte sie die Tinte aufs Papier. Und auf wundersame Weise schaffte sie akkuraten Blocksatz. Sie schrieb eine kurze Abhandlung des Nachmittags, mit den Worten einer Dichterin, aber jede Zeile begann an exakt der gleichen Stelle und endete auch in absolut gerade Linie.

„Wow." hauchte Lisa irgendwann. Sie hatte es nicht wirklich selbst geschrieben, aber sie spürte diese innere Ruhe von Tess auf sich selbst überspringen.

„Schönschreiben solltest du mal üben." neckte Tess leise.

„Was hast du denn gegen meine Handschrift? Okay, es ist kein Kunstwerk, aber man kann sie immerhin lesen."

„Aber auch nur, weil du dir hier Mühe gegeben hast. Ich habe auf der Insel schon ganz anderes Gekrakel von dir gesehen."

Da hatte sie wohl Recht. Für Anna gab sie sich meistens auch Mühe, aber wenn sie nur für sich selbst etwas aufschrieb, sah das aus wie Kraut und Rüben.

Lisa drehte sich zu Tess. „Bringst du mir das bei?"

„Wenn du es möchtest."

„Möchte ich."

„Na dann."

Tess setzte sich auf den Hocker neben Lisa und nahm sich wieder neue Blätter vor. Ihren Block hatte sie ja mit. Das Papier war extra stärker, um die Tinte aufnehmen zu können. Wie Lisa herausfand, war es schon eine Kunst für sich, die richtige Menge Tinte zu finden. Mal war es zu viel und es kleckste, mal war es zu wenig und sie verursachte widerliche Kratzgeräusche auf dem Papier.

Am Ende ging ihr Werk als abstrakte Kunst durch, während Tess eine Seite so akkurat und wunderschön beschrieben hatte, dass Lisa den Wunsch verspürte, es zu rahmen und aufzuhängen.

„Wahnsinn." staunte Lisa. „Wie lange hast du dafür gebraucht?"

„Ich habe mit der Kalligraphie schon in der vierten Klasse angefangen, also kannst du das nicht vergleichen. Ich nutze das viel im Werbedesign. Das ist mein Markenzeichen sozusagen."

„Das entspannt wirklich. Ich würde mich freuen, noch etwas mehr davon zu lernen."

„Dann sollst du das. Aber nicht gleich, das ist kein Zwang es zu perfektionieren. Tu das, wenn du Lust dazu hast, damit es die Beruhigung entfalten kann."

„Werde ich." versprach Lisa auch sofort. Typisch für sie war es, das jetzt gleich weiterzumachen, weil sie es können wollte. Und zwar so schnell wie möglich. Sie war aber auf ihre Lehrerin angewiesen, die jetzt nicht weitermachte. Lisa nahm sich dennoch vor, ab jetzt mehr auf ihre Schrift zu achten.

Dann musste Tess aber wirklich noch mal in ihre Unterlagen sehen. Am Montag würde sie ihr Gedicht verteidigen müssen, gefolgt von der mündlichen Prüfung. Dementsprechend war sie am Sonntag zu nichts zu gebrauchen. Als Lisa aufwachte, war Tess schon in dem Gästezimmer völlig vertieft. Viel geschlafen hatte sie nicht, aber Lisa konnte sich noch zu gut an ihre Prüfungszeit erinnern. Beim zweiten Anlauf...

„Soll ich mitkommen?" fragte Lisa am Montag Morgen.

„Wieso solltest du?"

„Wegen Vivien. Ich möchte nicht, dass du ihr allein in die Arme läufst. Sie hat die Verfügung inzwischen auf jeden Fall schon bekommen."

Tess musste schlucken. „Vivi." Die hatte sie schon fast vergessen, weil sie die letzten Tage wie im Paradies verbracht hatte, aber die würde ihr wohl in der Uni über den Weg laufen. „Nein, ich komme schon klar, aber danke."

„Dann lass mich dich wenigstens fahren."

„Na schön." lächelte Tess dankbar und ließ sich von Lisa vor der Uni absetzen.

„Ruf an, wenn was ist." lächelte Lisa.

Tess versuchte ebenso ein Lächeln, überzeugte Lisa aber nicht. Tess hatte Angst, das war nicht zu übersehen. Mehr vor Vivien als schon vor der Prüfung. Deshalb parkte Lisa auch nur im nächsten Parkhaus und ging wieder zur Uni.

In ihrem Hosenanzug hätte sie hier eher Professorin sein könnten. Vom Alter her passte sie weder zu den Studenten, noch zu den Professoren. Nur ihr junges Äußeres, von dem Anzug abgesehen, hätte sie zu einer Studentin machen können. So richtig passte sie zu keiner Kategorie und ihr wurde bewusst, dass sie alt wurde. Nicht richtig alt wie kurz vorm Ende, aber Tess war noch Studentin. Sechs Jahre jünger und eine typische, leicht verrückte Studentin. Lisa dagegen war berufstätig, sogar selbstständig, und wurde von Anwälten und Richtern als ihresgleichen akzeptiert. Welten lagen zwischen ihnen. Und selbst wenn Tess ihr Studium beendet hätte, wären die Welten zwischen ihnen nicht kleiner.

Lisa sah Tess vor einer Tür tief durchatmen. Dann huschte sie hinein und Lisa folgte ihr unauffällig. Es war nicht nur der Beschützerinstinkt, der in Lisa geweckt wurde, es war Neugier. Sie wollte Tess sehen. Und sie wollte für sie da sein. Das war ein verdammt wichtiger Tag für sie und Lisa wusste das. Sie wollte ein Teil dessen sein.

Lisa setzte sich auf einen der obersten Sitze. Es waren schon einige andere Studenten da und auch Professoren tummelten sich. Tess begrüßte sie alle ohne Anzeichen von der Nervosität, die man eben gesehen hatte. Sie schien äußerlich die Ruhe selbst. Nur wer in ihre Seele blicken konnte, sah die Angst. Lisa konnte es.

Ein junger Mann war der erste, der geprüft werden sollte. Seine Aufgabe war die gleiche wie von Tess gewesen und er trug als erstes sein Gedicht vor. An der Wand hinter ihm wurde es auch noch schriftlich abgebildet.

Lisa konnte jetzt schon nicht glauben, dass der das wirklich selbst geschrieben hatte. Niemals hätte sie so etwas zustande bekommen. Umso mehr wuchs aber auch die Neugier auf Tess. Ihr Gedicht hatte sie noch nie gelesen. Sie wusste nicht mal so genau, über was sie geschrieben hatte. Sie kannte zwar die Inspiration im Gerichtsgebäude, aber nicht, wie Tess das umgesetzt hatte. Sie hatte es nicht erzählen wollen und Lisa hatte das akzeptiert.

„Danke." sagte einer der Professoren schließlich und die anderen applaudierten. „Miss Dearing, ihre Einschätzung?"

Es war unsinnig, aber Lisa spürte einen Stich der Aufregung in ihrem Magen.

„Geradliniger Schreibstil im Stil der Moderne. Hauptsächlich Expressionismus, aber auch Anzeichen von Fluxus in der zweiten Strophe. Das Ende eher Richtung Surrealismus."

„Und ihre Interpretation?"

„Da es ein Naturgedicht sein soll, tippe ich auf einen Bergfan."

Berge?, dachte Lisa erschüttert. Wo kamen die denn her? Und ganz nebenbei kam auch noch die Frage auf, was Fluxus war. Das hatte sie noch nie gehört!

Tess fuhr unbeirrt fort. „Man spürt quasi den Drang der Freiheit im Herzen des Schreibers. Und ich lege die Sanftheit des Schmetterlingsflügels als Wind aus, der einem auf der Spitze eines Berges umspielt.‟

So ging das noch eine ganze Weile. Lisa war wie gefesselt. Nicht nur von Tess´ wahnsinnigem Fachwissen und ihrer stilistischen Beurteilung des Gedichts. Es war für Lisa ein Wunder, wie sie das alles erkennen konnte, und mit was für Wörtern die nicht um sich haute.

Aber vor allem zeigte ihr die ausführliche Interpretation den weiten Geist der kleinen Tess. Lisa hatte das Gedicht gehört, fand es wirklich schön, aber sie hatte Bilder von einem Schmetterling vor Augen und keine Berge.

Der Student selbst bestätigte Tess aber und gab noch zum Besten, wie es zu diesem Gedicht gekommen war. Er hatte sich noch einigen Fragen zur Literaturgeschichte, Schreibstilen und so weiter der Professoren zu unterziehen, bis er entlassen wurde. Etwa eine halbe Stunde pro Prüfling.

Tess war die Zweite. Als sie auf dem Podest stand und ihr Gedicht an die Wand geworfen wurde, atmete sie tief durch. Sie konnte es!

Als sie dann die Augen aufschlug, sah sie einen bisher geheimen Besucher dieser Prüfung und die Aufregung wurde zur ausgewachsenen Panik. Aber nicht lange. Lisa sah, dass sie entdeckt worden war, und lächelte so liebevoll, dass Tess sich stärker als je zuvor fühlte, auch wenn sie diese Kraft aus einer Illusion zog.

Sie trug ihr Gedicht den Professoren vor. Immer wieder huschte ihr Blick zu Lisa, die sich spätestens jetzt hätte setzen müssen. Selbst sie erkannte schon den alten Schreibstil der Renaissance. Tess beschrieb in ihrem Gedicht das Leben eines Traumes. Von der Geburt beim Schließen der Augen, bis hin zum Tod als sanftes Erwachen aus den Schleiern der Schönheit zurück in die Kälte der Realität. Und zwischendrin ging es immer wieder um Einsamkeit in allen Formen. Träume sind immer einsam, weil man niemanden wirklich mitnehmen kann.

Sie erntete Applaus, wie der Student vor ihr, und auch ihre Zeilen wurden auseinanderdiskutiert, bis sie selbst sprechen durfte.

„Wieso dieser Stil?" wollte ihr Lieblingsprofessor wissen.

„Ich bin der Renaissance verfallen." gestand Tess schmunzelnd. „Ich konnte nicht anders, ich identifiziere mich mit dieser Epoche."

„Und ihre eigene Inspiration?"

Tess´ träumender Blick ging zu Lisa, als sie antwortete. „Meine Muse ist eine Anwältin und geküsst hat sie mich in einem Gerichtsgebäude. Es war mir und ist mir ein Rätsel, wie so viele Menschen in einem Raum sein können, und ich mich doch einsam und verlassen fühlen konnte. Ich sah die Einsamkeit auch in anderen Augen. Niemand war mit den Gedanken wirklich anwesend oder sogar bei dem Gesprächspartner gegenüber. Bis meine Muse aus einer Tür kam und mir die Augen geöffnet hat. Die Menschen in diesem Gebäude sind nicht sie selbst. Sie legen Masken auf, sobald sie durch die Tür kommen, um etwas vorzugeben, was sie nicht sind. Und um sich selbst zu verstecken, schotten sie sich ab und verlieren sich in der Einsamkeit wie ein Traum, bis auch die Menschen selbst nur zu einem Schleier der Realität werden, weil sie sich zurückziehen."

Lisa musste schwer schlucken. Das war ein herber Schlag. Sehr ehrlich, zumal sie wusste, dass diese Worte ihr persönlich galten. Sie trugen ebenso die Wahrheit in sich, wie es Lisa gern geändert hätte. Ja, sie versteckte sich selbst hinter einer Maske, wenn sie Anwältin war. Und das würde Tess niemals wirklich akzeptieren. Sie warf Lisa mit diesem Gedicht vor, sich in die Einsamkeit zurückzuziehen. Und in gewisser Weise stimmte das auch. Mehr als Bettgeschichten hatte es für Lisa bisher nie gegeben, weil sie offenkundig keine Zeit hatte, aber eigentlich wollte sie sich nur nicht als das outen, was sie war. Eine Lesbe. Sie mochte noch so ein gut aufgebautes Selbstbewusstsein haben, aber in diesem einen Punkt war sie alles andere als selbstsicher. Tess hatte das durchschaut, bevor es Lisa selbst gesehen hatte. Ihr Job war eine Ausrede. Das erkannte sie jetzt mit einem Hammerschlag.

Tess musste noch Abfragen über sich ergehen lassen, setzte sich dann wieder und war froh, dass sie es hinter sich hatte. Sie hörte zu, machte sich ihre Gedanken, aber eigentlich wollte sie weglaufen, weil sie genau wusste, was Lisa in dem Moment von ihr dachte. Deshalb hatte sie das Gedicht ja auch nie zu Gesicht bekommen, obwohl sie die Tiefgründigkeit wohl sowieso nicht gesehen hätte. Aber jetzt … Tess hatte es aussprechen müssen für ihre Prüfer, die ihr in dem Moment vorkamen wie die Prüfer ihres

Lebens. Sie hatten sie gezwungen, Lisa zu sagen, was sie wirklich dachte. Im Nachhinein war Tess nur froh, dass sie kein Liebesgedicht geschrieben hatte...

Als dann alle fertig waren, packten sie zusammen und gingen. Die Ergebnisse würden erst später bekannt gegeben werden. Tess ließ sich Zeit. Sie wusste noch immer nicht, was sie Lisa sagen sollte. Sie stieg als letzte die Stufen zur Tür hinauf, wo Lisa schon wartete.

„Du hast Recht." musste sie sagen. Es platzte aus ihr heraus, ohne dass sie die Macht gehabt hätte, es aufzuhalten.

„Das ändert nur nichts." sagte Tess leise, senkte den Blick und schob sich aus der Tür heraus.

„Tess, warte!" Lisa lief ihr schnell nach und hielt sie fest. „Bitte sei nicht böse."

„Wieso warst du da drin?"

Lisa plapperte los, ohne nachzudenken - eine echte Seltenheit bei ihr. „Weil das dein Tag ist und ich bei dir sein wollte. Bitte entschuldige, aber eigentlich bin ich froh darüber."

„Wieso?"

„Weil du mir mal wieder die Augen geöffnet hast. Ich hab das Gefühl, ich bin vor der Begegnung mit dir blind durchs Leben gelaufen."

„Bist du nicht immer, aber zu oft." seufzte Tess und lief weiter. Das hatte vermutlich den letzten Knacks in der Freundschaft gegeben.

„Tess!" Wieder holte Lisa sie ein und hielt sie auf. „Bitte sei nicht böse auf mich."

„Bin ich gar nicht, aber du solltest das nicht wissen. Nicht so."

„Ich weiß das jetzt und das tut mir wirklich leid. Aber ich bin froh, dass es so gekommen ist und ich deine Gedanken kenne und verstehe."

Zum Glück nicht alle, dachte Tess.

„Bist du nicht böse?" fragte sie unsicher und sah Lisa von unten durch ihre dichten Wimpern an. Ein Blick, der Lisa zum Träumen brachte.

„Kein bisschen." lächelte sie. „Bitte sei nicht böse."

„War ich nie." beteuerte Tess schnell und schenkte Lisa endlich wieder ihr niedliches Lächeln, bei dem ihre kleine Nase sich so süß kräuselte. „Dann trinkst du mit mir jetzt einen Kaffee und musst mich ertragen, bis die Ergebnisse da sind."

„Nichts lieber als das." lachte Lisa und ließ sich von Tess zur Cafeteria führen.

Der Kaffee war noch genauso mies wie zu ihrer Studentenzeit, aber egal. Die beiden unterhielten sich fast normal. Das böse Thema sprach keiner noch mal an. Tess wusste, dass Lisa sich da erst mal noch ihre eigenen Gedanken drüber machen musste. Es hätte nichts gebracht, das jetzt sofort auszuweiten. Außerdem wurde sie schon nach ein paar Minuten unerträglich hibbelig. Und sie war so was von froh, dass Lisa da war.

„Komm wieder runter!" lachte Lisa. „Jetzt kannst du eh nichts mehr ändern."

„Ich weiß, das macht mich ja so fertig." jammerte

Tess. „Ich hab das Gefühl, mir fällt noch so viel zu dem anderen Gedicht ein, was ich hätte sagen müssen."

„Ich würde ja sagen, erzähl es mir, aber ich kann dir keine Antwort auf die Frage nach Richtig oder Falsch geben."

„Ich weiß." kicherte Tess. „Tut mir leid, sobald die Ergebnisse da sind, krieg ich mich wieder ein."

„Oder flippst richtig aus." murmelte Lisa amüsiert.

Und genauso kam es dann auch. Über einen Lautsprecher wurde angekündigt, wann Tess' Ergebnis übergeben werden sollte, und sie machten sich auf den Weg.

Sie hatte ihre Professoren voll und ganz überzeugt. Lisa musste vor der Tür warten und als sie dann aufsprang, kam ihr Tess entgegengehüpft, schrie den halben Campus zusammen und erwürgte Lisa beinahe. Sie hatte es ja geahnt. Aber genau diesen Geist mochte sie so sehr. Dieses Unschuldige und manchmal irgendwie Naive gaben Tess im Allgemeinen eine Aura der Lebenslust. Sie glaubte an nichts Böses und freute sich in ungeahnte Sphären. Ebenso schlug es sie aber auch nieder, wenn sie dem Bösen begegnete. Wie Vivien zum Beispiel, doch an die dachte gerade niemand, obwohl sie sicherlich irgendwo in der Nähe war.

Zur Feier des Tages lud Lisa sie noch zum Essen ein. Richtig chic. Und teuer. Tess bekam ein schlechtes Gewissen, doch Lisa bestand darauf.

„Ich muss in die Kanzlei." sagte Lisa dann.

„Meine Lieblingsmandantin muss schließlich vorwärts kommen."

„Ach. Und wer ist das?"

„Du natürlich." schmunzelte Lisa und stupste Tess auf die kleine Nasenspitze.

„Darf ich mitkommen?"

„Sicher. Aber das wird langweilig."

„Ich glaube nicht." grinste Tess und hüpfte quietsch vergnügt zu Lisas Wagen.

In der Kanzlei prallte die kindliche Hyperfreude von Tess dann auf die großmütterliche Gutherzigkeit von Anna.

„Was ist denn mit dir passiert?" schmunzelte sie, konnte aber nicht wegsehen, als Tess durch die Räume tanzte. Es war unmöglich, den Blick abzuwenden. Als wäre Tess der Magnet, der ihre Augen anzog.

„Sie hat die Prüfung bestanden." verriet Lisa flüsternd.

Und Anna begann zu strahlen, obwohl sie Tess doch gar nicht kannte. „Echt? Herzlichen Glückwunsch."

„Vielen Dank." sagte Tess mit tiefer Verbeugung und drehte Lisa dabei provokativ ihren Allerwertesten zu. Und das in dem Kleid. Anna musste schallend über Lisas Blick lachen. Sie wollte es wohl nicht, aber ihr Blick huschte automatisch zu der leibhaftigen Versuchung vor ihr.

„Sie ist so ein Luder." schmunzelte Lisa verlegen.

„Was denn?" fragte Tess unschuldig. Der

239

Andeutung nach zu urteilen, wusste Anna Bescheid, doch sie würde nicht zu weit gehen, ehe sie es nicht bestätigt wüsste. Die Bestätigung kam, als Lisa ihr auf den Hintern klatschte.

„Au! Hey!" beschwerte sich Tess und rieb sich die Backe.

„Geschieht dir ganz recht."

Tess schob die Unterlippe vor. „Wofür? Was hab ich angestellt?"

Lisa wurde von dieser Lippe angezogen, die sich ihr entgegenreckte, doch das ging dann zu weit. Sie lachte nur kopfschüttelnd und holte sich Kaffee. Tess brachte sie natürlich einen mit, obwohl Valium wohl gerade angebrachter wäre.

Das war unsinnig. Tess setzte sich mit ihrem Block und ihrem Bleistift auf einen Stuhl in Lisas Büro, sah ihr zu und zeichnete. Die Tür zu Anna stand offen und es war fast totenstill. Nur die Finger auf der Tastatur bei Anna waren zu hören und das Rascheln von Papier, wenn Lisa Seiten umblätterte.

Doch irgendwann stand Lisa auf und schloss die Tür. Sie brauchte noch ein paar Infos und schob es schon eine Weile vor sich her, Tess danach zu fragen. Bei anderen Mandanten fielen ihr die Fragen leichter. „Wann genau war Vivien in deiner Wohnung?"

Tess zuckte zusammen. Sie zeichnete weiter, doch die Finger an ihrem Bleistift verkrampften und sie brauchte einen Moment. „Montag Nacht, nachdem ich zum ersten Mal wieder in der Uni war. Dienstag hab ich dann die Schlösser austauschen und zusätzliche anbringen lassen." erzählte sie leise.

Lisa sah ihr die Verkrampfung und das leichte Zittern an. Sie ging zu ihr, nahm ihr den Block und den Stift ab, legte alles beiseite und hockte sich vor sie. Tess konnte sie aber nicht ansehen. Nicht in dem Moment, wo sie darüber sprachen. Ihr Kopf schoss hoch, ihr Blick huschte nicht mal kurz über Lisa und sie sah in die obere Zimmerecke. Sie wandte sich soweit ab, wie es möglich war.

„Tess." flüsterte Lisa. „Erzähl es mir. Bitte. Erzähl mir alle Einzelheiten."

Tess schloss die Augen. „Warum?"

„Zum einen, weil ich es als Anwältin wissen muss, aber hauptsächlich, weil ich als Freundin weiß, du kannst es nicht einfach verdrängen. Sprich es aus. Rede mit mir darüber. Über alles, was passiert ist, und vor allem über alles, was du denkst und fühlst."

Tess schlug sich eine Hand vor die Augen. Ihre Unterlippe bebte, als sie gegen den Heulanfall kämpfte. Lisa nahm sie in den Arm und Tess ließ es raus. Es dauerte, doch sie öffnete sich voll und ganz. Sie erzählte Lisa alles. Jedes noch so unschöne Detail dieser Nacht. Wie sie aufgewacht war und Viviens Kopf zwischen den Schenkeln gehabt hatte. Wie erschrocken sie war, obwohl sie doch körperlich erregt war. Sie schämte sich dafür, dass ihr Körper so reagiert hatte. Aber auch nur, bis ihrem Geist bewusst geworden war, was da passierte. Tess erzählte, wie Vivi gebettelt hatte, sie nicht fortzuschicken. Wie sie auf Knien und tränenüberströmt gefleht hatte, bei ihr zu bleiben.

Lisa hatte mächtig zu kämpfen. Sie hatte Viviens Adresse und wäre gern mal vorbeigefahren, doch das ließ sie bleiben. Sie hörte Tess einfach nur zu und gab ihrer Zunge neue Vorlagen, wenn sie zu lange schwieg. Tess verbrauchte viele Taschentücher an diesem Tag, aber es tat unglaublich gut, es loszuwerden. Es war wie die Befreiung der Schande, nur weil sie sie bis ins Detail teilen konnte.

Das wusste Lisa schon aus der Erfahrung mit anderen Mandanten. Sie hatte Tess erst einmal ein paar Tage Abstand gegeben, um wieder zu sich zu finden. Jetzt hatte sie den Schritt zum Verarbeiten mit ihr getan. Sie konnte nur hoffen, dass sie es richtig machte. Bei niemandem war es ihr je so wichtig gewesen, auch ja alles richtig zu machen.

Tess beruhigte sich aber auch wieder und gemeinsam gingen sie dieses Kapitel an. Lisa formulierte die Klageschrift und spickte sie mit jeder Menge Paragraphen, die Tess nicht verstand, aber auch nicht verstehen musste. Durch all die Erklärungen, die Lisa ihr gab, fühlte sie sich, als würde sie selbst aktiv gegen Vivien vorgehen. Sie trug etwas dazu bei. Sie war Vivi nicht mehr hilflos ausgeliefert und das baute sie auf.

Lisa übergab alles an Anna. Die machte das dann fertig und schickte es am gleichen Tag noch weg. Dann konnten sie erst mal nur warten.

Dass Vivien nach der Zustellung der Verfügung noch nicht zum Gegenzug ausgeholt hatte, wunderte Lisa ein wenig. Sie hatte sie auf jeden Fall bekommen, die Bestätigung war an dem Tag in der Post gewesen, aber Lisa vermutete die Ruhe vor dem Sturm. Da würde auf jeden Fall noch irgendwas kommen. In der Uni hatte sie sie nicht gesehen, das hatte sie schon gewundert, und sie konnte nur hoffen, dass sie in der Nähe wäre, wenn es soweit wäre.

Es zog so etwas wie Alltag bei den beiden ein. Tess verließ die Wohnung nie allein. Sie lernte noch für ihre anstehenden Prüfungen. Diese eine war ja leider nicht alles gewesen.

Schon am nächsten Tag wurden allerdings mal wieder Abgründe sichtbar. Lisa kam nach Hause und suchte nach Tess. Sie fand sie nirgends, nur die Balkontür stand offen und ihre Schuhe davor. Lisa trat auf den Balkon und überlegte, wo Tess stecken könnte. Hatte sie doch die Wohnung verlassen? War sie Vivien in die Arme gelaufen?

„Hey. Wie war dein Tag?"

Lisa bekam einen halben Herzinfarkt und wirbelte herum. Breit grinsend saß Tess über ihr. Auf der Spitze des Daches!

„Um Gottes Willen! Tess, komm da runter!"

„Warum? Ist schön hier."

„Wir sind im siebten Stock, würdest du bitte da runterkommen?!"

Tess sah ernsthaften Zorn in Lisas Augen, dabei war der doch gar nicht nötig. Lisa wollte den Blick abwenden, andererseits wollte sie bereit sein, falls Tess stürzen sollte. Die lief barfuß ganz gemütlich die Schräge des Dachs hinab, als wären sie am

Strand unterwegs.

Mit einem Satz stand sie vor Lisa und feixte sie an. „Zu viel für dein altes Herz?"

„Viel zu viel." schimpfte Lisa. „Wie bist du überhaupt da hoch gekommen?"

„Soll ich es dir zeigen?" fragte Tess unschuldig und wollte schon zur Wand gehen, wo sie hinaufgeklettert war.

Lisa hielt sie hastig auf. „Nein!" Sie trieb sie in die Wohnung hinein. „Nein, nein, nein! Du bleibst genau hier drin. Und Sonnenbrand hast du dir auch noch geholt."

„Nicht der erste und ganz sicher nicht der letzte in meinem Leben."

Lisa stöhnte kurz, griff nach Tess′ Hand und zog sie in ihr Badezimmer. Sie drückte sie vorsichtig an den Schultern nach unten, bis sie auf dem Rand der Badewanne saß, und nahm sich Sonnenmilch. Für hinterher natürlich.

Tess kicherte, als sie sich eincremen ließ. „Du bist wie meine Mutter."

„Dich zu erziehen dürfte noch schwieriger gewesen sein, als mich zu erziehen."

„Dabei war ich ganz artig. Ich bin nie abgehauen."

Lisa hielt kurz inne und hob eine Braue. Aus irgendeinem Grund glaubte sie ihr das nicht. „Sondern?"

„Ich hab gesagt, ich bin weg, und bin gegangen."

Lisa cremte sie weiter ein. Ihre Haut war knallrot

und Lisa machte besonders vorsichtig. „Hattest du nie Hausarrest?"

„Nein. Im Gegensatz zu meiner Schwester war ich wirklich ein Deckchen."

Das wiederum konnte sich Lisa nach den Erzählungen vorstellen. Und trotzdem. „Keine Ausflüge mehr aufs Dach bitte." bat sie schmunzelnd. Sie wollte nicht Tess´ Mutter sein, aber sie wollte sie auch nicht in Einzelteilen aus dem Vorgarten aufsammeln.

Tess versprach es jedenfalls, um den Hausfrieden nicht zu stören. Dabei saß sie oft auf irgendwelchen Dächern. Dort kamen ihr die besten Ideen. Sie hielt sich aber daran, auch wenn Lisa nicht da war. Sie hätte es nie mitbekommen, aber Tess war eine ehrliche Seele. Sie hätte sich gefühlt, als würde sie Lisa hintergehen und das hatte sie nicht verdient. Also saß sie maximal auf dem Balkon.

Lisa war teilweise bis spät in die Nacht noch in der Kanzlei, aber immer wenn sie nach Hause kam, wurde sie erwartet. Tess hörte den Schlüssel in der Wohnungstür und ließ alles liegen. Sie tanzte Lisa entgegen, gab ihr einen Kuss auf die Wange, lächelte und machte das Abendessen noch mal warm. Und egal wie stressig der Tag für Lisa auch gewesen war, sie kam immer mit einem Lächeln nach Hause.

Ohne Anlaufschwierigkeiten fanden sie in eine interessante Unterhaltung über ihren Tag. An einem Abend schimpfte Lisa über eine Verhandlung, am nächsten wetterte Tess, weil sie nicht weiterkam. Am übernächsten freute sich Lisa über einen erfolgreich abgeschlossenen Fall und am Tag darauf freute sich Tess, dass sie das nächste Kapitel in ihrem Schädel gespeichert hatte. Wenn es nach beiden gegangen wäre, hätte dieses Leben niemals aufhören müssen. Diesen Wunsch auszusprechen traute sich aber keine von beiden.

Tess nutzte das Gästezimmer eigentlich nur, um auf dem Bett zu lernen. Schlafen tat sie dort nie. Sie schlief neben Lisa ein und wachte neben ihr auf. Und beide verloren innerhalb von Tagen ihre Albträume...

So ging es ja aber leider auch nicht weiter. Vivien hatte sich ebenfalls einen Anwalt gesucht, denn die Klage gegen sie stand. Es sollte ein Treffen geben. Der Versuch einer außergerichtlichen Einigung. Viviens Anwalt hatte sich deshalb bei Lisa gemeldet. Generell hätte sie das abgelehnt und hätte Vivien vor dem nächsten Gericht zerfetzt. Das würde aber furchtbar für Tess werden, wenn sie vor versammelter Mannschaft alles erzählen müsste. Das hatte sie ihr auch gesagt und Tess hatte zugestimmt.

So kam es eine Woche nach der Prüfung, an einem Dienstag zum Treffen in der gegnerischen Kanzlei. Tess hatte darum gebeten, denn die Flucht zu ergreifen, war einfacher, als jemanden rauszuschmeißen. Im Normalfall hielt Lisa solche Gespräche gern in ihrer Kanzlei, doch Tess´ Wünsche waren ihr heilig und sie gab sich geschlagen. Sie konnte das Argument durchaus verstehen, obwohl Flucht nicht unbedingt zu ihren Methoden zählte.

Tess war am Ende, noch bevor es zu dem Treffen kam. Allein das Wissen, Vivien gegenüberzustehen, trieb ihr nackte Panik durch die Knochen. Sie wälzte sich im Bett herum und fand keine Ruhe. Irgendwann war sie schon ins Gästezimmer geflohen, um Lisa nicht vom Schlafen abzuhalten. Als Lisa wach wurde und Tess neben ihr fehlte, machte sie sich auf die Suche nach ihr. Sie legte sich einfach zu ihr und hielt sie im Arm, wenn sie panisch wurde, wie sie es andersherum auch getan hatte. Viel Schlaf fand Lisa deshalb zwar wirklich nicht, doch es störte sie nicht im geringsten so sehr wie das Wissen um das, was in Tess´ Herz gerade vor sich ging. Dagegen konnte sie nur leider nicht viel tun.

Am Dienstag dann wurde es nur noch schlimmer. Tess redete nicht. Nicht ein einziges Wort kam ihr über die Lippen, dafür zitterte sie immer heftiger. Dieser Tag war ihre persönliche Apokalypse und würde es für Vivi nicht weniger werden. So grausam das auch alles war, wusste Tess, dass die kleine Musikerin nicht von Grund auf böse war. Sie war nur zu weich. Und dennoch war sie viele Schritte zu weit gegangen. Tess musste sich das nur vor Augen führen, um sich nicht in ihrem Mitleid zu verlieren.

„Ganz ruhig." sagte Lisa, als sie vor der fremden Kanzlei ausstiegen. „Lass dich nicht auf ein Gespräch mit ihr ein. Lass dich nicht aus der Reserve locken."

„Kann ich nicht einfach den Mund halten?" fragte Tess mit aufsteigenden Tränen. Am liebsten wäre sie schreiend davongelaufen.

„Kannst du." lächelte Lisa aufmunternd. „Du musst kein Wort sagen. Du musst auch nicht unbedingt mitkommen."

Das hatte sie ihr schon mehrfach angeboten. Für Tess wäre es sicherlich einfacher gewesen, Lisa allein zu schicken. Andererseits wusste Lisa aus vergangenen ähnlichen Fällen, dass es die Opfer aufbaut, wenn sie selbst gegen die Täter vorgehen können. Tess selbst stellte sich Vivien, das würde ihr helfen, das wirklich zu verarbeiten. So hatte sie es ihr erklärt und Tess hatte sich dazu entschlossen, Vivien selbst gegenüberzutreten. Sie wollte diese Stärke in ihrem Inneren finden, dann würde sie auch alles Folgende aufrecht überstehen. Hoffentlich...

Tess nickte Lisa nach einem tiefen Atemzug zu. Ob sie das wirklich schaffen würde?

Lisa öffnete die Tür und ließ Tess hinein. Der Anblick reichte, um zu wissen, dass das zu viel für ihre kleine Künstlerin war. Vermutlich würde sie dieses Erlebnis noch lange mit sich herumtragen, auch wenn sie es verdrängen würde.

Ein Mann kam aus einer Tür, als sie in die Kanzlei kamen. Er reichte Lisa die Hand. „Carlos, hallo."

„Bennet und meine Mandantin Tess Dearing."

„Hallo." lächelte er Tess zu, als er auch ihr die Hand reichte. Sie nahm sie, brachte aber gerade mal ein Nicken zustande. Sie hatte die Arme um ihre Brust geschlungen und glaubte doch, von der Leere gefressen zu werden.

Die Sekretärin der Kanzlei fragte noch nach

248

Kaffeewünschen, die die beiden gern bestätigten. Mister Carlos führte sie in das Zimmer, aus dem er gerade gekommen war. Und dort saß sie. Die kleine Vivi mit den traurigen Rehaugen.

„Tess!" Sie sprang auf und wollte gleich zu ihr stürmen, aber Tess wich aus. So sehr sie Mitleid mit diesen Augen hatte, so viel Angst hatte sie auch vor dem Mensch, der zu den Augen gehörte.

Viviens Blick traf Lisa. „Also doch!" weinte sie gleich wieder los. „Du schläfst mit ihr, hab ich Recht?!"

Tess zuckte zusammen. Erst in dem Moment kam ihr in den Sinn, dass Vivien sie verraten könnte. Wieso war sie nicht eher auf die Idee gekommen? Wie hatte sie nur so blind sein können? Wieso war ihr das nicht eher in ihrem wirren Hirn aufgefallen? Wieso nicht? Lisa bedeutete ihr so viel, doch dieses kleine Detail hatte sie nicht bedacht! Das schlechte Gewissen in dem Moment traf sie härter als das Mitleid für Vivi.

„Ganz ruhig." flüsterte Lisa ihr zu. „Lass dich nicht darauf ein."

„Aber sie könnte..." fing Tess heißer, mit Kloß im Hals an. Lisa unterband es mit einem Lächeln und einem leichten Kopfschütteln.

Tess hielt den Mund und sie setzten sich. Sie konnte Vivien nicht ansehen. Diese Augen, die sie anflehten, sie das kurze Stück überwinden zu lassen und in ihren Armen aufzunehmen. Sie hatte abgenommen. Sie war völlig fertig, das war eindeutig. Und das hier machte es nicht besser.

„Was haben sie uns denn zu sagen?" fragte Lisa äußerlich als souveräne, berechnende Anwältin. Innerlich hätte sie Tess gerade selbst gern in den Arm genommen.

„Dir hab ich gar nichts zu sagen." zischte Vivien und wandte sich wieder an Tess. „Tess bitte. Wieso tust du das? Wir sind füreinander bestimmt, weißt du nicht mehr? Wie fallende Blätter im Herbst, die aufeinanderliegen."

Lisas Herz setzte kurz aus. Das klang nach einer Liebeserklärung ganz nach Tess´ Sinn. Mit genau solchen Dingen konnte Vivien sie einlullen. Doch Tess sagte nichts und Lisa forderte stumm eine Antwort von Mister Carlos.

„Die Klageschrift ist hart und so kriegen sie die nicht durch."

Lisa schnaubte. „Da kennen sie mich schlecht. Ihre Mandantin hat Miss Dearing verfolgt, belästigt, in ihrer eigenen Wohnung vergewaltigt und..."

Sie wurde unsanft von Vivien unterbrochen. „Vergewaltigt?!" weinte sie. „Tess, ich könnte dich nie vergewaltigen! Ich liebe dich doch! Denk doch an unsere schöne Zeit! Das große Kaufhaus, der Aufzug im Krankenhaus, der Parkbrunnen und das Schwimmbad. Wie kannst du das alles vergessen haben? Nur wegen der da?"

Endlich hob Tess den Blick. „Vivi, das sind alles Orte, an denen wir Sex hatten. Mehr nicht. Ich liebe dich nicht und das solltest du endlich akzeptieren."

Lisa musste kurz blinzeln. Parkbrunnen? Aufzug? Schwimmbad? Ihr wurde bewusst, dass Tess sogar

250

noch offener lebte, als sie bisher geglaubt hatte. Ob sie das mit dem Brunnen neben dem Café ernst gemeint hatte? Es machte zumindest gerade den Anschein.

Neue Tränen liefen Vivis Wangen hinab. „Tess." hauchte sie tief verletzt. „Wie kannst du nur so kalt sein? Wo ist die verträumte Dichterin, mit der ich so eine schöne Zeit hatte?"

„Du hast sie kaputtgemacht." flüsterte Tess und musste die Augen wieder vor diesem Hundeblick verschließen. Ein Blick in diese Augen genügte, das ganze Leid der zarten Seele zu sehen.

„Nein!" rief Vivien. „Sie war es! Sie engt dich doch viel zu sehr ein mit ihrer spießigen Anwaltsmasche! Du bist ein freier Geist, Tess!"

Autsch. Lisa musste gerade nicht weniger kämpfen als Tess, aber die war auf sie angewiesen und Lisa hatte Übung darin, ihre Maske aufrecht zu halten. „Was bieten sie an?" fragte sie Mister Carlos.

„Streichen wir die Vergewaltigung, denn die können sie nicht beweisen."

„Deswegen bringe ich sie trotzdem für mehrere Jahre in den Knast. Und glauben sie nicht, dass ich keinen Schuldspruch kriege, nur weil es keine Beweise aus dem Labor gibt. Ich bin nur hier, weil ich eine Freundin von Tess bin. Umfassendes Schuldeingeständnis, aber wir verzichten auf die Haft. Mindestentfernung von einhundert Metern und die Zusicherung einer Therapie."

Tess wusste von dem Angebot. Sie hatte Lisa erklärt, dass der Knast ein Todesurteil für Vivien wäre. Das würde sie nicht überstehen. Deshalb hatten sie sich darauf geeinigt, denn das war eine Möglichkeit, Vivien wirklich zu helfen. In der Therapie würde sie lernen, mit der Trennung umzugehen und ihr eigenes Leben wieder aufzunehmen. Auch wenn sie es jetzt noch nicht einsah, würde sie früher oder später dankbar dafür sein. Das war Tess ihr schuldig. Lisa sah das noch lange nicht so, aber sie respektierte Tess´ Wünsche. Sie müsste das nur Emily noch irgendwie erklären, wenn sie es annehmen würden.

Mister Carlos sah zu seiner Mandantin, denn dieses Angebot war wirklich der Hammer. Er hatte schon von dem lebenden Eisblock Bennet gehört. Die Freundschaft dieser Anwältin zur Klägerin war das einzige, das seine eigene Mandantin vor der Haftstrafe bewahren konnte.

„Warum?" wimmerte Vivien zu Tess. „Ich bin doch nicht verrückt. Nur nach dir. Ich liebe dich, Tess. Du bist meine perfekte Schneeflocke, das schönste Blatt eines Baumes, die Sonne meines Universums. Tess, ich kann nicht ohne dich sein."

„Wir werden das besprechen." sagte Mister Carlos zu Lisa.

„Nein!" rief Vivien und machte den Anschein, über den Tisch klettern zu wollen. Ihr Anwalt hielt sie davon ab. „Ich will das nicht. Tess liebt mich, sie erkennt es nur nicht, weil ihr diese Tussi die Augen verblendet hat. Tess, die passt doch gar nicht zu dir! Vielleicht hattest du deinen Spaß mit ihr, aber mehr kann sie dir nicht geben! Sie wird dir nie geben können, was ich dir gebe."

Das reichte! Damit hatte Vivien das Fass bei Tess zum Überlaufen gebracht. Sie war gerade dabei, Lisa zu outen, obwohl sie das nicht wollte. Und noch schlimmer: Sie unterstellte ihr, sie sei nicht gut genug, dabei gehörte ihr doch Tess' Herz. Das musste sie nur für sich behalten.

Tess sprang auf und schlug auf den Tisch. „Es reicht!" fauchte sie Vivien an. „Du bist schon lange nicht mehr die, die ich kennengelernt habe! Und du musst mir nicht irgendwelche Affären unterstellen, um deinem Wahn eine Erklärung geben zu können! Vivi, ich liebe dich nicht und Ende."

Vivien war zusammengesackt, lächelte aber schwach. „Du bist die einzige, die mich Vivi nennt."

„Aber du bist nicht die Vivi, die ich in mein Herz geschlossen hatte." schoss Tess eiskalt zurück und ging. Sie musste hier einfach weg. Diese Rehaugen! Sie hörte sie noch verzweifelt nach ihr rufen, aber Tess rannte davon. Sie lief wirklich weg. Am liebsten bis ans Ende der Welt.

„Tess!" rief Lisa ihr auf einmal nach. Sie hatte mit dem Anwalt noch ausgemacht, er würde sich in den nächsten Tagen melden, jetzt musste sie zu Tess. Die saß in der nächsten Seitenstraße auf dem Bordstein und weinte. Sie raufte sich die Haare und versuchte sich krampfhaft zu beruhigen.

Lisa setzte sich zu ihr. „Tess..."

„Es tut mir leid." schluchzte sie.

„Was tut dir leid?"

„Ich weiß, du willst dich nicht outen und jetzt...“

„Hat sie nichts getan.“ beendete Lisa. „Tess, meine Maske steht, weil ihr niemand glauben würde, dabei ist mir das gerade völlig egal.“ Sie reichte ihr ein Taschentuch. „Sag mir, was in deinem Kopf vorgeht.“

„Keine Ahnung. Ich wäre gern ein bisschen allein.“

„Na los, ich bring dich heim.“

Das musste Lisa wohl oder übel akzeptieren. Dabei hatte sie noch gar nicht so richtig verdaut, was Tess sich für Gedanken gemacht hatte. Trotz dessen, dass sie sie nicht verstehen konnte und sie für ihre Feigheit eigentlich verurteilte, machte sie sich Gedanken über ihre Maske. Das widersprach sich irgendwie. Lisa kam mit diesen Gegensätzen einfach nicht klar.

Nur eines stand unmissverständlich fest: Vivien hatte Recht. Lisa passte nicht zu Tess und würde ihr nie geben können, was diese Musikerin ihr hatte geben können. Oder Susi. Zum ersten Mal in ihrem Leben musste Lisa einsehen, dass sie für eine Frau nicht gut genug war und auch niemals gut genug sein würde. Sie hatte sich immer für eine gute Partie gehalten und das auch ausgespielt, um zu kriegen, wen sie wollte, nur bei Tess funktionierte das nicht so einfach, obwohl sie den Sex ja dennoch bekommen hatte und auch immer noch bekam. Es schien ihr nur irgendwie nicht genug.

In ihrer Kanzlei warteten Anna und viel Arbeit. Reden wollte sie nicht, sie stürzte sich lieber in ihre

Akten und schuftete wie ein Gaul. Dies noch und jenes noch, nur nicht nach Hause müssen. Sie spielte sogar kurz mit dem Gedanken, auf der Couch im Büro zu schlafen, aber das hätte Tess nicht verstanden, deshalb fuhr sie nach Hause.

Diesmal kam ihr niemand entgegengesprungen. Wahrscheinlich war die Musik zu laut, Tess wird nicht gehört haben, dass Lisa nach Hause kam. Sie kannte die Musik nicht, hörte aber recht schnell, was es war. Es ging um fallende Blätter im Herbst, die vom Wind als Schicksalsboten auf dem Boden übereinandergelegt wurden … Lisa hätte der Song gefallen, wenn er nicht von Vivien gewesen wäre.

Sie ging langsam in ihr offenes Wohnzimmer hinein. Tess stand auf dem Balkon und sah in die Sterne hinauf. Neben der Stereoanlage lag die Hülle der CD mit Viviens Bild darauf.

„Wieso hörst du das?" fragte Lisa leise, als sie nach draußen ging.

„Ich suche die Antwort auf die Frage, wann sie durchgedreht ist. Dieses Lied ist etwa anderthalb Jahre alt. Wir saßen zusammen mit den Beinen im Wasser am Brunnen vor dem Rathaus und haben uns unterhalten. Vivi hatte ihre Gitarre dabei und geklimpert und ich hab angefangen, meine Gedanken auszusprechen. Bis zum Abend hatten wir das Lied fertig. Ihre Melodie, mein Text. Sie hat mich aufgegabelt, als meine Schwester gerade gestorben war, und hat mich wieder ins Leben zurückgeholt. Irgendwo in den letzten zwei Jahren muss sie den Verstand verloren haben und ich frage mich, wann das war und warum ich es nicht gemerkt habe."

Lisa hatte sich neben sie auf das Geländer gelehnt. „Das ist kein Fingerschnippen, Tess. Es ist ein schleichender Prozess und wenn du die ganze Zeit bei ihr warst, ist es klar, dass es dir nicht aufgefallen ist. Du musst dir keine Vorwürfe machen."

„Das ist leichter gesagt als getan." Sie drehte den Kopf zu Lisa und sah sie ernst an. „Steht deine Maske wirklich? Wird man ihr das nicht glauben? Was ist mit ihrem Anwalt?"

Lisa senkte vor Scham den Blick. „Nein, spätestens nach dem Auftritt heute wird man ihr das nicht glauben. Sagst du mir, warum dir das überhaupt so wichtig ist?"

„Weil ich deine Wünsche respektiere. Ich kann sie noch lange nicht wirklich verstehen, aber ich respektiere sie, das solltest du wissen. Mir war schon von vornherein klar, dass du deine Arbeit als Ausrede benutzt, aber das ist deine Entscheidung. Ich wollte dich nur eigentlich langsamer zu dieser Erkenntnis bringen."

Es war also wieder eine Lektion, erkannte Lisa. Davon hatte Tess ihr ja schon einige aufgebunden, ohne dass sie es mitbekommen hatte, bis sie die Erkenntnis erreicht hatte. Lisa fühlte sich auf einer gewissen Ebene geliebt, weil Tess ihre Wünsche respektierte, doch auf einer tieferen Ebene wurde ihr bewusst, dass Tess in ihr nur jemanden sah, mit dem sie Spaß hatte, wie Vivien es formuliert hatte, und dem sie die Augen öffnen konnte. Vielleicht inzwischen auch wirklich eine Freundin, aber hauptsächlich war sie dabei, sie dem Leben näher zu bringen.

„Danke." sagte Lisa und ging in ihre Wohnung zurück. Sie musste erst mal duschen, was Tess schon hinter sich hatte, aber auch das war eine Ausrede. Sie wollte einfach nicht neben Tess bleiben. Sie brauchte einen kleinen Abstand. Ihr Dank war jedoch ernst gemeint, denn niemand hatte in ihr so viele Erkenntnisse geweckt wie Tess innerhalb kürzester Zeit.

In dieser Nacht schlief Tess zum ersten Mal in dem Gästezimmer. Als Lisa aus der Dusche kam, war sie schon weg und Lisa fühlte sich irgendwie gar nicht gut dabei. Tess hatte aber gehen müssen, denn in dieser Nacht hätte sie vor Lisa nicht verbergen können, was wirklich in ihr vorging. In dieser Nacht hätte sie ihre Nähe mehr gebraucht als je zuvor. Und irgendwann, mitten in der Nacht, hielt sie es vor Sehnsucht nicht mehr aus. Sie krabbelte heimlich in Lisas Bett und schmiegte sich an sie. Lisa schlief schon, also konnte sie sich auch verstecken.

Lisa wurde nur halbwach. Sie spürte Tess, die sich in ihre Arme gekuschelt hatte. Im Halbschlaf gab sie ihr einen sanften Kuss auf die nackte Schulter und rückte näher an sie heran. Ihr stieg dieser Duft in die Nase, doch in dieser Nacht folgte keine rein sexuelle Erregung, sondern einfach nur das Wohligkeitsgefühl. So schlief sie gleich noch besser.

Als der Wecker klingelte, knurrte Tess nur. Lisa machte ihn schnell aus, gab Tess noch einen sanften Kuss aufs Schulterblatt und stahl sich leise aus ihrem Schlafzimmer. Sollte Tess schlafen, es tat ihr gut.

An diesem Tag sollte sie noch eine Überraschung erleben. Tess war nicht wirklich noch mal eingeschlafen und sie wollte Lisa sehen, wie sie wirklich war. Wie ihre Maske wirklich war. Daher rief sie bei Anna an, bat aber, sie nicht zu verraten. Anna war sofort dabei und gab Tess die Uhrzeit einer öffentlichen Verhandlung durch. Tess fuhr mit einem Taxi hin, das musste eben sein. Das war es ihr wert.

Kurz bevor es losgehen sollte, schlüpfte sie noch schnell in den Gerichtssaal hinein und versteckte sich hinter einem großen Mann, konnte aber ganz gut an ihm vorbeischielen.

Lisa trug ihre Robe, die sie hier tragen musste. Sie wirkte so erwachsen auf Tess. Eine gestandene Anwältin. So sah Souveränität aus. Das würde Tess selbst niemals ausstrahlen können. In ihr steckte ein Kind, das niemals erwachsen werden würde, wie es auch in ihrer Schwester gesteckt hatte. Dieses Kind steckte in gewissem Maße auch in Lisa, aber in ihr war die erwachsene Mutter stärker als das Kind.

Tess brauchte eine Weile, um erst mal zu verstehen, um was es in dem Fall überhaupt ging, obwohl es Nebensache war. Ihre Hauptaufmerksamkeit lag auf Lisa. Die Schauspielerin schlug zu. Sie hatte ein warmes

Lächeln aufgesetzt und plauderte gemütlich mit einem Zeugen, der für ihre Mandanten aussagen sollte. Und sie war gnadenlos und scheinbar gefühllos, als sie die gegnerischen Zeugen befragte.

Aber sie bekam, was sie wollte. Sie stellte sich hin, forderte und bekam. Tess erkannte, was Lisa gemeint hatte, als sie gesagt hatte, Tess habe sie gelehrt, dass sie nicht alles bekam, nur weil sie es wollte. Hier bekam sie es. Sie wollte diese eine Wohnung für das schwule Pärchen, das sie vertrat, und bekam die richterliche Zusicherung, da der Kaufvertrag für die Eigentumswohnung ja schon geschlossen worden war, nur die Nachbarn hatten sich vehement gegen schwule Nachbarn gewehrt und man wollte von dem Vertrag zurücktreten. Jetzt wurden sie gerichtlich dazu verpflichtet, sie zu akzeptieren. Ende. Lisa forderte und bekam. Nur Tess hatte sie nicht einfach so bekommen. Aber sie hatte sie bekommen, sie hatte sich nur etwas mehr anstrengen müssen.

Tess blieb sitzen, als alle den Raum verließen. Lisa verabschiedete ihre Mandanten noch, die sich glücklich in den Armen lagen, dass sie die Wohnung nun doch kriegen würden. Lisa stand lächelnd daneben und Tess ereilte noch eine Erkenntnis. Dafür lebte Lisa. Das bedeutete Glück für sie. Sie hatte den beiden Männern in dem Moment Glück geschenkt und sich selbst damit auch. Das konnte sie aber nur mit ihrer Maske. Würde sie die abnehmen, würde sie kein Glück mehr schenken und auch nicht empfangen können.

Lisa war auf dem Weg aus dem Saal, als ihr ein

letzter Gast in der Ecke auffiel. Ein lächelnder Gast.

„Tess." staunte sie. „Was machst du denn hier?"

„Deine Maske bewundern." sagte sie leise, als sie zu ihr ging. „Herzlichen Glückwunsch."

„Danke. Hast du die beiden gesehen?"

„Hab ich. Du hast sie glücklich gemacht."

„Ich weiß. Und dafür trage ich meine Maske wirklich gern."

„Ich weiß. Ich hab es gesehen und verstanden."

Lisa fiel ein halbes Gebirge vom Herzen. „Dafür gehst du jetzt mit mir essen."

„Schon wieder essen?" kicherte Tess. Sie fühlte sich langsam wie in einem Mastbetrieb.

„Sag mir, dass du noch die Zeit hast."

„Hab ich." bestätigte Tess. Sie musste am Nachmittag noch zu ihrem Verleger, bis dahin stand einem gemeinsamen Essen nichts im Wege.

Sie saßen gerade beim Hauptgang, als sie gestört wurden. Eine junge Frau trat an ihren Tisch.

„Tess?"

Tess musste erst mal kauen, als sie aufsah. „Ute." staunte sie. „Was machst du denn hier?"

„Ich wollte es mit Essen versuchen." lachte sie.

„Kann ich empfehlen. Ute, das ist Lisa. Lisa, Ute."

„Hey." lächelte Lisa, obwohl sie sich schon wieder fragte, wer das war. Andauernd trafen sie zufällig jemanden, den Tess kannte. Susi und Ute waren nicht die einzigen. Auch im Park bei dem

Spaziergang zum Samstag hatten sie zufällig eine Freundin getroffen.

„Kann ich dich ausnutzen?" bettelte Ute zu Tess.

„Was brauchst du denn?"

„Eine geniale Designerin mit dem Geist einer Künstlerin."

„Gib mir den Geschäftsplan und ich mach dir das."

Ute wühlte gleich in ihrer Tasche. „Du bist ein Engel. Ich dreh noch durch, wenn der noch einen Entwurf ablehnt."

„Ich tue, was ich kann." versprach Tess und nahm ihr die Mappe ab.

„Wie immer." zwinkerte Ute eindeutig. „Lasst euch nicht stören, ich muss los. Ich danke dir."

„Kein Problem. Bis dann."

„Macht's gut. Hat mich gefreut." sagte sie noch zu Lisa, ging aber, bevor sie antworten konnte. Lisa sah ihr noch kurz nach. Eindeutig eine Lesbe und die Anspielung war eindeutig gewesen. Ein Betthase von Tess.

„Komm zu dir." kicherte Tess leise. „Keine Sorge, okay?"

„Sorge?" fragte Lisa verwirrt.

„Ich seh es dir an, also streite es nicht ab. Ja, sie fischt an unserem Ufer, und ja, ich hatte auch schon was mit ihr, aber hauptsächlich leitet sie eine Werbeagentur und ich mache meine Praktika bei ihr."

„Praktika." wiederholte Lisa nur. Irgendwie war sie noch nicht so ganz in dem Gespräch angekommen.

„Lisa." lächelte Tess sanft. „Ja, auch in dieser Stadt laufen Lesben durch die Gegend. Die gibt es hier genauso, auch wenn du sie bisher noch nicht getroffen hast. Aber ich mache kein Geheimnis um mich und kenne die meisten."

Das musste Lisa wohl einstecken. Sie wusste schließlich, warum sie die Lesben ihrer eigenen Stadt nicht kannte. Sie beneidete Tess nur mal wieder. Dieses offene Leben. Man respektierte sie trotzdem.

„Lisa." holte Tess sie erneut aus ihren Gedanken. „Komm zu dir. Soll ich dir noch mehr vorstellen? Die Küchenchefin ist lesbisch, der Juwelier nebenan ist schwul. Im Kaufhaus gegenüber arbeiten zwei lesbische Verkäuferinnen und in der Eisdiele an der Ecke vorne noch eine Lesbe. Sie sind überall." fügte sie erschüttert hinzu und diese kleine Spitze holte Lisa endgültig zurück.

„Vorsicht, sonst leg ich dich übers Knie, mein Kind."

„Rar." knurrte Tess mit blitzenden Augen, unterließ aber jede weitere Andeutung oder Geste.

Lisa lachte nur und widmete sich wieder ihrem Essen. Um sie herum lebten die freien Menschen. Sie gingen ihren Jobs nach, als wäre es das Normalste der Welt. War es ja irgendwie auch. Wie viele Homosexuelle nannte sie ihre Mandanten, die in der gleichen Stadt lebten? Und die meisten waren bei ihr, weil sie sich geoutet hatten...

Am Nachmittag sprach Tess mit Eric noch alles mögliche wegen der Veröffentlichung ihres Buches durch. Eric sah in Tess eine aufstrebende Autorin, die er förderte. Vielleicht würde dieses Buch noch nicht zu den Bestsellern gehören, aber es würden weitere folgen, daher rührte er die Werbetrommel, um ihren Namen in alle Munde zu bringen.

Als Lisa am Abend nach Hause kam, sprang ihr Tess wieder entgegen. Und sie strahlte übers ganze Gesicht. Ihre Hände hielt sie allerdings auf dem Rücken versteckt.

„Was ist passiert?" fragte Lisa schmunzelnd, konnte sich aber nicht gegen die Freude in ihrem Herzen wehren, die diese Augen auslösten.

Tess holte die erste Ausgabe ihres Buches hinter ihrem Rücken hervor. „Ist es nicht toll?!" quiekte sie.

„Wahnsinn." staunte Lisa und nahm es ihr ab. Das war ein riesiger Wälzer. „Herzlichen Glückwunsch, Tess."

„Vielen Dank. Meine Promotour beginnt in zwei Wochen in Paris."

Lisa klappte der Unterkiefer runter. „Wie bitte?"

„Ja!" grinte Tess stolz. „Einmal um die ganze Welt. Ich kam ja schon von New York zu Tante Evi, das war eine Lesereihe für mein erstes Buch. Ich hab in New York vor einem Kongress dazu gesprochen."

Ah! Lisa fiel keine Antwort ein. Sobald die Literatur ins Spiel kam, war Tess ein anderer

Mensch. Eigentlich nicht wirklich, aber sie sprühte Funken vor Begeisterung und Leidenschaft. Und Lisa wollte mehr davon. Deshalb ließ sie sich von Tess nicht nur das Abendessen vorsetzen, sondern auch noch erzählen, wie so eine Tour aussah, was sie machen würde, und überhaupt alles.

An diesem Abend gab es spanische Paella. In Tess steckte neben der Schriftstellerin auch noch eine unglaublich gute Köchin. Das war nicht zu vergleichen mit Fertiggerichten oder dem Bringdienst. Das würde Lisa fehlen, neben Tess´ purer Anwesenheit.

Tess bekam am nächsten Tag vermutlich den Schreck ihres Lebens versetzt. Sie lag im Wohnzimmer auf dem Bauch auf dem Boden, hatte diverse Zettel um sich verteilt und arbeitete an dem Design für Utes Kunden, als sie den Schlüssel in der Tür hörte. Ihr erster Blick ging zur Uhr, denn ihr kam es etwas zeitig vor. Sie wurde bestätigt. Es war fünfzehn Uhr und da kam Lisa nicht nach Hause. Niemals!

Sie drehte sich dennoch um und schrie kurz auf. Ein großer, starker, aber fremder Mann stand vor ihr und sah nicht weniger geschockt aus.

„Was machen sie hier?" fragte er mit tiefer, bedrohlicher Stimme.

„Äh..." Tess hatte Angst, konnte sich nicht mal bewegen. „Ich bin eine Freundin von Lisa."

„Freundin? Sie lässt niemanden in ihre Wohnung."

„Mich schon. Ehrlich. Ich hab sogar einen

264

Schlüssel bekommen. Ich musste vorübergehend aus meiner Wohnung raus und sie hat mich aufgenommen."

Aus der finsteren Mimik wurde ein warmes Lächeln. „Ich bin Max, Lisas Bruder."

Tess sah tatsächlich bei niemandem wirklich etwas Böses, daher stand sie auf und lächelte, als sie ihm die Hand reichte. „Tess, freut mich."

„Ganz meinerseits. Wie hast du es geschafft, dass sie das zulässt?" fragte er und deutete auf die vielen Zettel.

Tess sah auf den Boden hinab. „Wieso?"

„Sie ist eine Ordnungsfanatikerin."

Tess zuckte zusammen und zog mit zusammengekniffenen Augen den Kopf ein. „Ach echt? Hat sie mir bisher noch nie vorgehalten." Sie musste nur an die Schuhe vorm Balkon denken. Oder der Samstag, den sie fast komplett im Morgenmantel verbracht hatte. Oder ihre Bücher, die in der halben Wohnung verteilt lagen. Oder oder oder...

Max lachte auf. „Das finde ich gut. Treib ihr diesen Tick aus, das macht einen irre."

„Hat sie den schon immer?"

„Oh ja. Sie war ein Biest, schon als Kind, aber ihr Zimmer war immer tadellos. Das Gute war, sie hat immer meins mit aufgeräumt."

Tess musste mit ihm lachen. „Bei mir sah es immer aus, als hätte eine Bombe eingeschlagen."

„Bei mir auch. Äh … Du hast das Gästezimmer,

265

nehme ich an?"

„Äh … Ja." Gott, dachte Tess, der wusste von nichts! Sie musste verflucht aufpassen, was sie sagte.

Max ging in die Küche, um sich etwas zu trinken zu nehmen. „Sei ehrlich. Schläfst du im Gästezimmer oder in Lisas Bett?"

Ah! Tess wollte sich in Luft auflösen, tat aber unschuldig. „Wie meinst du das?"

„Ich bin doch nicht blöd. Sie steht auf Frauen und fertig, aber sie will sich ja nicht outen."

Tess schüttelte den Kopf und sah verlegen zu Boden. Wenn Lisa das gehört hätte … „Ich schlafe eigentlich bei ihr, aber Sch..."

„Ich verrate schon nichts. Den Schritt muss sie allein gehen, aber dann weiß ich, ich muss mich mit der Couch zufriedengeben."

„Nein! Ich geh schon auf die Couch. Ehrlich. Ich muss nur mein Zeug rausholen." Das war ihr vielleicht peinlich!

„Nicht nötig, ich bleibe eh nicht lange. Ich bin Pilot und schon wieder fast unterwegs. Seit wann kann Lisa kochen?" staunte er, als er sich über den Topf beugte und es tatsächlich genießbar roch.

„Gar nicht. Lass es dir schmecken, ist von mir."

„Echt? Das riecht gut."

„Dann hau rein."

Das ließ Max sich nicht zweimal sagen und bediente sich. „Ich wollte dich nicht stören, tut mir leid. Ich bin auch ganz leise."

„Kein Thema, ich komm eh nicht so wirklich weiter."

„Darf ich fragen, was du machst?"

„Jetzt gerade das Werbedesign eines Kunden von einer Freundin."

„Du bist Werbedesignerin?" staunte er schon wieder und kam zu ihr. Die Mikrowelle kümmerte sich gerade um die Paella.

„Nein, eigentlich studiere ich Literatur, aber Grafikdesign als Nebenfach und das mache ich eigentlich nur als Hobby."

„Aber ein gutes Hobby. Das da gefällt mir." sagte er, hockte sich zu den verschiedenen Skizzen und zeigte auf eine, die ihm einfach ins Auge stach. Sie sprach ihn intuitiv an.

„Warum?" fragte Tess ehrlich interessiert und kniete sich wieder zu den Skizzen.

„Mir gefällt vor allem der Schriftzug. Und ich weiß sofort, um was es geht, ohne erst viel lesen zu müssen. Ich gebe es zu, das ist der Stress. Ich hab keine Zeit, erst irgendwas ewig zu lesen."

„Mh..." Tess kaute auf ihrer Unterlippe herum und ließ den Blick schweifen. Dann riss sie das Blatt von ihrem Block und fing noch mal an. Der Grund blieb der, wie Max ihn bevorzugte, aber sie brachte noch andere Details mit rein, die ihr wichtig erschienen.

Und Max machte mit. Als die Mikrowelle ihm sagte, das Essen sei fertig, nahm er sich den Teller und setzte sich wieder zu Tess auf den Boden. Und als er dann ein Lob über ihre Kochkünste losgeworden war, diskutierten sie beide hin und her, bis der Entwurf perfekt war. Aus Designer- und aus Kundensicht.

„Bestens." grinste Tess zufrieden. „Dann werde ich jemanden sehr glücklich machen können."

„Schick es doch gleich rüber."

„Von hier aus? Soll ich eine Brieftaube losschicken, die den Zettel vorbeibringt?"

Max lachte auf und führte sie in Lisas Büro. Das hätte sich Tess nie allein gewagt. Das war tabu für sie. Nicht dass Lisa so etwas gesagt hätte, aber irgendwie mochte Tess nicht in ihren Sachen stöbern. Musste sie auch nicht. Max scannte den Entwurf ein und über Tess´ Mailaccount schickten sie ihn an Ute. Bestens. Und so einfach.

Danach setzten sie sich zusammen mit einer Flasche Wein auf den Balkon und unterhielten sich. Es wurde recht witzig und Tess erfuhr jede Menge über die kleine Lisa.

Als die dann nach Hause kam, rutschte ihr das Herz in die Hose, ehe sie richtig drin war. Sie hörte das tiefe Lachen ihres Bruders, sah seine Tasche vor dem Gästezimmer stehen und erstarrte. Max und Tess! Zusammen!

„Oh Gott." keuchte sie und hatte schwer zu kämpfen, ihre Maske wieder aufzusetzen. Ob Tess die Klappe auch gehalten hatte, wenn sie sich so mit Max unterhalten hatte? Lisa wusste, dass ihr das nicht leichtfiel. Es war schon bei Peter Carlos scharf an der Grenze gewesen, aber hier...

„Hey!" gluckste Tess ihr entgegen.

„Hey." lächelte Lisa nervös. „Ich krieg Angst. Muss ich Mäxchen wegen Verleumdung verklagen?"

„Nein, höchstens weil ich jetzt Bauchschmerzen vor lachen hab."

„Auf meine Kosten, nehme ich an." schmunzelte Lisa, umarmte aber ihr Brüderchen erst mal. „Was machst du hier?"

„Mich prächtig amüsieren. Ich hab dir auch was von der Paella übrig gelassen, obwohl die der Hammer war."

„Sie ist eine begnadete Köchin."

„Nicht nur das." meinte Max und versetzte Lisa einen Stich ins Herz, doch das behob er auch gleich wieder. „Von der Schriftstellerin mal ganz abgesehen bin ich von der Künstlerin ganz angetan."

„Sehr vielseitig." schmunzelte Lisa und nahm sich auch ein Glas Wein. „Wie lange bleibst du?"

„Ein paar Tage. Wir sind uns schon einig, ich schlafe auf der Couch, es sei denn, mein Schwesterchen schmeißt mich raus."

„Hab ich das jemals getan?"

„Nein, weil du eben die Beste bist. Und ich brauch deine Hilfe."

„Was hast du angestellt?"

„Gar nichts. Aber es geht das Gerücht um, man will uns die Löhne kürzen. Wer den neuen Vertrag nicht annimmt, wird rausgeschmissen."

Tess bohrte ihren bockigen Kinderblick in Lisa.

„Und du sagst mir jetzt, dass die das nicht dürfen, stimmt´s?"

Lisa lachte auf. „Tue ich, keine Sorge, deine Seifenblase bleibt heil. Mäxchen, wenn es soweit ist, dann gib es mir und bleib ruhig."

„Das wollte ich hören." sagte er zufrieden und erhob das Glas. „Vielen Dank, Kleine."

„Kein Problem, Großer." antwortete Lisa und stieß mit ihm und natürlich auch mit Tess an.

Tess´ Handy störte leider das gemütliche Beisammensein. „Ute." grinste sie zu Max und stand auf, um das Telefon erst mal zu suchen. Zum Glück gab es ja Geräusche von sich.

Und sie behielt auch noch Recht. Ute war schon bei ihrem Kunden gewesen, der begeistert gewesen war, und jetzt plapperte Ute auf Tess ein wie eine Verrückte. Tess hatte nicht viel zu sagen. Sie stand im Wohnzimmer, hielt das Handy fest und brummte immer mal wieder. Das Beste daran war jedenfalls das Honorar, denn sie wurde immer daran beteiligt, wenn Ute ihre Entwürfe verkaufte.

„Und?" kicherte Lisa, als Tess eine Viertelstunde später wiederkam.

„Ich bin taub. Aber Max und ich sind ein gutes Team. Der Kunde ist vollends zufrieden."

Max lachte auf. „Stellst du mich an?"

„Da musst du Ute fragen."

„Du hast mitgemacht?" staunte Lisa. Wieso nicht sie selbst? Weil sie nicht da gewesen war...

„Hab ich." nickte er mit stolz geschwollener

Brust. „Ich hab zwar keine Ahnung, was ich da getan hab, aber ich hab es getan."

„Du hast das Layout mit entworfen." half Tess ihm flüsternd auf die Sprünge.

„Siehst du." sagte er zu Lisa. „Was ich nicht alles kann."

Lisa schüttelte den Kopf und bedeckte ihre Augen. Die beiden schienen sich prächtig zu verstehen. Ihr war klar, was hier alles ausgesprochen worden war.

„Was ist?" neckte Tess. „Peinlich?"

„Und wie. Ich kenne meinen Bruder und ich kenne dich. Und demzufolge weiß ich auch, wie ihr den Tag verbracht habt."

„Mit viel Lachen." prustete Max.

„Zum Beispiel über die Rosenbüsche unter deinem Fenster." presste Tess angestrengt hervor, bevor sie schon wieder lachen musste. Und Lisa wollte im Erdboden versinken. Ihre Eltern hatten Rosenbüsche unter ihrem Fenster gepflanzt, damit sie nicht abhauen konnte. Auf schmerzliche Weise hatte sie das gemerkt...

„Oh Gott." stöhnte Lisa und rutschte tiefer in ihrem Stuhl.

„Hey." lächelte Tess. „Meine Eltern haben keine Nacht ein Auge zugemacht, wenn ich mit meiner Schwester unterwegs war. Sie waren jedes Mal schon froh, wenn wir lebendig ankamen. Unverletzt kamen wir selten. Weißt du, wie oft die uns aus dem Krankenhaus abholen mussten? Wir waren dort bekannt wie bunte Hunde."

„Echt?" schmunzelte Lisa nun doch wieder etwas lockerer.

„Oh ja. Hast du mal versucht, mit einem Salto von einem Garagendach zu springen?"

Max schnappte genauso nach Luft wie Lisa. „Wie bitte?!" keuchte er.

„Oh ja. Wir wollten Synchron-Turmspringen machen und schon mal üben. Wir hatten echt einen guten Schutzengel. Ich hab mir ein Bein und das Handgelenk gebrochen und meine Schwester drei Rippen und das Steißbein. Kaum war der Gips ab, haben wir die Matratzen unserer Betten aus dem Haus vor die Garage geschleift und es noch mal versucht."

„Nein!" lachte Lisa laut. Das klang so was von typisch für Tess, aber so was von abgedreht für Lisa.

„Doch. Und wir haben es so lange geübt, bis wir es konnten. Ich kann es immer noch, also wenn wir mal eine Garage sehen, zeige ich es dir. Die Schwestern im Krankenhaus nannten uns immer ihre liebsten Hasen. Wir kamen immer wieder."

„Jetzt bist du dran." grinste Lisa zu ihrem Bruderherz.

Auch er rutschte etwas tiefer. „Was hättest du denn gern?"

„Ach, ich glaube dein Krankenhausaufenthalt war auch nicht schlecht."

„Stimmt." griente er leise. „Ich war fünfzehn oder so. Meine Kumpels und ich waren zum Wetttrinken, bis man uns ins Krankenhaus gebracht hat. Dort haben wir glatt noch den Essenswagen geklaut und Wettessen hinten dran gehängt, bis wir uns die Seele aus dem Leib gekotzt haben. Dummerweise haben wir uns dabei auch noch eine Lebensmittelvergiftung eingefangen und durften noch eine Weile länger bleiben." Tess lachte jetzt schon, dabei ging es noch weiter. „Und wir haben nur Unsinn gemacht, bis wir uns nach einem Rollstuhlrennen auch noch jeder diverse Prellungen und Platzwunden zugezogen hatten, und sie uns rausgeschmissen haben."

„Nein, im Krankenhaus waren wir immer brav." erzählte Tess. „Dafür kam jede Schwester zu Schichtbeginn zu uns und hat uns Schokolade mitgebracht. Und die alten Leute, die noch laufen konnten, kamen in unser Zimmer, um uns einfach nur zuzusehen und zu lächeln. Aber sobald wir wieder nach Hause durften, dauerte es keine drei Wochen, bis wir wieder da waren. Es ist mir ein Rätsel, wie wir die Schule abschließen konnten."

„Genug Zeit zum lernen im Krankenhaus?" schlug Lisa vor, wusste aber natürlich, dass das Unsinn war.

„Nein, eher die Gnade der Lehrer. Wir haben kaum Arbeiten mitgeschrieben, aber die Anzahl der Noten reichte für ein Zeugnis."

Die Drei verfielen in weitere alte Geschichten und leerten gleich noch eine weitere Flasche Wein. Zwischendurch gingen sie nacheinander duschen und als es ans Schlafen ging, bereute Lisa richtig, dass ihr Bruder von nichts wusste. Sie wurde von

Tess mit einem liebevollen Lächeln verabschiedet und musste sich allein ins Bett legen.

Aber nicht lange. Sie öffnete ihre Tür nur einen Spalt, hörte das leise Schnarchen ihres Bruders und wandelte ungesehen wie ein Geist ins Gästezimmer zu Tess ins Bett. Sie wurde halbwach und spürte, wie sich Lisa an sie drückte und ihre Lippen an ihren Hals senkte. Nur kurz, doch Tess flammte auf. Sie knurrte wohlig, dachte aber gleich an Max.

„Was ist mit deinem Bruder?" flüsterte sie.

„Schläft tief und fest. Den weckt nichts so schnell."

„Sicher?" knurrte Tess, drehte sich in Lisas Armen und ließ ihre Hand langsam an ihrer Seite hinunter gleiten.

„Ganz sicher." keuchte Lisa und gab sich der kleinen Tess hin. Sie gab sich nur jede Menge Mühe, trotzdem so wenige Geräusche wie möglich von sich zu geben. Tess merkte das und tat es ihr gleich, obwohl sie wusste, dass es Unsinn war. Max hatte Recht, den ersten Schritt musste Lisa tun.

Als Lisa am nächsten Morgen aufstand, schlief Max noch immer. Sie hatte es ja gewusst. Wenn man ihn einmal schlafen ließ, dann schlief er auch. Daher machte sie besonders leise und verzichtete auf ihren Kaffee. Da die Küche offen war und Max im Wohnzimmer schlief, wäre er davon wach geworden. So voll war es in ihrer Wohnung noch nie gewesen. Sie fand es unglaublich schön. Sie ließ beide schlafen und fuhr zur Arbeit, wo sie dann auch endlich Kaffee bekam.

Zurück kam sie allerdings schon am frühen Nachmittag, denn sie hatte gute Nachrichten. Für sie leider auch schlechte, aber für Tess waren es gute.

„Tess!" rief sie von der Wohnungstür aus.

Tess kam mit Max von der Couch, wo sie sich gemütlich unterhalten hatten. „Was machst du denn schon hier?"

Lisa lächelte leicht und wedelte mit einem Stapel Papier. „Vivien hat unterschrieben. Sie wird sich dir nicht mehr nähern und die Therapie machen."

Tess konnte nicht anders, als zu weinen. Tränen stiegen ihr einfach in die Augen. „Sie wird es machen?"

„Sie wird." lächelte Lisa und nahm Tess in den Arm. „Sie wird die Therapie machen und sich helfen lassen."

„Oh Gott." schluchzte Tess erleichtert. „Danke. Lisa, ich danke dir."

„Mir musst du nicht danken. Vivien sollte dir danken, ich hätte es anders gemacht."

„Ich weiß, aber so ist es das Beste für sie."

„Vermutlich." musste Lisa zugeben. Für Vivien mochte es das Beste sein, nur für Tess selbst und Lisas eigene Prinzipien wäre Wegsperren besser gewesen. Das wiederum war ein egoistischer Wunsch, den Tess´ Herz nicht zuließ. Sie wollte Hilfe für Vivien und hatte sie bekommen.

Das hieß aber auch, ein Abschied stand an. Tess musste sich daran erinnern, dass das von vornherein festgestanden hatte. Dennoch traf sie das jetzt irgendwie unvorbereitet. Und sie musste vor Lisa verbergen, wie schrecklich sie das eigentlich fand.

„Dann kann Max ja heute im Gästezimmer schlafen." sagte sie schnell, um sich abzulenken.

Lisas Herz zog sich zusammen. Von ihr aus hätte Tess auch bleiben können, aber das war klar gewesen. „Ganz genau." sagte sie. „Vielleicht trägt er dir ja auch deine Taschen. Vorausgesetzt, du findest deine ganzen Bücher wieder."

Tess duckte sich und kniff die Augen zusammen. „Ordnungstick, ich erinnere mich. Tut mir leid."

„Kein Grund." schmunzelte Lisa. Es stimmte, sie war eher der ordentliche Typ, aber dieses Chaos, das Tess verursacht hatte, war irgendwie anders gewesen. Es hatte sie nicht gestört, obwohl sie instinktiv immerfort hier und da aufgeräumt hatte. Sei es in der Küche oder die verteilten Bücher oder oder oder. Tess hatte das vermutlich nicht mal wahrgenommen. Das gehörte eben zu ihr. Wie die Arbeit zu Lisa, das wusste Tess und ging ihre Sachen packen.

Sie hatte sich in der ganzen Wohnung breit gemacht, stellte sie fest. Ihre Bücher fand sie tatsächlich überall. Sie las ja auch, wenn sie kochte, also lag ein Buch in der Küche. Sie las auch in der Wanne, also lag dort auch noch eins. Mit ihren Klamotten war es nicht anders, denn die lagen da, wo sie sie ausgezogen hatte. Oder da, wo Lisa sie hingeräumt hatte.

Egal wie, aber sie schaffte es und wusste, wenn sie doch noch etwas vergessen hatte, war Lisa ja nicht aus der Welt. Seit die Barriere nach dem Urlaub durchbrochen war, würden sie sich vielleicht doch öfter auch als Freunde treffen. Freunde! Nur Freunde!

Max trug tatsächlich die Taschen und begleitete die beiden. Eigentlich hatte er gehofft, seine Schwester aus der Reserve locken zu können. Dass hier was zwischen den beiden lief, war klar und Tess hatte es bestätigt, doch Lisa zeigte es nicht. Max hoffte einfach, sie würde sich bei dem Abschied dazu durchringen. Das kam aber nicht.

Er lief hinter den beiden her als Packesel. Die eine Tasche hatte ordentlich Gewicht und er half gern. Tess musste aber tief durchatmen, bevor sie überhaupt die Treppe erklimmen konnte. Vivien war Vergangenheit und würde es bleiben. Das musste sie sich nur immer wieder vor Augen führen, um nicht doch noch die Flucht zu ergreifen.

Sie schloss die Tür auf und Lisa wusste, diesmal erlitt Tess wirklich einen Schock. Vivien hatte sich im Flur erhängt, gleich hinter der Tür. Ein Schild hing an ihrem Hals „Jetzt bin ich immer bei dir!"

Tess schrie. Sie schrie langgezogen und völlig am Ende, bis sie knallrot und dann sogar bläulich anlief. Ihr ging der Sauerstoff aus und noch immer schrie sie wie am Spieß, konnte den Blick nicht von ihrer Vivi wenden. Lisa nahm sie in den Arm, drückte sie an sich und versperrte ihr die Sicht, doch das half auch nicht. Tess wehrte sich sogar gegen Lisa. Sie stieß sie von sich und wollte in die Wohnung.

„Vivi!" kreischte sie.

Max schloss schnell die Tür und rief neben der Polizei als erstes einen Krankenwagen für Tess. Das arme Mädchen war am Ende. Zitternd und völlig fertig schrie sie noch immer mit einer Kraft, die ihr schmaler Körper gar nicht hatte. Niemanden wollte sie an sich heranlassen, bis man ihr eine Spritze gab, sie einschlief und ins Krankenhaus gebracht wurde. Mit Sauerstoffmaske auf dem Gesicht.

„Ich fahr mit." sagte Lisa zu Max.

„Ich kläre hier alles." sagte er auch sofort. „Ich komme dann nach."

„Danke."

Max wusste nicht, was zwischen Vivien und Tess gelaufen war, er wusste auch nicht sicher, was zwischen Tess und Lisa lief, aber er wusste, Lisa hatte der Anblick von Tess furchtbar mitgenommen. Seine Schwester war nicht so hart, wie sie immer vorgab. Er hatte einen kleinen Einblick in Tess′ Wesen bekommen und wusste, was dieser Anblick aus ihr machte. Und Lisa war anzusehen gewesen, dass sie es nicht nur wusste, sie fühlte es mit Tess. Sie hatten eine Bindung zueinander, die Tess′ Schmerz auf Lisa übertrug. Der ganze Abend war eine einzige Tragödie.

Lisa fuhr im Krankenwagen mit. Ihren Autoschlüssel hatte sie ihrem Bruder gegeben und hielt jetzt die kleine schmale Hand ihrer Tess. Sie bekam Sauerstoff über eine Atemmaske und nahm langsam wieder einen normalen Teint an, doch die nassen Wangen sprachen Bände. Das würde sie nicht verkraften. Nicht so schnell. Sie würde nie wieder in diese Wohnung gehen können. Ihr Herz würde diesen Anblick niemals vergessen können. Es war fraglich, ob sie das überhaupt jemals verarbeiten könnte. Sie war einfach zu weich. Tess hatte Recht gehabt. Vivien hatte Tess kaputtgemacht. Vermutlich für immer gebrochen.

Lisa ging mit ihr im Krankenhaus. Sie hatte keine Ahnung, wie sie ihre Eltern erreichen konnte, und musste das der Polizei überlassen. Leider. Sie hätte das als Freundin gern selbst übernommen, aber sie wusste nicht wie. Außerdem saß sie lieber neben Tess, hielt ihre Hand und sah sie an.

„Hey." Max kam leise ins Zimmer. Lisa wollte Tess nicht wecken, daher gingen sie nach draußen.

„Und?" fragte Max.

„Sie haben ihr eine Beruhigung gegeben, damit sie erst mal schläft. Max, du hast sie kennengelernt, das verkraftet sie nicht."

Max nahm seine kleine Schwester in den Arm. „Und du?"

„Ich versuche gerade krampfhaft stark zu bleiben."

„Musst du nicht." flüsterte er. „Jetzt nicht. Sei morgen für sie da, aber jetzt musst du es nicht."

„Oh Max." schluchzte Lisa an der vertrauten, starken Brust ihres Bruders. Seine große Hand drückte ihren Kopf an sich und schirmte sie vor der Grausamkeit ab. Er schuf eine kleine Höhle, in der sie einfach sie selbst sein konnte, auch wenn es Schwäche bedeutete. „Sie ist viel zu weich für so eine Tragödie. Das steckt sie nicht weg. Ich hab

Angst, dass sie sich was antut."

„Dann sag das den Ärzten und sei ihr Freundin. Sei für sie da, sie wird dich brauchen." Mehr als Lisa sehen würde, das war ihm klar.

Lisa sah ein, dass sie gerade wirklich nicht viel tun konnte, ließ aber ihre Nummer noch bei den Schwestern. Sie sollten anrufen, wenn sie aufwachen würde, damit sie sofort kommen könnte. Sie ließ sich von ihrem Bruder nach Hause fahren und ging zu Bett. Ihr Laken roch noch nach Tess, aber sonst war nichts mehr von ihr hier. Gar nichts. Nur ihr Geruch war geblieben und in den hüllte sich Lisa ein und ließ ihre Tränen zu. Sie hatte solche Angst, Tess auch noch zu verlieren...

Tess wachte früh am nächsten Morgen auf. Aus einem Albtraum, der leider kein Traum war. Vivi ... Ihre ersten Gedanken gingen zu ihr und sofort fing sie wieder an zu weinen.

Wieso? Wie hatte Tess ihr das nur antun können? Sie hatte doch gewusst, wie weich sie war. Sie hatte doch gewusst, wie sehr sie diese ganze Geschichte mitgenommen hatte. Wieso hatte sie das getan? Wie hatte sie das nur zulassen können? Wie hatte sie diese Schuld nur auf sich laden können?

Immer wieder flackerte das Bild vor ihrem geistigen Auge auf, wie Vivi in ihrem Flur gehangen hatte. Bleich, die Augen geschlossen und vollkommen reglos. Und das alles nur, um bei Tess zu sein.

Sie wollte es Lisa zum Vorwurf machen, denn

ohne sie wäre es nicht so weit gekommen, doch das konnte Tess auch nicht. Sie konnte die Schuld nicht weitergeben, sie blieb auf ihren eigenen Schultern. Lisa hatte ihr helfen wollen, nur weil sie sie darum gebeten hatte. Hätte sie das doch nur nicht getan. Hätte sie sich doch nur der kleinen Musikerin einfach hingegeben, um sie glücklich zu machen. Tess würde auch jetzt auf ewig auf ihr eigenes Glück verzichten, wenn sie nur noch mal in die Rehaugen sehen könnte, wenn sie lächelten. Wenn sie ihre kleine Vivi, wie sie sie gekannt hatte, nur noch mal fröhlich und ausgelassen sehen könnte.

Es blieb ihr verwehrt. Nie wieder würde Vivi lachen. Nie wieder würde Vivi singen. Nie wieder würde Vivi glücklich sein.

Würde Tess je wieder glücklich sein? Mit dieser Schuld? Und der unerwiderten Liebe? War das die Rache? War das der Bumerang des Lebens? Sie hatte Vivi ins Unglück gestürzt und wurde jetzt dafür bestraft?

Auf dem Tisch neben ihrem Bett standen ihre beiden Taschen. Es sah aus, als würde sie verreisen wollen. Oder flüchten. In ihre Wohnung konnte sie nicht, das war klar. Dort würde sie nie wieder einen Fuß hinein setzen. Nicht mal in das Haus.

Hier im Krankenhaus würde früher oder später Lisa auftauchen, der sie nichts mehr vorspielen konnte. Außerdem schämte sie sich für ihren Ausbruch. Sie hatte Vivi doch loswerden wollen, aber doch nicht so. Lisa würde das vermutlich nicht verstehen. Und am allerwenigsten würde sie verstehen, wieso Tess überhaupt so ausgetickt war. Das war zu viel Emotion für das anwaltliche Herz.

Aber würde Lisa jetzt hier bei ihr auftauchen, würde sie nicht die Stärke besitzen, sich ihr zu entziehen. Sie würde ihr nicht widerstehen können. Sie würde sich und ihr Herz an Lisa übergeben, nur um diesem Schmerz zu entkommen. Das wollte Lisa nicht. Sex, mehr nicht, sie hatte es oft genug betont. Tess hatte es von Anfang an gewusst und die letzte Zeit in einer Illusion gelebt. Sie hatte diese Illusion so genossen, dass sie vergessen hatte, dass es eine Illusion gewesen war. Genau wie Vivi es getan hatte.

Tess sprang aus dem fremden Bett, zog sich an und entließ sich selbst aus dem Krankenhaus. Die Taschen standen nicht umsonst so bereit für sie. Das war ihre Chance zur Flucht - ein Zeichen des Schicksals. Und sie wusste auch genau, wo man sie mit offenen Armen empfangen würde, wo man ihr ein Bett auch ohne Geld geben würde, wo man ihr ein Leben geben würde.

Evi!

Mit dem letzten Geld von ihrem Sparbuch kaufte sie sich das Flugticket und die Überfahrt mit der Fähre. Ihre Tabletten hatte sie nicht dabei, aber es war ihr egal. Sie war als gebrochener Mensch von dieser Insel geflohen, hatte wieder zu sich gefunden, und kehrte als ganz kaputter Mensch zurück.

„Tess." hauchte Evi erschrocken, als sie sie durch die Tür kommen sah. „Gott, was ist denn passiert?"

Tess brach im Foyer des Hotels weinend zusammen. Ein junger Mann, der immer neben Evi an der Rezeption stand, um die Gäste zu empfangen, trug sie ins Hinterzimmer auf die Couch. Evi brachte ihr ein Glas Wasser mit. Mareike war auch gerade an der Rezeption gewesen, weil sie Nachschub aus dem Kühlhaus fürs Clubhaus brauchte. Auch sie hatte Tess zusammenbrechen sehen und ging mit zu ihr.

Unter Schluchzen erzählte Tess von allem, was passiert war. Von Anfang an seit ihrer Abreise hier. Von der Verfolgung und dem Überfall durch Vivi, von Lisa und ihrem Gefühlschaos, der Sicherheit, dem Glauben an ihre eigene Zukunft, der Freude, dass Vivi sich helfen lassen wollte, dem Schock und schlussendlich auch von dem schlechten Gewissen, das sie Lisa gegenüber empfand, weil sie wegen Vivi so ausgetickt war. Alles floss in einem unaufhaltsamen Strom Tränen aus ihr heraus und brachte auch Evi und Mareike an den Rande des Tränenflusses.

Und natürlich fand sie hier ein Bett. Das südliche Strandhaus war gerade wieder leer geworden und Evi gab es ihr unter dem Versprechen, dass sie sich nichts antun würde. Sie wusste um die emotionale Tess und auch, was für Schuldgefühle sie plagten. Aber ihre Eltern würden es Evi niemals verzeihen, wenn Tess hier etwas passieren würde. Andererseits brauchte sie jetzt vor allem Ruhe und Abstand zum Nachdenken. Und das konnte sie dort am besten.

Lisa fuhr am nächsten Morgen gleich zum Krankenhaus.

„Sie ist weg." sagte eine Schwester und Lisa

musste sich an der Wand abstützen.

„Was?" keuchte sie.

„Sie hat sich selbst entlassen und ist gegen Eins hier raus."

„Warum hat mich keiner angerufen?!" fauchte Lisa.

„Es tut mir leid, aber sie gehören nicht zur Familie."

„Und?!" brauste Lisa auf. „Tess ist am Ende! Und glauben sie mir, wenn sie sich etwas antut, dann lernen sie die kalte Anwältin in mir kennen." drohte sie, wirbelte herum und stürmte aus dem Krankenhaus.

Ihr Büro lag näher als ihre Wohnung. Anna beachtete sie überhaupt nicht. Sie lief einfach an ihr vorbei, hielt sich ihr Handy schon ans Ohr und versuchte von der Polizei etwas zu erfahren, doch die wussten nichts. Sie rief Max noch an und bat ihn, bei Vivien und in Tess´ Wohnung vorbeizusehen, doch dort war sie auch nicht.

„Wo kann sie denn nur sein?" jammerte Lisa verzweifelt und raufte sich die Haare. Irgendwo da draußen lief Tess herum, verletzt und verzweifelt, und Lisa machte sich wahnsinnige Sorgen. Sie wollte doch für ihre kleine Künstlerin da sein! Sie wollte sie in ihren Armen halten, sich all ihre Gedanken anhören und all ihr Leid in sich selbst aufnehmen!

„Wo fühlt sie sich am wohlsten?" fragte Anna, die nun inzwischen auch schon mitbekommen hatte, was alles passiert war.

„Evi!" entschied Lisa sofort und tippte schon die Nummer in ihr Telefon. Es klingelte.

„Hallo?"

„Tante Evi! Hat sich Tess bei dir gemeldet?!"

„Lisa." Sie hörte jede Menge Abneigung. „Sie ist hier."

Gott sei Dank! Sie war immerhin am Leben.

„Stell mich zu ihr durch. Ich muss mit ihr reden."

„Ich glaube nicht, dass das eine gute Idee ist." Tess hatte auch von ihren Gefühlen zu Lisa erzählt. Sie hatte eben alles ausgesprochen, was ihr auf der zarten Seele gelegen hatte, denn dieser Teil war nicht weniger schmerzhaft. Sie war aus der Illusion in die Realität gestoßen worden und zerbrach daran. Vivien gab ihr nur den Rest.

„Tante Evi, bitte." flehte Lisa. „Ich muss mit ihr reden."

Sie hörte ihre Tante fast nachdenken, doch dann stimmte sie leise zu und es klingelte wieder.

„Hallo?" ging Tess kratzig ran. Evi oder Mareike riefen immer mal an oder kamen vorbei, um sich zu versichern, dass sie okay war. Soweit sie das überhaupt sein konnte. Aber genau deshalb nahm sie das Telefon ab.

„Tess!" rief Lisa erleichtert.

Tess zuckte, kniff die Augen zusammen und wollte nicht weinen! Sie wollte nicht gleich wieder anfangen! Sie scheiterte. Diese Stimme … Sie sah Lisa vor sich und wünschte sie zu sich, doch das blieb eine Illusion.

Um die grausame Realität nicht an Lisa heranzulassen, legte sie auf. Und brach weinend zusammen. Lisa war unerreichbar für Tess, das wusste sie. Aber das Wissen macht das Akzeptieren nicht einfacher. Sie wollte Lisa nur nicht die Bürde auferlegen, von ihren Gefühlen zu wissen. Sie wusste selbst noch zu genau, wie erdrückend das sein konnte, wenn man die Gefühle nicht erwidern kann. Aber erst jetzt wusste sie, wie am Boden sich Vivi wirklich gefühlt hatte.

Lisa saß in ihrem Büro und hörte das Tuten einer unterbrochenen Leitung. Tess hatte aufgelegt. Wie in Zeitlupe ließ Lisa den Hörer auf den Apparat sinken und starrte auf das Gemälde an der Wand gegenüber. Ihr stand der Mund offen. Wieso legte sie auf? Wieso war sie überhaupt abgehauen? Warum gleich so weit weg? Warum ohne ein Wort?

Lisa kannte nur eine Erklärung: Tess gab ihr die Schuld. Hätte sie sie nicht dazu gedrängt, sich Vivien richtig vom Leib zu halten, wäre das alles nicht passiert. Und genau das machte Tess ihr jetzt offenbar zum Vorwurf.

Konnte sie es deshalb bereuen? Sie musste nur an das Bild denken, als Tess vor ihrer Wohnungstür aufgetaucht war, und brachte keine Reue auf. Es war die einzige Möglichkeit gewesen. Auch wenn die kalte Anwältin zugeschlagen hatte, war es der einzige Weg gewesen, Tess zum Leben zurückzuführen, sonst würde sie jetzt in der Leichenhalle liegen und nicht Vivien. Sie hätte diesen Terror nicht mehr lange durchgehalten, das wusste Lisa mit Sicherheit und musste sich wohl in das Schicksal des Sündenbocks ergeben.

„Lisa?" fragte Anna vorsichtig, die noch immer vor ihr stand und wartete.

„Sie ist bei Evi." flüsterte Lisa.

„Und du?"

Lisa zuckte zusammen. „Nichts." sagte sie und sah auf ihr Handy, um ihrem Bruder eine SMS zu schreiben. Anrufen mochte sie ihn nicht, aber er sollte wissen, dass Tess wohlauf war.

„Komm schon. Warum sitzt du hier?"

„Was soll ich denn machen? Hätte ich die Klage gegen Vivien nicht eingereicht, würde sie jetzt noch leben. Tess ist zu selbstlos. Sie hätte auf ihr Glück verzichtet, um Vivien zufriedenzustellen. Ich hätte sie nicht drängen sollen."

„Das ist Unsinn." stellte Anna mit hundertprozentiger Sicherheit fest. „Erinnere dich doch nur an ihre Reaktion nach eurem Besuch bei Richterin Black."

Es stimmte. Da war es endlich aus Tess herausgebrochen. Und zwar in Form des Dankes.

„Und gestern." murmelte Lisa. „Als ich ihr sagte, Vivien hat unterschrieben, war sie glücklich."

„Siehst du. Tess mag ein weiches Herz haben, aber genau deshalb würde sie dir nicht die Schuld daran geben."

„Eher sucht sie sie bei sich selbst." ergänzte Lisa gedankenverloren. Das passte zu Tess. „Und ich kann es ihr nicht mal ausreden, weil sie aufgelegt hat."

„Würdest du es denn wollen?"

„Natürlich!" rief Lisa erschrocken. Was dachte die denn von ihr? „Ihr muss doch jemand klarmachen, dass sie keine Schuld an Viviens Tod hat. Vielleicht kann ich Evi das erklären. Oder Mareike." fügte sie seufzend hinzu. Sie waren richtig gut befreundet. Auf sie würde Tess vielleicht hören. Der Gedanke gefiel Lisa aber auch irgendwie nicht.

„Du hast dich verliebt." erkannte Anna lächelnd. Sie musste es nicht abstreiten. Ihre ganze Haltung, ihre Mimik, ihre Stimme sprachen nicht nur für die Sorge um eine Freundin, sondern auch für die Sehnsucht nach der Frau. Tess war quasi am anderen Ende der Welt und Lisas Herz spürte die Distanz, auch wenn sie es nicht zugeben wollte.

Wieder zuckte Lisa zusammen. „Nein."

„Lüg mich nicht an, die Kleine ist der Anker deiner Gedanken."

„Vielleicht." seufzte Lisa, lehnte sich zurück und verschränkte die Arme. „Keine Ahnung, aber das ist doch auch egal."

„Egal? Sie ist dir egal?"

„Nein, sie nicht. Aber ich ihr offensichtlich."

„Oh Lisa." schmunzelte Anna mütterlich. „Du bist ihr bestimmt nicht egal, sonst wäre sie nicht abgehauen. Aber du hast ihr ganz offensichtlich einmal zu oft klargemacht, dass das für dich nicht in Frage kommt."

„Das stimmt doch nicht."

„Ach nein? Also wusstest du, dass du dich verliebt hast?"

„Nein." entschied sie und seufzte leise. „Ja." gestand sie schließlich. Der Gedanke war ihr mal gekommen, aber das war absurd. „Irgendwie zumindest. Ich weiß nicht. Ich hab keine Zeit für eine richtige Beziehung. Das passt gar nicht zu mir. Ich kann das gar nicht. Und ich kann Tess nichts bieten."

„Doch. Dich."

Sich selbst! Lisa zweifelte, ob das reichen würde. Außerdem hatte Tess ja nicht umsonst das Weite gesucht. Sie kannte Lisa und ihre Einstellung, aber die ließ sich einfach nicht mit ihrer eigenen vereinbaren. Das wusste Tess und hatte sich die Insel, auf der alles begonnen hatte, ausgesucht, um Lisa zu vergessen und um Vivien zu trauern.

„Was ist?" fragte Anna in ihre Gedanken hinein. „Gibst du so schnell auf?"

„Aufgeben? Was soll ich denn machen? Sie will nicht und fertig."

„Ach komm schon!" schimpfte Anna empört. „Für deine Bettgeschichten legst du dich garantiert mehr ins Zeug, aber für die Frau, der dein Herz gehört, kämpfst du überhaupt nicht?! Erkläre mir doch mal bitte die anwaltliche Logik!"

„Wie soll ich denn kämpfen?" fragte Lisa ratlos. „Sie ist abgehauen. Schon zum zweiten Mal, ohne sich von mir zu verabschieden." meinte sie unbedingt grummelnd hinzufügen zu müssen. Sie mochte es nicht mal in ihrem eigenen Kopf hören, aber es mit ihren Ohren zu hören, fühlte sich noch grausamer an.

„Weil sie vermutlich da schon wusste, was sie von dir wirklich wollte. Deswegen kam sie auch nicht gleich zu dir."

„Mh..." War sie deswegen auch aus der Kanzlei geflohen, als sie zum ersten Mal hier aufeinandergetroffen waren? Es wäre eine Erklärung, aber war die logisch? „Meinst du?"

„Keine Ahnung, aber du wirst es nicht herausfinden, wenn du hier sitzt und in Selbstmitleid versinkst." Anna beugte sich nach vorn und legte ihre Hand auf Lisas Arm. „Lisa, du bist eine erstklassige Anwältin, aber in Sachen Liebe ein Idiot. Du liebst diese Frau, das musst du nicht abstreiten."

„Tu ich nicht." gab Lisa leise zu. Sie liebte sie wirklich. Ja, sie liebte Tess! Angefangen bei reiner Gier nach Sex, war sie jetzt süchtig nach ihrer puren Anwesenheit.

„Also kämpfe für deine Liebe. Tess ist ein weicher Mensch. Sie wird dir zuhören und dir die Möglichkeit geben, zu lernen, mit wahrhaftigen Gefühlen umzugehen."

Lernen. Schon wieder sollte Lisa lernen. Aber Anna hatte Recht. Tess würde sie lehren. Aber auch nur, wenn sie sich dazu entscheiden würde, ihrer Liebe eine Chance zu geben, und das stand in den Sternen.

Lisa hob entschlossen den Kopf.

Sie würde keine Chance bekommen, wenn sie

nicht kämpfen würde. Wie würden ihre Fälle ausgehen, wenn sie nicht für das Recht ihrer Mandanten kämpfen würde? Sie musste kämpfen, um ein Ziel zu erreichen, warum fiel ihr das hier so schwer? Im Vergleich zu einer Zukunft ohne Tess war dieser anstehende Kampf ein Zuckerschlecken. Lisa konnte es sich einfach nicht vorstellen, Tess nie wiederzusehen.

„Buchst du mir einen Flug?" fragte sie hektisch.

„Beeil dich, ich buche den nächsten, der abhebt." freute sich Anna. Es hatte ja lange genug gedauert.

Lisa griff nach ihrem Autoschlüssel und rannte aus der Kanzlei. Sie würde wohl noch von der Polizei angehalten werden, weil sie zu schnell fuhr, aber auch egal. Zu Hause stürmte sie in die Wohnung und packte ihre Koffer.

„Wo willst du hin?" fragte Max erschrocken.

„Zu Evi."

Na endlich, dachte Max. Hatte ja lange genug gedauert. „Ich komme mit." legte er fest und Lisa erstarrte.

„Was?!" keifte sie. „Warum?!"

„Ich war lange nicht bei Evi und nutze meine freien Tage für einen Spontanurlaub bei ihr mit meiner kleinen Schwester."

In Lisas Hirn ratterte es. Sie suchte in ihren wirren Gedanken irgendwo die passende Ausrede, warum er nicht mitkommen könne, doch die gab es nicht. Und dann war es zu spät für eine flüssige Erwiderung. Außerdem musste sie packen.

Liebe! Immer wieder kreiselte dieses Wort durch ihren Kopf. Konnte sie überhaupt lieben? Sie hatte immer geglaubt, sie sei unfähig, Liebe für eine einzige Frau zu empfinden. Sie liebte ihren Job und die Frauen im allgemeinen, doch bei Tess war es anders. Sie liebte eben nicht nur den Körper, sondern ihre Art. Sie liebte ihre Fehler ebenso wie ihre Stärken. Die Frage war nur, wie sie ihr das begreiflich machen sollte, wo sie doch selbst noch nicht mal so richtig wusste, was da in ihr passierte.

Wie waren denn diese Gedanken überhaupt in ihren Kopf gekommen? Tess würde sich niemals für das geheime Leben hinter geschlossenen Gardinen entscheiden. So gut kannte Lisa sie. Im Umkehrschluss hieß das, Lisa konnte Tess nur über ihr eigenes Outing haben und davor hatte sie grenzenlose Angst. Allein ihr Bruder ... Er würde ausflippen.

In ihrem Hinterkopf schien sie die Entscheidung schon getroffen zu haben, ehe sie sich der Frage bewusst gewesen war, sonst hätte sie sich ja nicht dazu entschlossen, Tess zu folgen. Sie konnte es nicht erwarten, die kleine Künstlerin vor sich zu sehen und ihr irgendwas zu sagen, von dem Lisa selbst noch nicht wusste, was es sein würde, aber das Tess auf jeden Fall in ihre Arme bringen sollte.

Das Taxi fuhr zu langsam, das Flugzeug flog zu langsam, die Fähre fuhr zu langsam ... Und dann konnte Lisa kaum ein Bein vors andere setzen, als sie auf dem Steg zu den Kutschen liefen, weil sie plötzlich da war, ohne endlich zu wissen, was sie sagen sollte. Und es war niemand da, dem sie das hätte erklären können. Tess ... Sie war in ihrer Reichweite. Fast.

„Tust du mir einen Gefallen?" bat Lisa ihren Bruder.

„Und was?"

„Geh zu Evis Haus vor."

„Wieso sollte ich? Sie ist bestimmt hier."

„Bitte. Geh." forderte Lisa und Max gab sich geschlagen. Sie wollte es noch immer nicht, obwohl sie doch ganz offensichtlich nur deshalb hier war. Aber eben deswegen ging er auch. Für Lisa war das jetzt Kommende schon neu und beängstigend, da wollte er nicht noch einen drauf setzen. Aber drücken würde sie sich davor nicht können, wenn sie Tess erobern wollte.

Lisa war froh, dass Max ihr den Gefallen tat. Mit dem würde sie später reden. Erst mal stürzte sie zur Rezeption. Natürlich stand Evi dort, weil die letzte Fähre des Tages die neuen Gäste gebracht hatte. Die waren alle schon abgefertigt, nachdem Lisa so lange gebraucht hatte, überhaupt ins Haus zu gehen.

„Lisa." begrüßte sie ihre Tante kalt. Mit solch wütender Distanz hatte sie sie noch nie angesehen. „Was willst du hier?"

„Ich muss zu Tess. Wo ist sie?"

„Sie will nicht mit dir reden, das solltest du akzeptieren. Du hättest nicht herkommen sollen."

„Doch, genau das musste ich. Wo ist sie?"

Lisa erlebte ihre Tante, wie sie sie noch nie gesehen hatte. Mit erhobenem Zeigefinger und furchtbar wütend kam sie auf sie zu wie ein wild gewordener Stier. „Ich hatte dir von Anfang an gesagt, du sollst die Finger von ihr lassen, aber du konntest ja nicht hören! Du wolltest sie in deinem Bett, du hattest sie in deinem Bett, jetzt gib dich damit zufrieden und geh!"

„Nein." legte Lisa fest, obwohl sie doch ziemlich erschrocken über den Ton ihrer geliebten Tante war. „Ich wollte Sex mit ihr, das ist richtig, aber deswegen bin ich nicht hier. Ich muss mit ihr reden, bitte sag mir, wo sie ist."

„Du hast dich verliebt." erkannte Mareike lächelnd.

„Himmel noch mal, ja!" rief Lisa kribbelig. Konnten die ihr nicht einfach sagen, wo sie war? „Unsterblich! Man weiß immer erst, was man hat, wenn man es verliert, aber ich hoffe, dass es noch nicht zu spät ist, also sag mir bitte, wo sie ist. Ich muss mit ihr reden."

„Nicht nötig." sagte Tess leise und kam mit stotterndem Herzen aus dem Hinterzimmer. Sie hatte sich versteckt, als sie Max und Lisa gesehen hatte. „Ich hab es gehört."

„Tess." Lisa schob sich an Evi und Mareike vorbei zu ihr, doch sie hielt sie auf Abstand. Tess machte einen kaum wahrnehmbaren Schritt nach hinten und Lisa blieb mit ihrer Meinung nach zu viel Abstand stehen. Es war so viel Luft zwischen ihnen.

„Tess, es tut mir leid." So hatte das nicht laufen sollen. Lisa war völlig aus dem Konzept geraten, nicht dass sie vorher ein richtiges gehabt hätte, und plapperte einfach drauf los. „Bitte gib mir die Chance, erst mal mit meiner Entscheidung fertigzuwerden und es allen zu sagen. Du hattest Recht, ich habe Angst davor, mich zu outen. Aber ich würde alles tun, um dich wieder lächeln zu sehen."

„Das klang wie ein Angebot der Anwältin."

Lisa schloss die Augen vor diesem enttäuschten Blick. „Ich *bin* Anwältin, tut mir leid. Es fällt mir leichter, mich anderen Anwälten zu stellen, als meinen eigenen Gefühlen, aber deswegen bin ich hier. Bitte lass mich dir erklären, was ich dir sagen will. Irgendwie." So ein Kauderwelsch gab sie selten von sich, aber sie wusste einfach nicht, was sie sagen sollte. Und wie.

„Das ändert nichts, Lisa." sagte Tess mit Tränen in den Augen, denn der Wunsch war bei ihr genauso verankert. „Du bist mit deinem Job verheiratet. Er steht bei dir immer an erster Stelle, aber das passt nicht zu mir. Ich will nicht hinter deinem Job stehen, für den du eine Maske tragen musst. Das respektiere ich und hab verstanden, dass du es tun musst. Ich bewundere dich dafür, aber das ist für mich keine Option und das weißt du auch. Die Straßenmusiker und das Café sind Dinge, die ich mir vorstelle, aber das geht nicht, was ich dir nicht mal vorhalte, weil ich wirklich gesehen habe, wieso du es tust. Aber ich kann es nicht, also geh bitte einfach."

Sie ging an Lisa vorbei, auch wenn es ihr verdammt schwerfiel. Wie hatte sie sich danach gesehnt, dass ihre Liebe erwidert wurde, doch eine

Zukunft gab es nicht. Ihre beiden Vorstellungen passten einfach nicht zusammen, da hatte Vivi Recht gehabt.

Lisa hielt sie an der Hand fest und drehte sie wieder zu sich. „Tess, mein Job ist mir egal!" rief sie aufgeregt und mit feuchten Augen. „Ich hätte nie wieder Freude an meiner Arbeit, wenn mich zu Hause nicht so ein verrückter Wirbelwind erwarten würde!" Ihre Stimme wurde verträumter und heißer, als sie Tess´ Reaktion sah. „Mit genau diesem süßen Lächeln, diesem Glanz des Lebens in den Augen und dem Herzen auf der Zunge. Bitte Tess. Gib mir die Chance, dir zu zeigen, was du mir bedeutest."

Mareike und Evi sahen sich erstaunt mit offenen Mündern an. Hatten sie das eben wirklich gehört? War das gerade wirklich aus dem Mund der Draufgängerin Lisa gekommen? Ihre Lisa? Unmöglich, das hier musste eine Doppelgängerin sein.

Tess fühlte sich wie erschlagen. Aber diesmal nicht vom Holzhammer, sondern von liebkosenden Schmetterlingsflügeln. Sie sah zu dieser Frau auf, die sie so tief in ihrem Herzen getroffen hatte, wie es niemals jemand anders schaffen würde. Gab es doch eine Chance?

„Nun sag es schon." forderte Mareike amüsiert. „Genau das will sie hören."

„Ich weiß." zickte Lisa schmunzelnd über ihre Schulter. Mussten die denn auch noch alle zusehen?! Sogar Gäste des Hotels waren stehengeblieben, um die Show mit anzusehen.

Sie drehte sich aber mit ernsthaft nervösem Blick wieder zu Tess. „Ich hab das noch nie gesagt und bin mir trotzdem sicher, dass es genau der richtige Augenblick ist. Tess ich liebe dich. Ich weiß, ich hab lange für die Lektion gebraucht, aber ich hoffe, es ist noch ein Funke meines Ansehens in dir vorhanden, auf dem ich aufbauen kann. Bitte sag mir, dass ich nicht zu lange gebraucht habe."

„Kein Funke." schluchzte Tess. „Ein loderndes Feuer!"

Sie griff nach Lisa, zog sie an sich und küsste sie in Grund und Boden. Wie schön sie das gesagt hatte. Tess fühlte sich geliebt. Lisa sagte es nicht nur, sie gab ihr das passende Gefühl dazu. Wie das funktionieren sollte, wusste sie nicht, aber das würde sich finden, denn Lisa hatte ihr auch die Gewissheit gegeben, es ernsthaft versuchen zu wollen. Und das ganze Hotel applaudierte mit Jubel und Tränen in einem Atemzug...

Lisa war erst jetzt endgültig im Paradies angekommen, auch wenn sie es bei ihrer ersten gemeinsamen Nacht schon geglaubt hatte. In ihren Armen hielt sie eine Frau, die ihr nicht nur die Sinne vernebelte, sondern auch den Verstand auszuschalten wusste. Ihr schlug das Herz bis zum Hals und sie legte all diese euphorische Freude in diesen einen Kuss, der der Beginn eines neuen Abschnitts werden würde. Noch nie hatte sie eine ernsthafte Beziehung geführt, aber an Tess´ Seite konnte sie sich alt werden sehen.

„Wie schön." schniefte Mareike und musste sich

ein Taschentuch nehmen. Die beiden waren ja schon immer besser als Theater gewesen, aber das Finale war der Hammer.

„Oh Tess." strahlte Lisa mit feuchten Augen und überglücklich.

„Ich liebe dich, Lisa. Ich habe genau hier angefangen, dich zu lieben. Aber ich bin bestimmt nicht einfach." Sie musste es einfach sagen.

„Das hab ich gemerkt." schmunzelte Lisa.

„Und ich bin unordentlich."

„Auch das hab ich gemerkt."

„Aber dafür lege ich dir mein Herz zu Füßen."

„Mehr will ich nicht." flüsterte sie glückselig. „Ich will einfach nur bei dir sein dürfen. Ich möchte neben dir einschlafen und neben dir aufwachen. Ich möchte deine Wäsche wegräumen." fügte sie kichernd hinzu. „Ich möchte dich an deine Mahlzeiten erinnern dürfen. Ich möchte Ordnung in dein Papier bringen dürfen." Sie hob die Hand und strich ihr sanft über die Wange. „Ich möchte dich lächeln sehen dürfen. Ich möchte deine Nähe spüren dürfen. Und ich möchte deiner Lebensfreude zusehen dürfen. Ich möchte einfach nur dich, Tess. Dich und keine andere."

„Und eine Köchin." feixte Tess frech, unterband aber jeden Einwand mit einem weiteren Kuss.

„Na da haben sich ja Zwei gefunden." flüsterte Mareike zu Evi.

Sie flüsterte auch nur. „Wenn die sich mal streiten, sollte man in Deckung gehen."

„Oh ja!" lachte Tess.

„Dann streiten wir einfach nicht." legte Lisa fest.

„Dabei streite ich mich gerne."

„Ach ja?"

„Ja. Da kann man sich sicher sein, die Wahrheit zu hören."

Lisa runzelte die Stirn. Die Theorie war gar nicht mal so blöd. „Ich will mich trotzdem nicht streiten. Nicht im Paradies."

„Hast du das Schild nicht gelesen? Streiten verboten. Also vergiss nicht, dass ich immer Recht hab."

Mareike und Evi lachten schon wieder. Die Zwei waren wirklich der Kracher. Es würde ganz sicher nicht leicht werden, aber sie konnten es schaffen, wenn sie weiter auf Liebe aufbauen würden, und daran zweifelten beide nicht.

Max hatte alles mit angesehen und angehört, zog sich jetzt aber zurück. Er freute sich für seine kleine Schwester, dass sie offenbar doch endlich ihr Herz gefunden hatte. Er hatte auch schon geglaubt, so viel Liebe wie für ihren Job würde sie für keinen anderen Menschen aufbringen können, aber sie hatte einfach noch nicht den richtigen Menschen getroffen gehabt, der es wert gewesen wäre, solche Gefühle von Lisa zu empfangen.

Den nächsten Schritt würde er ihr aber nicht ersparen. Er wusste, dass das nur ein kleiner war, aber sie musste ihn tun, wenn sie Tess halten wollte.

„Tust du mir einen Gefallen?" erbat Lisa zittrig,

aber unter vier Augen von Tess.

„Ich denke schon." Sie wusste schließlich, was kommen würde.

„Max ist mit hier und er soll es wissen, aber ich habe wirklich Angst."

„Du hast aber keine Angst, deine Maske abzunehmen. Du hast einfach nur Angst, den Respekt zu verlieren, den dir jeder entgegenbringt. Er ist Normalität für dich, hab ich Recht?"

„Wie immer." lächelte Lisa schwach. „Ich bin es gewohnt, zu bekommen, was ich will. Und ich bin es gewohnt, dass man mich achtet. Ich habe wirklich Angst vor dem, was mich erwartet."

„Achtest du mich nicht? Hast du irgendjemanden getroffen, der mich nicht achtet? Ich lebe offen meine sexuelle Neigung und verstecke mich nicht dafür, aber ich habe noch nie jemanden getroffen, der mir deswegen keine Achtung entgegenbringt. Und selbst wenn. Wer mit mir ein Problem hat, ist es nicht wert, in meinem Leben eine Rolle zu spielen, egal ob ich geoutet bin oder nicht."

„Du hast Recht. Aber ich liebe meinen Bruder."

„Und er dich. Also komm."

Tess hielt Lisas Hand, um das durchzuziehen. Sie kamen zu Evis Haus, die ihren Neffen noch nicht mal hatte begrüßen dürfen, aber die Umstände dieses Urlaubs waren auch ein wenig verrückt. Erst einmal musste Lisa aber allein klarkommen. Tess zog ihre Hand zurück.

„Mäxchen." sagte Lisa, um sich anzukündigen. Er

saß im Garten und träumte vor sich hin. Sie wollte ihn nicht erschrecken.

Er schmunzelte ihr entgegen. „Könntest du wohl bitte die Verniedlichung lassen? Ich bin kein Kaninchen."

„Mäxchen." lachte Tess. „Tut mir leid. Soll ich dir eine Karotte besorgen?"

„Du bist ganz schön frech."

„Das ist nichts Neues." sagte Lisa und setzte sich mit ihr.

„Wie geht's dir?" fragte er Tess ernsthaft. Er hatte wohl mitbekommen, wie es zwischen ihr und seiner Schwester gelaufen war, aber hier stand ja noch ein anderes Thema im Raum.

„Gut." schnaufte Tess, musste aber erst mal nachdenken, ob das passte. Nach der Wendung mit Lisa ging es ihr ja wirklich gut, aber das wusste Max ja noch nicht. Und in Bezug auf Vivi? „Vivi ist nicht vergessen, aber ich musste weg, um wieder zu mir zu finden."

„Du hättest es nicht verhindern können." versicherte er, weil er genau wusste, dass sie sich Vorwürfe machte. Grundlos nach seiner Meinung.

„Ich versuche mich davon zu überzeugen."

Die Schuldgefühle würde sie allerdings nie so richtig loswerden, dafür war sie zu weich. Das wusste Max ebenso gut wie Lisa, aber deswegen waren sie ja nicht hier. Tess gab Lisa einen kleinen Stoß und sie senkte den Blick auf ihre Finger, die sie zu verknoten versuchte.

„Ich muss mit dir reden."

Max hatte ja gehofft, dass Tess das schaffen würde. Und da Lisa gerade nur die Tischplatte und ihre eigenen Hände musterte, zwinkerte er Tess kurz zu. Ihr Lächeln war ein Strahlen, aber sie legte es gleich wieder ab, wenn es auch in ihren Augen blieb.

„Sprich dich aus, Schwesterchen." forderte er gelassen.

„Ich..." Lisa atmete tief durch. Wie fängt man so ein Gespräch an? „Ich liebe Tess." sagte sie schließlich ganz schlicht und einfach, aber fast unhörbar.

„Nein!" rief Max entsetzt.

Lisa zuckte zusammen. Sie hatte ihn ja noch gar nicht angesehen, doch jetzt hatte sie wirklich Angst. Bis Tess in schallendes Gelächter ausbrach.

„Tut mir leid, die Schiene ist keine Option."

„Nicht?" fragte Max enttäuscht.

„Nein, du wirst Pilot bleiben müssen. Die Körpersprache hat nicht gepasst."

„Oh. Okay." Mit aller Macht hielt Max seine zuckenden Mundwinkel unten und baute sich vor seiner Schwester auf. Er machte die Schultern extra breit. „Nein!" rief er wieder entsetzt, sah aber noch mal kurz zu Tess. „Soll ich ihr eine Szene machen?"

„Ja!" gluckste sie mit Muskelkater im Zwerchfell.

„Das kommt nicht in Frage! Ich werde dich zwangsverheiraten!"

Lisa war das personifizierte Entsetzen. Ihr Blick ging einige Male zwischen den beiden hin und her.

„Ihr nehmt mich auf den Arm."

„Nein." lachte Tess. „Und bevor du mir irgendwas vorwirfst, ich bin unschuldig."

„Lisa." lächelte Max liebevoll. „Für wie blöd hältst du mich eigentlich? Ich weiß das schon seit du angefangen hast, deinen Klassenkameradinnen im Sportunterricht hinterherzuhecheln."

„Ah." keuchte Lisa. Wieso?! Was war denn hier nur los?

„Mama und Papa wussten es auch." lächelte Max weiterhin voller Liebe. „Und sie hatten damit genauso wenig ein Problem wie ich. Aber wir wussten alle, du musst dich dem selbst stellen, und ich bin froh, dass du es endlich getan hast."

Lisa riss den Kopf zu Tess. „Du wusstest das!" stellte sie zweifelsfrei fest.

„Ja." schmunzelte sie, stand auf und setzte sich auf ihren Schoß. „Schon seit unserer ersten Begegnung. Aber er hat Recht, du musstest diesen Schritt *wollen*."

„Ich glaub´s nicht." Lisa war völlig fertig. Solche Angst hatte sie gerade vor ihrem Bruder gehabt und jetzt?

Tess beugte sich zu ihr. „Freu dich, meine Schöne." flüsterte sie und küsste sie sanft.

Max seufzte. „Ist das schön."

„Ist es." strahlte Lisa ihre Tess an. Sie hatten sich geküsst. Ihr Bruder saß neben ihr, aber sie hatte Tess tatsächlich geküsst. Und wieder einmal hatte Tess natürlich Recht gehabt. Lisa hatte diesen Schritt allein gehen müssen.

„Obwohl du immer noch ein ganz schönes Luder bist." fügte Lisa hinzu.

„Das war nicht nett." stellte Max kopfschüttelnd fest. „Hast du keinen besseren Kosenamen?"

„Schnuckelpups und Hasimaus oder wie?"

Tess lachte auf. „Wehe du nennst mich irgendwann mal Hasimaus."

„Gut zu wissen, Hasimaus." grinste Lisa.

„Und du?" feixte Max zu Tess. „Der Dichterin fällt doch da bestimmt noch mehr ein."

Ihr verträumter Blick ging wieder zu Lisa. „Ich mag längere Bezeichnungen, die persönlicher sind. Lisa ist die heißeste Versuchung, der ich je widerstehen wollte. Sie ist die Schlange und meine Eva in einer Person, die das Paradies erst perfekt machen. Sie ist die einzige Frau, die jemals versucht hat, meine Mutter zu sein, der ich mein Herz überlasse." Sie grinste Max wieder an. „So was in der Art."

„Das kriegst du von ihr nie zu hören."

„Stimmt." murmelte Lisa verlegen. Sie fühlte sich so gerührt von Tess´ Worten und wirklich geliebt, aber sie würde so etwas nie formulieren können.

„Hab ich schon." lächelte Tess. „Übergib deine Lippen deinem Herzen, das hast du schon getan."

„Ach ja?"

„Ja. Als du mir in deiner Wohnung gesagt hast, du weißt noch, welches Kleid ich getragen hab, als ich zum ersten Mal ins Hotel kam, zum Beispiel. Oder als du mich einen verrückten Wirbelwind genannt hast."

„Bist du auch." schmunzelte Lisa. „Weißt du, wie ich es genossen habe, nach Hause zu kommen und zu wissen, du würdest dort warten?"

„Nein, aber ich weiß, wie ich es genossen habe, dass abends jemand nach Hause kam und ich nicht allein schlafen musste."

„Außer einmal." lachte Max.

„Von wegen!" rief Tess. „Sie kam in mein Zimmer geschlichen, als du geschlafen hast."

„Nein." lachte er. Seine Lisa hatte es sich schon schwer gemacht.

„Tja, jetzt nicht mehr." legte Lisa fest. „Was haltet ihr von einem Besuch im Clubhaus?"

„Sex on the beach?" fragte Tess unschuldig.

„Jetzt?"

„Cocktail."

„Meine ich doch."

„So siehst du aus." lachte Max, stand aber auf und ging mit den beiden.

Er saß an der Bar, Mareike stand hinter der Bar neben ihm, stützte sich auf den Tresen und sie sahen dem Traumpaar zu. Sie tanzten wie in ihrem Urlaub, heizten sich und die Gäste nicht weniger auf als sie es damals getan hatten, nur dass sie jetzt keinen Abstand mehr hielten. Sie liebten sich und zeigten es auch.

Und irgendwann in der Zukunft würden sie das

auch zu Hause tun. Nicht von heute auf morgen, aber Stück für Stück würde auch Lisa zu dem stehen, was sie war. Und zwar nicht nur, um Tess an ihrer Seite zu halten, sondern auch, weil sie sich nicht mehr verstecken wollte. Sollten die Leute von ihr denken, was sie wollten, aber sie wollte, dass sie sie kannten, wie sie war. Und dass sie die Liebe ihres Lebens in einem verrückten Wirbelwind gefunden hatte, der noch immer an keinem Straßenmusiker vorbeigehen konnte, ohne wenigstens kurz zu tanzen.

Und in ganz ferner Zukunft würden sie gemeinsam die Insel in Tante Evis Sinne weiterführen, während Tess ihre Bücher nebenher schreiben würde und Lisa als Anwältin tagsüber aufs Festland fahren würde. Das südliche Strandhaus, in dem alles angefangen hatte, würde ihr persönliches Paradies bleiben...

Ende

Die Personen, Orte, Handlungen

und äußeren Umstände der Geschichte

sind frei erfunden.

Ich weiß nicht, ob es irgendwo

auf der Welt eine Evi im Paradies gibt.

Wer sie findet, darf mir gern

die Koordinaten schicken.

Oder ein Ticket ins Glück...